가족 1

가족 1

초판1쇄 발행 | 2016년 11월 10일
초판1쇄 발행 | 2016년 11월 20일

지은이 | 이원호
펴낸이 | 박연
펴낸곳 | 한결미디어

등록일자 | 2006년 7월 24일
등록번호 | 제313-2006-000152호
주소 | 서울시 마포구 모래내로 83 한올빌딩 6층
전화번호 | 02 · 704 · 3331
팩스번호 | 02 · 704 · 3330

ISBN 979-11-5916-027-1 979-11-5916-026-4(set) 04810

가족

이원호 지음

❶인연

한결미디어

저자의 말

세간의 이목이 집중되는 화려한 사람들의 특별한 이야기가 아닌, 우리 주변 가족의 평범한 이야기를 과장 없이 쓰고 싶었습니다. 당장의 한바탕 재미보다 길게 남는 여운, 삶과 죽음이 자연스럽게 동행하는 이야기를 쓰려고 했습니다. 전라북도청 사이트에 연재되었던 소설이므로 반듯하게 만들어야겠다는 의식도 작용했습니다.

『가족』은 퇴임 후 귀향한 김선호, 윤수정 부부와 도시에 사는 그들의 세 자식-김태수, 김동수, 김희선의 이야기를 중심으로 시골 마을 가족들의 이야기가 더해집니다. 핵가족 시대에 할아버지, 아버지의 역할과 갈등, 그리고 자라나는 손자 세대의 사고(思考)도 그려보았습니다. 어느 누구도 건너뛸 수 없는 죽음이란 과정을 맞아 가족이 어떻게 분열되고 어떻게 다시 결속되는가도 보여드립니다.

부모와 자식의 입장에서 한 몸 같고 분신이었던 관계가 차츰 분리되어 갑니다. 분신이었던 자식이 '내'가 되고 그 자식이 또 다른 '나'를 만든 후부터 분리되었던 본래의 몸통을 돌아보게 되는 것이 삶의 과정일 것입니다. 결국 가족은 모였다가 해체됨을 반복하면서 이어가는 것입니다. 그리고 모두 흙이 되지요. 그 흙은 눈물이 고여 만들어졌다는 것을 모두 느끼게 된다는 이야기입니다. 오늘도 가족은 이어지고 있습니다.

2016년 10월 27일

이원호

목차

1장 불화

　가을이 되면 아중리 산골짜기도 잡나무의 변신이 시작된다. 단풍으로 유명한 내장산이나 설악산보다 김선호는 아중리 산골짜기의 잡목 변신이 더 아름답게 느껴진다. 피나무, 상수리나무, 잣나무, 물론 단풍나무도 섞였고 칡넝쿨까지 뒤덮인 골짜기는 오히려 색깔이 더 다양하다. 수확한 고추를 경운기에 싣고 오면서 김선호가 골짜기 좌우를 둘러보았다. 10월 중순의 오후 3시경, 가을이 되면 세월 가는 것이 실감나는 것이다. 골짜기를 훑고 올라가는 서늘한 바람을 맞으면 또 한 해가 가는 느낌이 선명해진다. 고향인 아중리로 돌아온 지 벌써 11년이 되었다. 대학교 때부터 이곳을 떠나 45년 만에 돌아왔더니 어느덧 부모가 다 가신 빈집 마당에는 잡초만 무성하게 자라 있었다. 그 집을 수리해서 옮겨온 것이다. 자식들 셋은 모두 객지에서 태어난 터라 어렸을 때 부모를 따라 일 년에 한두 번 이곳 조부모를 뵈러 왔을 뿐이니 여기가 오히려 낯설다. 10여 호가 사는 문촌 마을 위쪽의 집 안으로 들어섰더니 마당에서 고추를 널다 윤수정이 말했다.

"태수가 50만 원 보냈다고 전화 왔소. 내일 사우디로 출장 간다네요."

김선호가 잠자코 경운기에서 고추를 담은 자루를 꺼냈고 윤수정이 말을 이었다.

"지 처 모르게 보낸 모양이오. 처한테 이야기하지 말라는 걸 보니까."

김선호는 마당에 깔아놓은 멍석 위에다 고추 자루를 놓았다. 올해 고추 농사는 잘되었다. 말린 고추로 3백 킬로는 될 것 같다. 자식들 셋에 10킬로씩 나눠주고 나머지는 팔 수 있겠다. 멍석 위에 쪼그리고 앉은 윤수정이 혼잣소리처럼 말했다.

"이번 추석 때 내려오지 못한 것도 아마 둘이 싸웠기 때문인 것 같아."

햇살이 밝은 오후였으므로 고추 말리기에는 적당했다. 김선호가 빈 멍석 위에 고추를 쏟으면서 말했다.

"이제는 거침없이 헤어지는 시대여, 예전처럼 세상 눈치 보지 않는다고."

"그래도 태수는 자식이 셋이오. 대근이가 고3, 영근이가 중3, 서현이가 초등학교 6학년이란 말이오. 자식 생각해서 아직 헤어지지는 말아야지."

머리를 든 윤수정이 김선호를 보았다.

"만날 태수는 사업한다고 외국으로 돌아 댕기는데 자식 셋을 어떻게 감당하려고 갈라서겠소?"

"제 처가 키우면 되겠지."

"그게 말이라고 해요?"

손에 든 고추를 집어던진 윤수정이 김선호를 보았다.

"마음에도 없는 소리 하고 있어! 정작 그런다면 기를 쓰고 말릴 사람이!"

지난 추석 때 장남 김태수 가족은 서울에서 내려오지 않았다. 이혼한 막내딸 김희선도 내려오지 않았으므로 둘째 아들 김동수 내외만 왔다 간 것이다. 그것도 추석날 오후에 내려왔다가 다음 날 오전에 떠났다. 손자들도 데려오지 않아서 넷이 명절을 쇤 것이다. 허리를 편 김선호가 경운기에서 고추 자루를 꺼내면서 말했다.

"자식 걱정 해보았자 말짱 헛것이라는 걸 진즉 알았어야 돼."

공항 출국 게이트 앞에 앉은 김태수가 핸드폰의 버튼을 누르고는 귀에 붙였다. 곧 신호음이 두 번이 울리더니 김동수의 목소리가 울렸다.

"아, 형, 무슨 일이야?"

"응. 나 지금 출장 가려고 공항에 나와 있는데."

"응, 그래?"

시큰둥한 김동수의 대답에 익숙해져 있지만 오늘은 기분이 상한 김태수가 목소리를 높였다.

"야, 너, 추석날 둘이 내려갔다면서? 애들은 왜 안 데리고 갔어?"

"아, 애들은 추석 다음 날 과외도 있었고 한 놈은 배탈이 났어. 그런 걸 어떻게 하란 말이야?"

김동수의 목소리도 높아졌다. 그것이 너나 잘하라는 말로 들렸으므로 김태수가 눈을 치켜떴다.

"야, 이 새끼야. 난 갈라선다, 어쩐다 하는 입장이라 그렇게 된 거 알잖아? 그리고 애들도 고3, 중3이고, 넌 나하고 다르잖아?"

"아, 씨, 왜 욕하는 거야?"

"아니, 이 개새끼가."

"아, 씨, 끊어."

11

그러고는 통화가 끊겼으므로 어깨를 부풀렸던 김태수는 긴 숨을 뱉으면서 핸드폰을 귀에서 떼었다. 이쪽에서 잘한 것도 없는 터라 길게 싸울 명분도 없다. 벌써 10년 가깝게 이어온 전쟁인 것이다.

핸드폰을 내려놓은 김동수가 심호흡을 하면서 가쁜 숨을 고른다. 벽시계가 오후 4시 10분을 가리키고 있다. 유리창을 통해 연구실로 쏟아지는 햇살 속에 무수한 먼지가 떠 있다. 두 살 위의 형 김태수는 이기적이고 독선적이었다. 장남으로 부모의 관심과 애정을 한몸에 받아온 습성이 들어서 동생의 입장을 전혀 헤아리지 않았다. 어렸을 때부터 김태수에게 눌려 살아왔던 때문인지 성인이 되고 나서 김동수는 자주 반발을 했다. 경쟁심이 일어나 공부는 오히려 김동수가 더 잘했고 대학도 더 좋은 곳을 갔다. 그러나 부모의 기대는 여전히 김태수한테서 떼어지지 않는 것 같다. 이번 명절에도 내려오지 않은 김태수 때문에 부모의 웃는 얼굴도 못 보았다. 그런 분위기였는데 일찍 나왔다고 나한테 질책을 하다니? 형수 최혜영도 나쁜 여자지만 형도 자식 노릇은 물론이고 형 노릇도 못 하는 놈이었다.

임대 아파트로 들어선 김희선이 응접실 TV 앞에 앉아 있는 박미경을 보았다.

"일찍 들어왔어?"

김희선이 물었지만 박미경은 무릎을 감싸 안고 앉은 채 시선도 돌리지 않는다. 오후 6시 반, 마트 계산원인 김희선은 퇴근하고 바로 돌아온 것이다. 점퍼를 벗어 옷걸이에 걸면서 김희선이 말했다.

"엄마가 금방 저녁밥 해줄게. 오늘은 네가 좋아하는 김치찌개 먹자."

박미경은 턱을 무릎 위에 놓은 채 대답하지 않는다. 서둘러 쌀통에서 쌀을 푸면서 김희선이 말을 이었다.

"모레 토요일은 쉬어. 그러니까 엄마하고 영화나 보러가자."

"…."

"황제가 재미있다고 하던데, 그렇지?"

쌀을 씻던 김희선이 제 혼잣말이 끝나고서 울컥 솟구치는 울음을 누른다.

박미경은 올해 12살, 초등학교 6학년으로 사춘기를 겪는 중이다. 지난번에 달거리가 시작되었고 젖가슴도 제법 나온 것이다. 그래서 그런지 예민해져서 자주 말을 않고 밥도 먹지 않는다. 그 이유야 김희선이 꼽을 수가 있다. 첫째가 가난이다. 제 친구들은 명품 옷으로 도배했는데 박미경은 한 번도 명품을 가져본 적이 없다. 이혼한 지 3년째, 아비 되는 박기복은 어렸을 때부터 외박을 밥 먹듯이 한 위인이라 박미경의 기억에 남아 있지도 않았겠지만 빈자리는 분명히 있다. 더구나 가난이 아이를 압박하는 것이다.

"엄마."

박미경이 부르는 소리에 김희선이 깜짝 놀랐다. 머리를 돌린 김희선에게 박미경이 물었다.

"우리, 이민 가면 안 돼?"

"응? 왜?"

긴장한 김희선이 손에 든 행주를 떨어뜨렸다. 박미경이 무릎에 턱을 고인 채로 말을 이었다.

"거긴 과외가 없다고 그랬어."

"…."

"우리 반에 뉴질랜드에서 살다가 온 애가 있거든."

김희선이 머리를 끄덕였지만 말을 내놓지는 못했다. 박미경이 이민 이야기를 꺼낸 이유를 알기 때문이다. 박미경은 한 달 15만 원 내는 수학 과외밖에 받지 못한다. 영어, 과학, 논술, 미술, 좋아하는 피아노 과외도 돈이 없어서 받지 못하고 있는 것이다. 박미경이 말을 이었다.

"학교 끝나면 그냥 논대. 바닷가로도 가고 동네 아이들하고 산에도 간대. 중학교 때도 과외가 없다고 그랬어."

"그래, 가자."

김희선은 불쑥 나온 제 말에 놀랐다가 두 눈을 크게 뜨고 말했다.

"가자, 미경아. 엄마가 준비할게."

"정말?"

되물은 박미경은 미심쩍은 표정이다. 무릎에 놓인 턱도 떼지 않았다.

"그래, 정말이야."

"엄마 돈 있어?"

"무슨 돈?"

"비행기 값."

"있어."

"집은?"

"걱정 마, 있어."

한동안 김희선을 바라보던 박미경이 다시 TV 쪽으로 머리를 돌리더니 말했다.

"꿈이야."

그것이 저한테 말한 것인지 엄마인 자신한테 말한 것인지 알 수 없었지만 어깨를 늘어뜨린 김희선도 몸을 돌렸다. 어쨌든 다행이다. 길게 이어지지 않은 것이.

밤 10시 반, 산골의 밤은 깊어 있다. 잡종 개 철수가 산 쪽을 향해 컹컹 두 번을 짖는다. 올해 여섯 살짜리 수놈으로 온갖 종이 섞인 잡종 개였지만 체구가 컸고 영리하다. 주인 부부가 늦으면 꼭 마중을 나가는 놈이다.

"희선이 말이오."

윤수정이 주방에서 다가와 소파에 앉으면서 말했다. 소파에 앉은 김선호가 TV에 시선을 준 채 대답하지 않는다.

"미경이 데리고 이곳으로 내려오라고 합시다."

"아, 글쎄, 본인이 싫다는 걸 어떻게…"

어깨를 부풀린 김선호가 윤수정을 노려보았다가 시선을 돌렸다. 그러고는 다시 꾹 입을 다문다. 수없이 내놓은 이야기였지만 결론이 나지 않았다. 그것이 3년 동안 이어진 것이다. 윤수정은 김희선을 데려오자고 했지만 본인이 싫다는데 도리가 없다. 김희선은 박미경을 서울에서 키워야 한다는 것이다. 마트 계산원 월급으로 어떻게 감당하는지 모르지만 윤수정은 매월 30만 원씩 김희선에게 보내주고 있다. 윤수정이 말을 잇는다.

"당신이 가서 설득해보시오. 희선이가 당신 말은 들으니까."

"아, 싫어."

"글쎄, 고집 피우지 말고."

"내가 무슨 고집?"

김선호의 목소리가 높아졌다.

"내가 세 번이나 이야기했잖아? 그 기집애는 어렸을 때부터 허영심이 많아서 여기서는 못 살아."

"진정성 있게 말을 했어야지."

윤수정도 지지 않고 말을 잇는다.

"당신은 그 애가 이혼한 것부터 못마땅했던 것 아뇨? 그놈이 바람피운 것을 가볍게 보았어."

"내가 그놈 역성을 들었단 말인가?"

"어쨌든 이혼을 반대했지 않아?"

"그놈이 진심으로 뉘우치면 받아들이라고 한 거야. 내가 무조건 반대했나?"

"희선이가 얼마나 상처를 입었는지는 생각이나 했소?"

"상처?"

호흡을 가눈 김선호가 입을 꾹 다물었다. 김희선의 전 남편 박기복이 대기업 기술직 사원이었을 때 둘은 연애결혼을 했다. 김희선이 26살 때다. 대학 국문과를 졸업하고 출판사에 다니던 김희선은 결혼 후에 집에서 살림만 했는데 김선호 부부가 보기에 세 자식 중 가장 화목한 가정이었다. 김희선이 결혼 4년째인 30살에 딸 박미경을 낳았을 때 둘의 얼굴을 보는 것만으로도 김선호, 윤수정도 행복했다. 그러나 박미경이 7살 때, 박기복은 제 회사를 세웠고 그때부터 외박을 밥 먹듯이 하더니 결국 김희선에게 불륜 현장까지 잡히는 사건이 일어났다. 두 달 가까운 소동 끝에 둘은 이혼을 했는데 김희선도 부모와 오빠들이 말리는 것도 듣지 않고 박미경을 데려오는 조건으로 합의서에 서명을 했다. 그때 박기복은 회사가 부도 위기에 몰려 있어서 김희선은 몸만 빠져나온 셈이다. 지금 전 남편 박기복은 부도를 낸 후에 미국으로 건너가 실종 상태다. 주위는 무거운 적막에 덮여 있다. 문촌 마을 위쪽의 '교장 댁'이라고 불리는 이 집은 마을에서 1백 미터쯤 떨어져 있어서 낮에도 한적하다. 이윽고 김선호의 목소리가 적막을 깨뜨렸다.

"자식은 다 똑같지. 어느 놈이 더 밉고 어느 놈이 더 이쁜가?"

다음 날 오전, 집 마당에서 고추를 걷고 있던 윤수정이 전화벨 소리를 듣는다. 핸드폰도 있었지만 집 전화로 하는 것은 식구들뿐이어서 윤수정은 서둘러 전화를 받는다.

"여보세요."

"어머니, 저예요."

예상했던 대로 둘째 며느리 정영아다.

"응, 그래. 고추 받았냐?"

지난번에 왔을 때 고추 값이라고 30만 원을 놓고 가서, 면까지 나가서 김선호가 20킬로를 보냈던 것이다. 저희들 먹을 것하고 선물할 데가 있다고 해서 넉넉하게 보냈다. 정영아가 물었다.

"네, 어머니. 그런데 고추 남았죠?"

"아, 그럼. 올해 고추 풍년인데."

"그럼 10킬로만 더 보내주세요. 달라는 데가 더 있어서요."

"오냐, 그러마."

"내일 중으로 보내주실 수 있죠?"

"응, 네 시아버지가 내일 나가실 수 있을지 모르겠다. 요즘 고추 걷는 때여서."

"급한데."

"알았다. 사람 부르든지 하지."

"고맙습니다, 어머니."

"오냐…"

그때 통화가 끊겼으므로 윤수정은 어깨를 늘어뜨렸다. 정영아는 고추 값 보내겠다는 말을 하지 않은 것이다. 고추 값 내라고 하면 박절하게 들리겠지만 시부모가 땡볕에 어지럼증을 느끼면서 수확한 작물이다. 10킬로씩은 넉넉하게 먹으라고 거저 주겠지만 나머지 선물할 물량은 돈을 줘야 하지 않는가? 20킬로에 겨우 30만 원 내놓고 또 10킬로를 내라니, 제 남편은 대학교수로 연봉을 8천만 원씩이나 받는다고 자랑하고 저는 저대로 의상실을 경영해서 외제차를 굴리고 다니는 년이다. 전화기 앞에 멍하게 앉아 있던 윤수정은 마당을 내다보고 서둘러 일어섰다. 빗발이 떨어지고 있다. 비가 올 것 같아서 고추를 걷고 있었던 것이다.

"이 교장, 자네 내장산 안 갈랑가?"

조길만이 묻자 김선호는 머리를 저었다.

"아, 싫어. 갈 테면 혼자나 두엇이 가야지, 관광버스 타고 다니긴 싫다."

"야, 그것도 나름대로 재미있는 거다."

막걸리 잔을 든 조길만이 주름진 얼굴을 펴고 웃었다. 조길만은 김선호와 초등학교 동창으로 문촌 마을에 남은 유일한 친구다. 문촌 마을의 17호 가구 중에서 제대로 이어온 가구는 6가구, 나머지는 모두 타지에서 옮겨왔다. 하지만 그들도 대개 3,40년씩 뿌리를 박고 있는 터라 이제 다 이곳이 고향이다.

"어르신, 꽁치찌개 가져왔습니다."

마을 안 간판도 없는 가게 주인 이창수가 찌그러진 냄비에 묵은지하

고 끓인 꽁치찌개를 가져왔다. 꽁치 통조림 값만 내면 꽁치찌개를 끓여
주는 것이다.

"응, 오늘 점심도 여기서 먹고 가야겠는데."

수저를 든 조길만이 입맛을 다시면서 빗방울이 떨어지는 샛길을 보
았다.

"자네도 일루 와. 한잔하게."

김선호가 부르자 이창수도 평상 끝에 앉았다. 이창수는 58세, 문촌
마을에 온 지는 20년쯤 되었지만 돌아간 이창수의 부모가 40년쯤 전에
상관면에서 이사를 왔기 때문에 대를 이어서 사는 셈이다.

"근데 이번 추석 때 태수네가 못 왔다면서? 사업에 바쁘다냐?"

술잔을 내려놓은 조길만이 궁금한 듯 물었다. 조길만은 아들 둘이었
는데 택시 운전을 하던 둘째 아들이 5년쯤 전에 사고로 죽었다. 이번 추
석 때는 큰 아들 내외가 손자 셋을 데리고 다녀갔다. 큰아들은 남원에
서 제법 큰 식당을 하고 있는 것이다.

"응? 응, 바빠서."

"넌 자식 교육들을 잘 시켜서 덕을 보는 거다."

입에 묻은 막걸리를 손등으로 닦은 조길만이 말을 잇는다.

"난 두 놈 다 고등학교밖에 보내지 못했어. 그래서 미안해."

"얀마, 지금 너하고 나 봐라. 대학교 고등학교 차이가 있는가."

김선호가 버럭 소리치자 이창수가 실실 웃었다. 맞다는 표정이다.

"늙으면 다 똑같아, 인마. 자식들도 40 넘으면 다 비슷비슷해진다. 인
마, 나는 네가 부럽다."

"허, 별소리를 다 듣네."

말은 그리 했지만 조길만의 어깨가 펴졌다. 검게 탄 얼굴에도 웃음

이 떠올랐다. 조길만은 부부가 토종닭을 기르는데 대부분이 큰 아들네 식당으로 보내진다. 밭도 조금 있어서 먹고 사는 데는 지장이 없다. 고등학교를 졸업하고 군대에서 하사관으로 복무한 8년간만 빼놓고 이곳 문촌 마을에서 보낸 터줏대감이다. 이곳에서 부모 임종을 보았고 자식 둘 낳아서 밖으로 내보낸 것이다.

"그런데 말씀입니다."

이창수가 입을 열었다.

"이번 추석 때 우리 문촌 마을 17가구에서 자손이 다녀간 가구는 8가구, 자식한테 가서 명절을 쇠고 온 가구가 3가구입니다."

김선호와 조길만이 입을 다물고 이창수를 보았다. 주위가 갑자기 조용해졌다. 가게가 마을 중심부에 있지만 가구가 제각기 멀찍멀찍 떨어져서 가을비가 떨어지는 샛길에는 개도 보이지 않는다. 가까운 서 영감님 집이 20미터쯤 위쪽이다. 그때 김선호가 물었다.

"그럼 여섯 가구가 혼자 명절을 쇠었단 말이구먼."

"그렇지요."

"별것을 다 조사했네그려."

조길만이 말을 받더니 입맛을 다셨다.

"누구누군지 내가 다 알 만해. 올 구정 때도 빈집이 많았으니까."

"그것참."

김선호가 이창수와 조길만을 번갈아 보았다. 이창수는 가게를 하는 바람에 문촌 마을 통장 일을 보았고 조길만은 별명이 조사반장이다. 남의 애경사를 가장 먼저 챙겨주는 터라 싫어할 수가 없는 위인이다. 이창수가 말을 이었다.

"올 구정 때는 다섯 가구가 혼자 명절을 쇠었는데 이번에는 한 가구가 더 늘어났습니다. 아랫집 서산 할머니요."

"그렇군."

조길만이 머리를 끄덕였다. 술잔을 든 김선호가 소리 죽여 숨을 뱉는다. 자신도 세 자식 중 하나만 온 것이다. 문촌 마을 인구는 34명, 17가구에 34명인데 둘이 사는 가구가 8가구, 혼자 사는 가구는 5가구, 그리고 셋은 3가구, 네 명이 1가구다. 셋은 부부가 손자 한 명을 데리고 있는 경우이고 넷은 할머니가 손자, 손녀 셋을 데리고 있다. 평상에 둘러앉은 셋은 부부 둘이 사는 8가구에 속한다. 이창수가 시키지도 않은 막걸리를 한 병 더 가져오더니 말을 이었다.

"면에서 혼자 명절 쇤 가구를 조사해오라고 해서요. 뭘 좀 나눠줄 모양입니다."

"야, 나도 적어내지 그랬냐?"

조길만이 얼굴을 주름투성이로 만들면서 웃었다.

"적적한 때는 술이 제일이지. 소주나 한 박스씩 나눠주라고 해."

이창수는 웃었지만 김선호는 웃지 않았다. 만일 김희선 모녀가 오면 자신은 4인 가구로 문촌리에서 가장 많은 식구를 거느린 두 가구 중 하나가 될 것이라는 생각을 하고 있었기 때문이다.

"얼마 정도나 받을 수 있을 것 같니?"

최지영이 묻자 최혜영이 바로 대답했다.

"15억."

"왜 하필 15억이야?"

"이 아파트가 15억 정도 되거든."

최혜영이 목소리를 낮췄다.

"이 아파트는 아직 담보로 들어가 있지 않아. 그러니까 서둘러야 돼."

"그렇게 회사가 어려워?"

"지난번에 하청 업체에 지급한 어음을 막지 못해서 겨우 연장했어."

"큰일 났네."

최지영의 이맛살이 찌푸려졌다.

"얘, 부도나기 전에 서둘러."

"출장에서 돌아오면 바로 밀어붙일 거야."

오후 2시 반, 방배동의 아파트 안이다. 집으로 찾아온 언니 최지영과 함께 최혜영은 이혼 이야기를 하는 중이다.

"증거는 확실하지?"

최지영이 묻자 최혜영이 쓴웃음을 지었다.

"그래, 현장 증거도 확보했고 증언까지 녹음 해놓았어. 합의 안 하면 바로 고발할 테니까."

"합의할 것 같니?"

"분위기로 봐선 그래. 이번 추석 때 내가 안 내려간다고 했더니 제 입으로 빨리 끝내자고도 했어."

"애들은 어떻게 할래?"

"내가 키우고 매월 위자료 받아야지."

"이것아, 넌 아직도 젊어."

"언니는 나를 개로 만들 거야?"

눈을 치켜뜬 최혜영을 보자 최지영이 입맛을 다셨다. 세 살 위의 언니 최지영도 최혜영의 기세는 당해내지 못하는 것이다. 어깨를 늘어뜨린 최혜영이 말을 이었다.

"내 자식은 내 손으로 키울 거야. 저 인간한테는 안 줘. 그럴 자격도 없고."

"…."

"시골 할아버지가 난리를 치겠지만 헛소리 말라고 해. 친권은 나한 테 있으니까."

"그 양반 가만있을까?"

김선호를 떠올린 최지영이 최혜영을 보았다.

"장손 대근이를 내놓으려고 하겠니?"

"내 아들이야."

최혜영의 얼굴에 다시 웃음이 떠올랐다.

"그 잘난 김씨 가문 내세우지 말라고 해."

핸드폰에 김태수의 전번이 떴으므로 김선호가 서둘러 통화 버튼을 누르고 귀에 붙였다.

"어, 태수냐?"

앞에 앉은 조길만과 이창수의 시선이 모여졌다. 김태수가 말했다.

"아버지, 갑자기 생각이 나서 전화 드렸어요."

"이놈아, 생각난다고 전화해? 외국에서 일이나 보지."

일부러 외면한 채 김선호의 목소리가 높아졌다. 김태수가 말을 잇 는다.

"아버지, 귀국하면 바로 찾아뵙죠. 제가 15일쯤 후에 귀국합니다."

"어, 그래? 여기 온다고? 알았다."

"아버지 그동안 몸 건강하시구요."

"어, 대근이도 데리고 온다고? 야, 그놈 고3인데 놔둬라."

이건 앞에서 귀를 기울이는 조길만, 이창수에 대한 립 서비스다.

인천공항 입국장으로 나오면서 김태수가 주머니에 든 핸드폰을 꺼내 쥐었다. 진동을 하고 있었기 때문이다. 발신자는 큰아들이라고 찍혀 있다. 김대근이다. 고3으로 수능이 내일모레인 놈이 무슨 일인가? 덜컥 가슴이 내려앉은 김태수가 핸드폰을 귀에 붙였다.

"응, 웬일이냐?"

"아빠, 지금 어디야?"

"나 지금 막 도착했어. 공항이다."

일주일쯤 전에 사우디 제다에서 집에 전화했을 때 오늘 귀국한다고 말해 주었기는 했다. 오후 6시 반이다. 그때 김대근이 물었다.

"아빠, 오늘 집에 몇 시에 올 거야?"

"나? 왜?"

"할 이야기가 있거든."

"무슨 이야긴데?"

"그냥, 집안 이야기."

김태수가 숨을 들이켰다. 지금 입국장 대합실 복판에서 가방을 세워 놓고 통화를 하는 중이다.

"너, 무슨 일 있어?"

"아빠가 일이 있잖아?"

"응?"

"나 공부도 안 돼. 아니, 공부가 중요한 거 아냐. 아빠, 알아?"

"응? 뭘?"

"내가 고3인 건 빼고, 영근이가 중3, 서현이가 초등학교 6학년이야.

24

알고 있어?"

"그거야…."

이마에서 진땀이 배어나왔지만 김태수는 숨만 들이켰다. 막내딸 서현이가 초등학교 6학년이란 것은 안다. 그런데 둘째 영근이가 중3이란 건 깜박했다. 그놈이 벌써…, 김태수가 손등으로 이마의 땀을 닦았을 때 김대근이 말했다.

"아빠, 기다리고 있을 게, 빨리 와."

"알았다. 그런데…"

"엄마는 몰라. 그리고 나하고 아빠하고 할 이야기야."

그러고는 통화가 끊겼으므로 김태수는 길게 숨을 내쉬었다. 사업에 바쁘다보니 아이들하고 저녁을 같이 먹는 것도 몇 달에 한 번 정도다. 토요일, 일요일도 집에 없는 날도 많았고 아이들도 제각기 과외니 뭐니 해서 시간이 어긋났기 때문이다. 그리고 최혜영과의 불화 때문에 그런 시도도 하기 힘들었다. 중간에서 거들어 줘야할 최혜영이 어깃장을 놓는 경우가 많았기 때문이다. 공항에서 시내로 달리는 버스 안에서 김태수는 핸드폰의 버튼을 눌렀다.

"네, 저예요. 지금 도착했어요?"

신호음이 두 번 울렸을 때 오서원이 응답했다. 밝고 맑은 목소리를 듣는 순간 김태수의 입에서 저절로 한숨이 뱉어졌다.

"나 회사에 들러야겠다."

김태수가 가라앉은 목소리로 말했다.

"직원들하고 상의할 일이 있어."

"그럼 늦어요?"

"오늘 들르지 못하겠어."

실망한 오서원이 잠깐 숨을 멈추는 것 같더니 맑은 목소리로 대답했다.

"할 수 없죠 뭐. 저녁 준비 다 해놓았는데…."

"미안하다."

"집에 들어갈 때 내 선물 주의해요."

"무슨 말이야?"

"선물 헷갈리지 말라고."

김태수는 핸드폰을 귀에 붙인 채 스치고 지나는 창밖 풍경을 보았다. 가을이 지나고 있다. 작년인가 최혜영과 오서원의 선물을 바꿔 준 적이 있다. 최혜영에게는 14k 싸구려 목걸이를, 오서원에게는 명품 시계를 샀다가 바꿔 준 것이다. 포장이 비슷했기 때문이다. 주고 나서 그 사실을 알았지만 어쩔 수 없었다. 최혜영은 놀라는 눈치였다가 곧 시큰둥했고 오서원한테는 털어놓았더니 깔깔 웃었던 것이다. 그러고 보니 자식들한테 소홀했다. 큰놈 대근이 고3, 둘째 영근이 중3, 막내딸 서현이 초등학교 6학년이다. 모두 경계선에 걸려 있다, 제 부모의 상황처럼. 창밖에서 시선을 뗀 김태수가 긴 숨을 뱉었다. 그러고 보니 내 사업도 지금 경계선에 와 있다. 위험한 것이다. 김태수는 그때서야 통화가 끊긴 핸드폰을 귀에서 떼었다. 오서원과의 관계도 마찬가지다, 함께 흔들리게 되어 있다. 그것이 인생이란 것쯤은 이제 안다.

"오늘 외할아버지 제사야. 엄마는 외갓집에서 11시쯤 출발한다고 했어."

현관으로 들어선 김태수에게 김대근이 말했다. 오후 8시 반, 조금 늦은 것은 김태수가 백화점에 들러 셋의 옷을 샀기 때문이다. 쇼핑에 시간 끄는 것을 싫어하는 터라 고급 스포츠웨어 매장에 들어가 셋의 오리 털 파카를 샀다. 매장 직원의 코디를 받았으니 물릴 일은 없을 것이다.

"아빠, 왔어?"

막내딸 서현이 선물 백부터 받아들고 인사를 했다. 둘째 영근은 내성적이다. 얼굴도 김태수를 가장 닮았다. 말없이 꾸벅 머리만 숙이더니 제 옷을 받아들고 제 방으로 들어갔다. 김태수가 씻고 나왔을 때 대근이는 탁자 위에 양주병과 안주를 차려놓고 있었는데 미리 준비해둔 것 같다. 잔은 하나다.

"아니, 이자식이."

쓴웃음을 지은 김태수가 소파에 앉아 집 안을 둘러보는 시늉을 했다.

"애들도 부르지 그러냐?"

"애들은 놔둬."

정색한 대근이 양주병을 들더니 잔에 술을 따랐다. 김태수가 아끼는 살루트 38년을 딴 것이다. 김태수는 38년을 모으고 있다.

"얀마, 그건 놔두고 다른 거 먹다 만 것을 가져오지 그랬어?"

그러나 대근은 대답하지 않고 잔에 술을 채우더니 술병을 내려놓았다. 정색한 얼굴이다.

"아빠, 술 들어."

입맛을 다신 김태수가 한 모금에 술을 삼키고는 잔을 내밀었다.

"한잔해라."

"이따가."

한마디로 거절한 대근이 김태수를 보았다. 키가 1미터 85에 마른 체격이지만 운동에 소질이 있다. 김태수의 체질이다. 그러나 얼굴형은 할아버지 김선호를 닮았다. 속이 깊고 리더십이 있다. 동생 영근의 내성적인 성품은 김태수를 닮았다. 김태수도 고1때까지는 내성적이어서 친구도 사귀지 못했던 것이다.

"아빠 이혼할 거야?"

불쑥 대근이 물었으므로 김태수는 술병을 들어 잔을 채웠다. 예상은 하고 있었던 것이다. 잔을 든 김태수가 대근을 보았다. 대근이 두 동생에게 방 밖으로 나오지 말라고 했는지도 모른다.

"미안하다."

"안 맞으면 할 수 없는 거지 뭐."

어깨를 부풀렸다가 내린 대근이 다시 김태수를 보았다.

"좀 무책임하다는 생각은 안 들어?"

"들어."

"대상이 나는 아냐. 난 이만큼 컸으니까 감당은 해."

김태수가 한 모금에 술을 삼켰고 대근이 말을 이었다.

"애들이 문제야. 엄마는 우리를 맡겠다고 하지만 뭘 좀 모르는 것 같아."

"…"

"밥 챙겨주고 과외 시간 알려주고 공부 체크하는 것만으로 역할이 충분하다고 생각하는 것 같아."

"…"

"하긴 그것만으로도 벅차기는 하지."

김태수가 다시 술을 채울 때 대근이 또 물었다.

"아빠, 그 여자하고 살 거야?"

"응?"

술이 조금 흘렀다. 머리를 든 김태수가 대근을 보았다.

"누구 말이냐?"

"그 여자."

"그 여자라니?"

"엄마한테 현장을 들켰다는 여자."

"미친."

"안 들켰어?"

"누가 그래?"

"호텔방에서 같이 있는 것 들키고 자백까지 받았다면서."

"미친년이."

마침내 김태수의 입에서 욕이 나왔다. 호텔방에 있었던 여자는 바이어 아무드의 현지처다. 아무드의 방으로 찾아갔다가 뒤를 미행한 최혜영의 어설픈 정보원에게 걸린 것이다. 자백이라니? 네 마음대로 생각하라고 했을 뿐인데, 김태수가 강한 시선으로 대근을 보았다.

"대근아 너희들한테 이런 추태를 보여서 미안하다."

"글쎄, 아빠, 난 아니래도."

대근의 얼굴이 상기되었다.

"난 동생들이 걱정돼서 그래, 특히 영근이가."

숨을 들이켠 김태수는 대근의 목소리만 듣는다. 외면했기 때문이다.

"서현이도 사춘기가 된 것 같고."

술이 들어가자 김태수의 가슴이 슬슬 젖어졌다. 사업이 다 무엇인가? 돈 벌어서 무엇 하려고? 더구나 지금은 중국산 저가품에 고전하는 중이다. 다 때려치우고 아버지한테나 내려갈까? 올해 고추 농사가 잘 되었다던데, 40년간 교직자였던 아버지도 10년 만에 고추 박사가 되었는데 내가 못할까? 더구나 아버지 아들인데, 5년 만에 고구마 박사가 되어서 떼돈을 벌지 누가 아나? 떼돈이라니, 또 돈 타령이군. 술잔을 든 김태수가 흐린 시선으로 대근을 보았다.

"동생들 오라고 해."

"아빠."

"글쎄, 나오라고 해."

"무슨 말 하려고."

"이자식이 정말, 데려와, 이 자식아."

"이혼 이야기는 하지 마."

자리에서 일어선 대근이 곧 영근과 서현을 데려왔다. 서현은 곧장 김태수 옆자리에 앉았지만 영근은 주춤거리다가 대근 옆에 앉는다. 김태수의 시선이 셋을 차례로 훑었다. 대근과 서현은 시선을 받는데 영근은 술병만 보고 있다. 김태수가 헛기침을 했다.

"아빠가 사업한답시고 바빠서 너희들한테 소홀했어, 미안해."

서현이 대근의 눈치를 보고 있다. 눈동자가 또랑또랑하다. 무슨 말을 할지 답답한 눈치다. 영근은 여전히 술병만 본다. 김태수가 말을 이었다.

"아빠는 너희들을 위해서라면 다 버릴 수 있어. 너희들은 다 컸으니까 무슨 말인지 이해할 거야."

"뭔데?"

마침내 서현이 묻는다. 갸름한 얼굴에 눈이 또렷해서 예쁜 얼굴이다. 키도 165라니 다 컸다. 젖가슴이 간장종지만큼 나온 것이 여자 같으나 뒷모습을 보면 종아리가 연필 깎아놓은 것처럼 볼륨이 없다. 성인 여자는 양쪽이 볼록한데 더 성숙해야 된다는 증거 같다. 달거리를 했는지 궁금했지만 최혜영한테 물어볼 분위기가 아니어서 참고 있었다.

"아, 그거."

헛기침을 한 김태수가 본론을 꺼냈다.

"너희들 엄마가 이혼 이야기를 하는 모양인데 말이다."

대근의 시선이 강해졌지만 김태수는 말을 이었다.

"난 너희들이 원하지 않으면 아니, 그럴 필요도 없지. 너희들이 이 아빠를 발로 찰 리는 없고 그래서…"

입맛을 다신 김태수가 술잔을 들었다가 도로 놓았다. 잔이 비었기 때문이다.

"난 이혼 안 한다는 말을 해주려고 불렀다. 네 엄마가 오해한 부분도 있고, 또 아빠가 잘못한 점도 있어. 그것을 앞으로 열심히 고치도록 할 거다."

"아유, 아빠 말 기네."

대근이 얼른 김태수의 말을 받았지만 얼굴에 웃음이 떠올라 있다. 안심한 표정이다. 그때 서현이 물었다.

"아빠, 정말이야?"

"응, 그럼. 난 너희들 없으면 못 살아."

"엄마가 싫다고 하면 어쩔 건데?"

"무릎 꿇고 빌어야지."

"정말?"

"아, 정말."

"거짓말."

그러면서도 서현의 얼굴에 웃음이 떠올랐다. 그때 김태수가 빈 술잔을 영근 앞에 내밀며 말했다.

"야, 인마. 잔에 술 따라라."

영근이 놀란 듯 시선을 든 순간 김태수는 숨을 들이켰다. 영근의 눈에 눈물이 가득 고여 있었던 것이다. 다시 머리를 숙인 영근이 술병을 들었을 때 김태수는 어금니를 물었다. 갑자기 최혜영에 대한 분노가 치밀어 올랐기 때문이다. 최혜영은 영근 앞에서도 이혼 이야기를 밥 먹듯이 꺼냈을 것이 틀림없다. 섬세한 용모와는 달리 표현이 거칠고 직선적인 성격의 최혜영이다. 영근이 술을 채웠을 때 대근이 웃음 띤 얼굴로 말했다.

"아빠, 그럼 기념으로 우리들한테 용돈 좀 나눠줘. 엄마 모르게 말이야."

"아, 그래야지."

김태수가 선뜻 동의하자 서현이 깔깔 웃었다. 영근의 어깨가 치켜올라갔다가 내려갔다.

"매장 식품코너 절반을 없애려고 그래요. 그러니까 이해하시고."

지배인 안상규가 싸가지 없는 표정으로 말했다. 이 사람은 항상 무표정한 얼굴로 웃는 적이 없다. 그래서 좋은 말도 정나미가 떨어지게 말한다. 이미 각오하고 있었으므로 김희선은 시선만 주었다. 나가라면 나가는 수밖에 없다. 임시직으로 1년 반이나 일했으니 그것만으로도 봐준 것이다.

"뭐, 퇴직금 드릴 조건도 없지만 한 달 월급은 상여금 조로 지급해드리지요."

안상규가 책상 위로 봉투를 밀었다. 그것도 알고 있다. 조금 전에 이곳에서 나온 영옥이 엄마가 다 말해준 것이다. 김희선이 잠자코 봉투를 받았더니 안상규도 잠자코 장부를 밀었다. 인수했다고 사인하라는 것이다. 그래서 김희선은 사인을 하고 지배인실을 나왔다. 다음 순서를 기다리던 민수 엄마가 외면하고 서 있는 것은 김희선의 표정이 꼭 제 얼굴을 보는 것 같기 때문일 것이다. 같은 서러움을 겪는 사람들은 그런다. 이것으로 실업자가 되었다. 마트가 어제 아침부터 술렁거리더니 오후에 해직 통보가 왔고 오늘 오전에 상여금을 받고 나가게 되었다. 마트를 나오는데 뒤에서 영옥이 엄마가 불렀다. 이번에 잘린 4명 중 하나다.

"미경 엄마, 나 좀 봐."

김희선보다 세 살 위인 영옥 엄마 이름은 오금순, 남편은 학원 버스 운전사라고 했다. 다가온 오금순이 김희선을 보았다.

"우리, 커피 한잔 해. 이야기할 것도 있고."

오전 11시다. 오금순과 함께 마트 근처의 커피숍에 들어간 김희선이 버릇처럼 한숨을 뱉었다.

"클 났어. 언니, 이제 어떻게 살지?"

"그래서 내가 부른 거야. 이렇게 살아서 뭐해? 희망이 보여야지? 만날 이 꼴인데."

다가온 종업원에게 커피를 시킨 오금순이 가는 눈으로 김희선을 보았다.

"내가 말한 그 남자 있지? 한번 만나보기나 해봐."

"아 글쎄, 그런 이야기는 하지 마, 언니."

김희선이 머리를 저었다.

"난 생각 없어, 전혀."

"앗따, 별꼴이네."

정색한 오금순이 눈을 흘겼다.

"여자들이 줄을 섰다고, 그런데도 그쪽에서는 미경 엄마만 찾는다니까 그러네."

"아, 싫어. 언니가 생각해 주는 건 고맙지만 난 안 해."

석 달쯤 전부터 김희선의 계산대에만 오던 남자였다. 다른 계산대는 비었는데도 꼭 김희선한테만 오더니 만나자고 했다. 50대 초반쯤으로 배가 나왔고 반 대머리, 옷차림은 고급이었지만 생김새나 목소리, 말하는 투가 마음에 들지 않았다. 그래서 서너 번 거절했더니 옆쪽 계산대 오금순을 통해 제 소개와 함께 만나자는 제의를 해오는 것이다. 사내는 부동산업자로 한 달 임대료 수입만 1억이 넘는다고 했다. 나이는 52세, 김희선과 딱 10년 차이가 났고 8년 전에 아내와 사별, 아들 둘이 있다는 것이다.

"내가 어제 우리가 잘렸다고 했더니 조 사장이 국제마트에 취직시켜 주겠다는 거야. 우리 둘을."

오금순이 손가락 2개를 V자처럼 펴 보이며 말을 이었다. 조 사장은 그 남자다.

"국제마트 알지? 그 건물이 조 사장 건물이거든. 조 사장이 사귀는 건 나중에 생각해봐도 되니까 취직부터 하는 것이 낫지 않겠느냐고 했어."

"…."

"나도 미경 엄마 덕분에 취직 좀 하자. 요즘 영옥 아빠는 학원에서 버스를 사서 일감도 없어."

오금순 남편은 승합차로 학원 아이들을 등하원시켜주고 있었던 것이다. 김희선이 다시 머리를 저었다.

"싫어, 그렇게까지 해서 먹고 살지는 않을래. 언니, 미안해. 그리고 조 사장님한테도 호의는 고맙다고 전해줘."

"참, 미경 엄마는 왜 이러니?"

오금순이 눈을 흘겼는데 교태가 흘렀다. 해반주그레한 얼굴에 몸을 비틀면서 말하는 버릇이 있어서 오금순은 남자 손님들한테 인기다. 문득 김희선은 조 사장이 오금순하고 그런 사이인지도 모른다는 생각이 들었다. 오금순에 대한 소문을 들으면 밤에 성인 나이트에도 자주 나가고 노래방 도우미 일도 한다는 것이다. 그러니 몸이 온전할 리가 없다.

김태수가 김희선의 전화를 받았을 때는 오전 10시가 되었다. 그 시간이면 김태수가 가장 바쁜 때다. 회의를 하거나 자료 검토, 또는 상담이 시작되었을 때가 된다. 그때도 마침 사우디 바이어하고 상담 중이었으므로 핸드폰이 진동으로 떨고 있도록 놔두었다. 발신자가 김희선이어서 더 그랬는지도 모른다. 막내 동생 김희선은 6살 차이가 났고 어렸을 때도 김태수를 어른처럼 여겨 어려워했다. 김태수도 뒷걸음질만 치는 김희선에게 구태여 다가가려고 하지 않았다. 그렇다고 김희선이 김동수와 친한 것도 아니다. 김동수는 자주 김희선을 때리고 윽박질러서 부모한테 꾸중을 들었다. 김희선을 애지중지한 것은 부모였다. 어머니하고 고등학교 다닐 때까지 껴안고 잤고 아버지는 크게 내색하지는 않았지만 비 오는 날에는 우산을 챙겨들고 버스 정류장에 가서 한 시간이고 두 시간이고 김희선을 기다렸다. 11시쯤이 되었을 때 김태수는 김희선에게 전화를 했다. 목소리 들은 것도 반년이 넘은 것 같다.

"응, 웬일이냐?"

김희선의 응답을 들은 김태수가 대뜸 물었다. 항상 이런 식이다.

"오빠."

불러놓고 숨을 고르는 듯 뜸을 들인 김희선이 물었다.

"별일 없으셨죠?"

대학 때까지는 반말도 아니고 존댓말도 아닌 어중간한 말투를 쓰더니 김태수가 결혼한 후부터 김희선은 존댓말로 바꿨다. 그것이 버릇이 되어서 이제는 존댓말이 자연스럽다.

"응, 그래. 너도…"

문득 김태수는 김희선이 뭘 하는지 떠올렸다가 기억이 나지 않았으므로 놔두었다. 전에 마트에서 일한다고 했지만 또 바꿨는지 모르겠다. 그걸 말해 주었는지도 모르겠고, 그때 김희선이 말했다.

"오빠, 저 어디 취직 좀 시켜주세요."

"취직?"

"예, 마트에 다니다가 그만뒀거든요."

"어? 언제?"

"사흘 됐어요."

"그렇구나."

"출판사 일은 다 잊어 먹었고, 이 나이에 신입처럼 다니기도 그렇고, 어디 없을까요?"

"글쎄."

김태수의 머릿속에 회사 빌딩을 청소하는 청소부 아줌마들이 떠올랐다. 김태수의 세경무역을 담당하는 아줌마도 2명 있다. 그 순간 김태수는 저도 모르게 머리를 저었다. 너무 쉽게 연결해버린 자신의 성품에 대한 질책이다. 이어서 김희선에게 미안한 생각이 들었다. 하나밖에 없는 여동생한테 너무 무심했다. 아무리 내가 일에 바빴고 집안 상황이 좋지 않았더라도 6개월이 넘게 연락을 안 했다니, 취직시켜 달라는 말에 쉽게 청소부를 떠올리다니, 그래서 물었다.

"그래, 미경이는 잘 있지? 걔가 초등학교 5학년이던가?"

"아니, 6학년이 되었어요."

"참, 그렇구나. 서현이하고 같았지."

숨을 들이켠 김태수가 서둘러 말을 이었다.

"세월 참 빠르다."

그렇다면 희선이 이혼한 지 몇 년째인가? 3년? 4년? 김태수가 다시 말했다.

"어때? 오늘 저녁에 나하고 밥이나 먹자. 미경이 데리고 나와라."

김태수가, 미경이가 서현이하고 같은 학년이니 같은 사이즈의 오리 털 파카를 사갖고 가야겠다고 생각했다. 김태수의 머리 회전은 빠른 편이다. 김태수가 다짐하듯 말을 잇는다.

"7시가 좋겠다. 네 집 근처로 가지."

그것은 김희선의 집을 모르기 때문이다.

"바쁘지 않으세요?"

"아니, 괜찮아. 모처럼 네 목소리 들으니까 내가 그동안 너무 무심했 던 것 같고 겸사겸사 같이 만나자."

"저도 죄송해요. 언니랑 애들 모두 잘 지내죠?"

"아, 그럼."

김태수가 손목시계를 보았다. 전화를 오래 한다는 생각이 들었기 때 문이다.

"고추 값 들어왔어?"

김선호가 묻자 윤수정이 움직임을 멈췄다. 오전 11시 반, 햇살이 맑고 강하다. 이런 햇살이 고추 말리기에 적당하다. 둘은 집 안에 남은 고추를 마지막으로 말리는 중이었다. 내일 농협으로 내갈 작정인 것이다.

"아니, 아직."

외면한 채 말했더니 김선호가 아예 이쪽으로 돌아앉았다. 미심쩍은 표정이다.

"고추 보낸 지 열흘이 넘었는데 아직 고추 값을 안 보내?"

"글쎄 걔들이 바쁜 모양이오."

"바쁘긴 뭐가?"

김선호가 자리에서 일어섰으므로 윤수정이 질색했다.

"뭐 하려고 일어나시오?"

"내 핸드폰."

"핸드폰은 왜?"

"왜는 왜야? 종근 에미에게 전화해야지, 그 고추가 어떤 고추라고…"

"전화는 내가 하지."

하면서 윤수정이 따라 일어섰지만 김선호는 대답하지 않았다. 윤수정이 오히려 며느리들한테 조심스럽게 대했고 김선호는 할 말은 하는 편이었다. 시부모 생일이나 휴가철에 자식들이 용돈 보내온 것에 대한 인사도 김선호가 다 했다. 이미 김선호가 핸드폰을 쥐는 바람에 윤수정이 옆에 와 섰다.

"왜 그려?"

옆에 선 윤수정을 흘겨본 김선호가 버튼을 눌렀다. 철수가 어슬렁거리고 다가와 윤수정 옆에 퍼질러 앉더니 물끄러미 김선호를 보았다. 꼬리가 토방을 쓴다.

"네, 아버님."

정영아의 목소리가 윤수정에게도 들렸다. 헛기침을 한 김선호가 입을 열었다.

"너, 지난번에 내가 보낸 고추 10킬로 대금을 보내지 않았더구나."

"네? 언제요?"

정영아의 놀란 목소리다.

"언제라니? 내가 우체국까지 싣고 가서 보낸 고추 말이다. 열흘도 넘었는데."

"어머, 그 고추 말씀이세요?"

"아니, 그럼 다른 고추도 있냐?"

"어머님이 그냥 주신다고 했는데…"

"뭐? 네 시에미가?"

버럭 소리친 김선호가 눈을 치켜뜨고 윤수정을 보았다. 이미 정영아의 말을 들은 윤수정의 이맛살도 찌푸려져 있다. 그때 윤수정이 손가락을 입에 붙이더니 머리를 저었다. 그 표정이 절박했으므로 김선호가 핸드폰을 손바닥으로 막았다.

"왜 그려?"

"알았다고 하고 놔둬요."

"당신이 정말 그냥 준다고 했어?"

"아, 글쎄, 알았다고 하고 끊으라니깐."

윤수정의 기세가 사나왔으므로 김선호가 심호흡부터 했다. 그리고는 손바닥을 떼고 말했다.

"알았다. 전화 끊는다."

"아버님."

"아, 전화 끊는다."

통화정지 버튼을 누른 김선호가 어깨를 늘어뜨리면서 윤수정을 보았다.

"저것이 그냥 고추 보내달라고 했지?"

윤수정이 몸을 돌렸더니 등에 대고 김선호가 말했다.

"당신은 돈 보내줄 줄 알고 보냈고 말이여, 그냥 준다고는 안 했지?"

"아, 그만둡시다."

"참, 싸가지 없는 년 같으니."

"아, 고추 농사 잘되었잖아요. 그깐 10킬로 갖고…"

"그깐 10킬로?"

김선호의 목소리가 높아지자 철수가 슬그머니 일어나 토방을 내려갔다.

"20킬로나 떼어주었더니 달랑 20만 원 보내오고, 이제 또 10킬로 거저 달라고? 시부모가 어떻게 일해서 얻은 수확인데, 제 부모가 그랬다면 이렇게 했을까?"

다시 마당에 쪼그리고 앉은 윤수정이 고추를 골랐고 김선호의 성난 목소리가 집을 울렸다.

"동수 그놈이 제 부모를 이웃집 노인 보는 것처럼 대해서 그러는 거야. 자식 놈이 똑바로 하면 며느리가 이따위로 시부모를 대하지 않아."

이제 윤수정도 서운한 심정에 토를 달지 않았다. 한동안 우두커니 마루에 앉아 있던 김선호가 입을 열었다.

"내가 희선이한테 한번 가봐야겠어."

"아이구."

놀란 윤수정이 머리를 들고 김선호를 올려다보았다.

"나하고 같이 갑시다."

"집은 누가 보고?"

"아, 삼식이 할머니한테 보라면 되지."

윤수정의 목소리에 활기가 띠어져 있다.

"응, 서현이하고 체격이 비슷하구나, 잘되었다."

박미경의 인사를 받은 김태수가 들고 온 백화점 종이 백을 김희선에게 내밀었다.

"미경이 옷 샀다."

"엄머."

놀란 김희선이 백에서 오리털 파카를 꺼내더니 환하게 웃었다.

"비싼 건데, 오빠, 고마워요."

박미경의 눈동자도 반짝였다. 김희선을 닮아서 갸름한 얼굴형에 윤곽이 뚜렷한 용모다. 일식당 방 안이라 셋뿐이었으므로 그 자리에서 김희선이 박미경에게 옷을 입혀보더니 웃었다.

"옷도 딱 맞네, 색깔도 좋고."

오랜만에 만나 어색한 분위기가 금방 가셔졌다. 오후 6시 반, 김태수가 김희선의 집 근처인 중계동까지 온 것이다. 김태수가 지그시 박미경을 보았다.

"너, 내 얼굴 잊어 먹지 않았지?"

"네."

박미경이 고분고분 대답했다. 얼굴에 웃음을 띠우고 있는 것이 나쁜 기운은 아닌 것 같다. 회와 술이 놓였으므로 젓가락을 든 김태수가 말을 이었다.

"내가 사업 때문에 좀 바빠, 힘이 들기도 하고, 그래서 자주 연락 못 한 거 미안하다."

"아녜요, 오빠."

박미경의 접시에 회를 덜어준 김희선이 김태수를 보았다.

"세 시간쯤 전에 어머니한테서 전화가 왔었어요. 오후 3시쯤요."

"응? 어머니한테서? 왜?"

"아버지하고 서울 오시겠대요."

숨을 들이켠 김희선이 말을 이었다.

"저 만나려고요."

"왜?"

"모르죠."

시선을 내린 김희선이 힐끗 박미경에게 시선을 주고 나서 말했다.

"걱정하시는 거죠 뭐."

"너, 지금 어떤 사정인지 아버지랑 다 알고 계시는 거야?"

김태수의 시선도 박미경을 스치고 지나갔다. 박미경은 열심히 튀김을 먹는 중이다. 김희선이 머리를 저었다.

"아뇨, 말 안 했어요, 하지만."

"하지만 뭔데?"

"같이 시골 가자고 하실 것 같아요."

어깨를 늘어뜨린 김태수가 소주잔을 쥐었다.

"네 생각은 어떤데?"

"아직, 미경이 때문에…"

그때 박미경이 머리를 들고 김희선을 보았다.

"엄마, 시골 가, 거기서 할아버지랑 할머니랑 살아."

숨을 들이켠 김희선의 얼굴이 금방 빨개졌다. 박미경이 말을 이었다.

"엄마 마트 그만둔 것 다 알아, 그러니까 일자리 그만 찾고 시골에 가."

"얘."

김희선이 말을 막았다가 오히려 제 목이 막혔는지 딸꾹질을 하듯이 숨을 들이켰다. 그러더니 주르르 눈물을 쏟는다. 그것을 본 박미경이 이맛살을 찌푸렸다.

"내 핑계 그만 대라고, 정말 여기선 사는 게 아냐, 시골로 가."

이제는 김희선이 손바닥으로 얼굴을 가렸으므로 김태수가 헛기침을 했다.

"얘, 미경아."

"엄마가 불쌍해서 그랬어요."

이제는 김태수를 똑바로 응시한 채 박미경이 말을 잇는다.

"아침에 저하고 같이 마트 가는 척하고 집에서 나왔다가 도로 집에 가거든요. 숨어서 다 봤어요."

김태수는 외면했고 박미경의 목소리가 방을 울렸다.

"시골을 뉴질랜드처럼 생각하면 되죠 뭐."

그때 김희선이 가방에서 손수건을 꺼내더니 얼굴을 닦으면서 말했다.

"그만해."

"미경이가 다 컸다."

김태수가 겨우 한마디 하고는 지금까지 들고만 있던 소주잔을 입에 붙였다. 그러고는 한 모금에 술을 삼키고 나서 박미경을 보았다.

"미경아, 걱정 마라. 다 잘될 거다. 외삼촌이 도와줄 테니까."

김희선과 박미경은 서로 싸운 것처럼 머리를 반대 방향으로 돌린 채 말이 없다. 다시 김태수가 말을 이었다.

"우린 가족이야, 서로 피가 섞인 가족이란 말이다. 가족이 도와야지, 그동안 내가 소홀해서 미안하다."

그때 김희선에게 주려고 2백만 원을 봉투에 넣고 왔지만 돈을 조금 더 넣어야겠다는 생각이 났다.

"증거는 확실합니다."

고진복이 웃음 띤 얼굴로 탁자 위에 사진을 펼쳐놓았다. 20장도 넘는다. 사진에는 밑에 일자와 시간, 장소를 설명하는 스티커까지 붙어 있다. 김동수는 숨을 들이켰다. 오후 8시 반, 사무실에는 둘뿐이다. 바깥 사무실도 조용했는데 모두 퇴근했기 때문이다. 이윽고 허리를 편 고진복이 김동수를 보았다.

"CCTV에도 다 찍혔는데, 먼저 녹음한 것부터 들려 드릴까요?"

김동수가 눈만 껌벅였는데도 고진복이 거침없이 탁자 위에 놓인 녹음기 버튼을 눌렀다. 그러자 바로 목소리가 들렸다.

"아유, 자기는 점점 더 세지는 것 같아."

정영아의 목소리다. 가쁜 숨을 뱉으면서 정영아가 말을 잇는다.

"더 길어지고, 아유, 나 죽겠어."

"한 번 더 해줘?"

남자 목소리다. 그러자 정영아가 헐떡이며 대답했다.

"쫌 있다가."

"앞쪽을 들려 드릴까요? 거긴 목소리가 아니라…"

"아, 됐고."

쓴웃음을 지은 김동수가 소파에 등을 붙였다. 고진복은 용역 회사 사장이다. 김동수로부터 의뢰를 받아 정영아의 간통 장면 증거를 확보

한 것이다. 그때 고진복이 서류 한 부를 김동수에게 내밀었다.

"거기 정영아 씨가 한 달 동안 윤택상이를 만난 횟수와 장소, 보낸 시간 등이 적혀 있습니다. 윤택상의 인적 사항도 모두…"

서류를 받은 김동수가 펼쳐보았다. 정영아를 의심하기 시작한 것은 지난 여름부터였다. 의상실을 경영하는 정영아인 터라 대외 활동이 많은 편이다. 그래서 부산의 패션쇼에 출품 관계로 사흘 동안 다녀온다고 해서 그런 줄 알았다. 그런데 집에 돌아온 정영아의 가방 밑바닥에 공항의 보안 스티커가 붙어 있었던 것이다. 여권을 숨겨놓아서 인맥을 동원해서 정영아의 입출국 기록을 체크했더니 3박4일 동안 일본에 다녀온 것이 드러났다. 그래서 용역 회사 고진복에게 정영아의 일정을 감시시켰던 것이다. 정영아의 남자는 같은 업계의 유명 디자이너 윤택상이다. 정영아보다 다섯 살 연하인 38세, 의상실도 경영하고 있었는데 1남 1녀의 가장이며 유부남이다.

"사장님."

고진복이 부르는 소리에 김동수는 머리를 들었다.

"잘 아시겠지만 이 정도면 위자료도 받아낼 수 있고 자동 이혼입니다. 꼼짝 못 하고 해달라는 대로 해줄 텐데요."

김동수가 머리만 끄덕이자 고진복은 김이 빠진 것 같다. 어깨를 늘어뜨리면서 다시 물었다.

"조사 계속할까요?"

"계속해줘요."

"이건 제 생각입니다만."

눈동자의 초점을 잡은 고진복이 긴 얼굴을 들고 김동수를 보았다.

"증거는 완벽합니다. 더 이상 필요 없을 것 같은데요."

"그냥 어디서 뭘 하는지 알고 싶어서 그래요."

"아아, 예."

"비용은 다 낼 테니까요."

"아, 그래 주신다면야 뭐, 저희들로서는…"

김동수는 앞에 놓인 사진으로 시선을 내렸다. 정영아가 윤택상과 껴안고 있는 사진, 브래지어, 팬티 차림으로 엉켜 있는 사진, 키스하는 사진도 있다. 멀리서 찍었지만 선명하다. 그리고 모텔방에서 섹스를 하는 CCTV 화면도 확보해놓은 것이다. 사진과 서류를 끌어 모으던 김동수가 문득 움직임을 멈추고 고진복을 보았다.

"이것도 모두 보관해 놓으세요. 내가 갖고 갔다가 들킬 수 있으니까."

"그러지요."

"둘의 대화에 이혼한다든가 그런 이야기는 없던가요?"

"그런 이야기는 없었습니다."

"뭐 날 독살시킨다든가 그런 이야기는요? 교통사고를 낸다든지."

그러자 숨 들이켜는 소리를 낸 고진복이 머리를 들었다가 곧 내렸다.

"그런 것도 없었습니다."

"혹시 모르니까 내 앞으로 교통사고 보험이 들어 있는가도 알아보세요. 다른 보험도 마찬가지로 날 죽이고 타내려는지도 모르니까."

"알겠습니다."

그때 김동수가 자리에서 일어서더니 기지개를 켜는 시늉을 하면서 말했다.

"내가 영화 주인공이 된 느낌이 드는구먼요."

"종근 에미가 20만 원 보내왔습디다."

불쑥 윤수정이 말했으므로 김선호가 머리를 돌렸다.

"응? 20만 원?"

"고추 값으로."

김선호의 시선을 받은 윤수정이 주름진 얼굴을 펴고 웃었다.

"당신이 전화한 보람이 있네."

"나아 참, 언제 보낸 건데?"

"오늘 아침에 통장 확인해보니까 입금시켰던데."

둘은 전주 고속버스 터미널에서 서울행 버스를 기다리는 중이다. 오전 9시 10분, 9시 30분발 서울행 티켓을 끊었다.

"야가 나오지 말라고 했는데도 꼭 나온다고 하네."

윤수정이 혼잣말을 했다.

"미경이까지 데리고 나온다니."

"아, 오늘이 토요일 아녀? 집에 혼자 두느니 델꼬 나오는 게 낫지."

김선호가 주위를 두리번거리면서 말했다. 조금 전에 김희선한테서 전화가 왔던 것이다. 몇 시 표를 끊었냐고 묻더니 고속버스 터미널로 마중을 나오겠다고 했다.

"근데 김치는 왜 그렇게 많이 싸 갖고…"

김선호가 윤수정 의자 밑에 놓인 보따리를 흘겨보며 말했다.

"두 식구가 그놈 갖고 반년은 먹겠다."

"다섯 포기밖에 안 돼요."

"요즘 서울 애들은 김치 안 먹는대."

"희선이가 먹어야지."

이제는 윤수정의 시선이 김선호 의자 밑으로 옮겨졌다.

"고추 단단히 쌌소?"

"아, 그럼."

"몇 킬로요?"

"5킬로."

"더 되는 것 같은데."

실은 7킬로쯤 된다. 고춧가루여서 분량이 덜 나가지만 대신 무겁다. 그때 핸드폰이 울렸으므로 둘이 같이 허둥거렸다. 벨소리가 같았기 때문이다. 김선호의 주머니에 든 핸드폰이다. 발신자가 김태수였으므로 김선호가 핸드폰을 쥐고 윤수정을 보았다.

"태수네."

"어서 받으시오."

"야가 갑자기…"

심호흡을 한 김선호가 핸드폰을 귀에 붙였다.

"어, 태수냐?"

"아버지, 지금 터미널이시지요?"

"어? 어떻게 아냐?"

되물었지만 곧 김희선이 연락했으리라고 짐작이 되었다.

"희선이한테서 연락 받았어요. 9시 반 차 타신다면서요?"

"그래."

"어머니 옆에 계세요?"

"그래."

"희선이가 터미널에 나간다지만 저도 나가겠습니다. 제가 더 가깝기도 하고."

"야, 나올 필요 없다."

"제가 모셔다 드릴게요."

"야, 필요 없다니까."

옆에 앉아 있던 윤수정이 다 듣고 있으면서도 말리지 않는 것은 놔두라는 표시인 것 같다.

"그럼 이따 뵙지요."

김태수가 통화를 끊었을 때 윤수정이 말했다.

"어차피 만날 텐데 잘되었지. 놔두시오. 한꺼번에 만납시다."

"사흘 전인가도 태수가 희선이 만났다고 했지?"

그건 조금 전에 김희선하고 통화하다가 윤수정이 들은 것이다. 윤수정이 길게 숨을 뱉으며 대답했다.

"태수가 제 코도 석 자인데 희선이한테까정 신경을 쓰는구면요."

"미경이 옷 사 갖고 갔다면서? 돈도 좀 줬고?"

"그랬답디다."

"또 제 처한테는 비밀로 했겠지."

윤수정이 입을 다물었을 때 9시 30분이라고 쓰인 버스가 다가왔다.

"옳지, 저놈이다."

김선호가 자리에서 일어서다가 허리를 짚는다. 한번 허리를 삐면 오래가기 때문이다.

오후 3시, 중계동 연립주택의 반지하방 안에서 가족 네 명이 둘러앉아 있다. 이곳이 김희선의 집으로 김선호 부부는 물론 김태수도 처음 와보는 곳이다. 방 한 칸에 주방 겸 거실, 화장실까지 10평쯤 되는 공간이다. 지금 넷은 거실에 둘러앉았고 박미경은 방에서 TV를 본다. 밖에서 다섯 식구가 점심을 먹고 들어온 것이다. 윤수정은 집 안에 들어오고 나서 굳어진 표정으로 일절 입을 열지 않는 것이 옹색한 살림에 충격을 받은 것 같다. 김선호도 외면하고 있더니 이윽고 입을 열었다.

"내가, 아니, 우리는 널 데리고 갈 작정으로 왔다."

김선호가 집 안을 둘러보는 시늉을 했다.

"아무리 서울이 좋다고 해도 이게 뭐냐? 애 교육 때문에? 내가 40년 교육자를 했지만 이렇게 해서는 안 된다."

김희선은 외면하고 있었는데 입술이 굳게 닫혀 있다. 그때 윤수정이 김희선의 손을 쥐더니 두 손으로 감싸 안았다. 김태수는 주위를 두리번 거리고만 있다. 어깨를 늘어뜨린 김선호가 말을 이었다.

"희선아, 가자. 미경이를 전주로 통학시켜도 된다. 전주가 살기도 좋다. 그리고 우리가 있고…"

"아버지."

김희선이 말을 잘랐지만 시선은 내리고 있다.

"저, 내려가면 죽을 것 같아요."

"뭐?"

김선호가 눈을 치켜떴고 윤수정은 김희선의 손을 힘주어 쥐었다.

"이것아, 희선아."

"엄마, 정말이야."

김희선은 윤수정에게 아직도 반말을 한다. 막내라서 그런 것 같다. 상기된 얼굴로 김희선이 윤수정에게 말했다.

"내려가서 사는 생각을 하면 무서워져, 다시는 빠져나올 수가 없을 것 같아."

"얘야."

윤수정이 다시 달래듯이 불렀을 때 김선호가 꾸짖었다.

"아직도 넌 정신을 차리지 못했구나. 인생을 살아가면서 경험으로라도 배워야지, 아직도 헛된 꿈에 사로잡혀서 네 자식까지 희생시킬 참이냐?"

김태수가 숨을 들이켰다. 아버지는 심성이 선하고 정이 많은 사람이다. 그러나 아버지가 간과한 사실이 있다. 교육자로서 40년을 지내다보니 어느덧 가르치려고 드는 버릇, 좋은 말도 가르치듯 말하면 반발이 온다. 더구나 가슴 가득하게 상처를 입고 있는 김희선이다. 그때 김희선이 의외의 반응을 했다. 머리를 끄덕인 것이다.

"그래요, 아버지."

셋의 시선을 받은 김희선이 창백한 얼굴을 들고 웃었다.

"전 실패했어요. 전 이제 회사에서도 해직을 당해서 실업자가 되었어요. 모아 놓은 돈도 없어서 며칠 전에 오빠가 준 돈이 다 떨어지면 살길이 막막해요."

해직됐다는 것은 김선호 부부도 모르고 있었으므로 거실 분위기는 급격하게 가라앉았다. 윤수정은 아연한 표정이다. 김희선이 손등으로 이마에 배어난 땀을 닦았다.

"미경이 초등학교만 졸업시키고 내년에 내려갈게요. 그동안 마음 정리까지 다 해 놓으려고요."

"오냐."

윤수정은 금방 동의하고 김희선의 어깨까지 감싸 안았지만 김선호는 눈을 가늘게 떴다. 의심쩍은 표정이다. 그때 김태수가 나섰다.

"아버지, 갑자기 정리하고 내려간다는 것도 쉬운 일이 아니죠, 주변 정리할 것도 있으니까요. 미경이 초등학교 졸업하고 내년에 내려간다는 것이 현실적인 것 같습니다."

그러고는 호흡을 가누고 나서 덧붙였다.

"제가 대신 희선이 좀 살펴보겠습니다. 지금까지 같은 서울에 살면서도 제가 소홀했습니다."

"네 책임이 아니다."

윤수정이 이번에는 김태수를 위로했다.

"너도 할 만큼 한 거다. 우리가 고맙지."

그때 김선호가 손목시계를 보는 시늉을 하고 나서 김태수에게 물었다.

"너, 회사 가봐야 하지 않냐?"

"아, 괜찮습니다."

"회사 잘되는 거냐?"

"예, 그냥."

점심을 먹으면서도 김선호는 김태수에게 집안 이야기는 묻지 않았다. 그렇게 되면 자연스럽게 최혜영 이야기가 나올 것이기 때문이다. 그럼 이혼 문제가 대두된다. 김태수는 외면했고 다시 대화가 끊겼다.

"나, 지금 희선이네 집에 있는데."

김태수가 말했을 때 최혜영은 가만있었다. 갑자기 김희선이 튀어나오니까 놀란 것 같다. 핸드폰을 고쳐 쥔 김태수가 말을 이었다.

"아버지, 어머니가 와 계셔, 희선이 때문에 오셨는데, 내가 안 올 수가 있나?"

"…"

"갑자기 오전에 희선이한테서 연락을 받아서 말이야, 터미널에 가서 모시고 여기로 온 거야."

"…"

"뭐, 당신은 아파서 누워있다고 했으니까 됐어."

그때 한 호흡 뜸을 들인 최혜영이 불쑥 말했다.

"모시고 와."

"뭐?"

"모시고 오라고."

"내일 아침에 가신대."

"우리가 내일 갈라서더라도 욕 얻어먹기는 싫으니까 모시고 와."

"어쭈구리."

마침내 김태수의 눈썹도 치켜 올라갔다. 김태수는 지하 계단을 올라와 연립주택 앞 골목에서 전화를 하는 중이다. 오후 4시, 겉옷을 벗어놓고 나왔으므로 11월의 바깥 날씨는 으스스하다. 김태수가 이 사이로 말했다.

"내가 기껏 잘 말씀드렸는데 산통 깨지 말고 가만있어."

"날 병신 만들지 말란 말이야."

그러고는 통화가 끊겼으므로 김태수가 어깨를 부풀렸다가 내렸다.

"이놈의 예펜네가."

투덜거린 김태수가 그 분위기로 집에 들어가면 안 될 것 같아서 골목 밖의 편의점에 들러 괜히 이것저것을 샀다. 사다 보니까 미경이 군것질거리도 사고 라면까지 한 박스를 사들고 집에 돌아왔더니 어머니 윤수정이 말했다.

"얘, 대근이 에미한테서 전화 왔다."

"전화요?"

놀란 김태수가 이맛살부터 찌푸렸을 때 김희선이 말을 받았다.

"언니가 엄마 아버지 모시고 오래요."

"모시고?"

말꼬리만 되받다가 김태수는 그 와중에도 김희선이 엄마, 아버지라고 부른 것이 귀에 걸렸다. 그래서 쓴웃음을 짓고는 김선호를 보았다. TV를 보는 시늉을 하던 김선호가 머리도 돌리지 않고 말했다.

"피곤하다."

"갑시다."

윤수정이 밀어붙이듯이 말했다.

"대근 에미가 희선이, 미경이도 데리고 오라고 했지 않소? 같이 갑시다."

"누가 오라면 오고 가라면 가?"

김선호가 윤수정을 노려보았으므로 김태수는 어깨를 늘어뜨렸다. 다시 김선호의 말이 이어졌다.

"그게 태수 집이지 걔 집이야? 내가 가고 싶으면 내가 가는 겨."

"아이구, 참."

"아버지, 가시죠."

마침내 김태수가 나섰다.

"가서 주무시고 가시죠. 희선이도 같이요, 모처럼…."

"이 자식아, 네가 가자고 했어야지!"

김선호가 버럭 소리쳤으므로 방에서 박미경이 나왔다. 다 듣고 있었는지 제 엄마와 할머니를 번갈아 보았지만 두려운 기색은 아니다.

"죄송합니다."

김선호 성격을 가장 잘 아는 것이 김태수다. 김동수 같으면 이 시점에서 삐쳤을 것이다. 김선호 옆으로 다가선 김태수가 길게 숨을 뱉으며 말했다.

"아버지, 다 제가 못나서 그렇습니다. 가시지요."

"미경이 뭘 입히고 가지?"

이것으로 되었다는 듯이 김희선이 자리에서 일어서며 말했다.

"미경아, 너 서현이 본 지 오래되었지?"

그때 윤수정이 거들었다.

"그렇지, 애들이 참 친했지. 아마 4년쯤 되었나? 어메, 그렇게 오래되었구나."

이제 김선호는 다시 TV로 시선을 돌렸고 김태수는 소리 죽여 숨을 뱉었다. 최혜영의 한마디에 가족이 들썩거린 셈이다. 거실 구석자리에 앉은 김태수는 김선호와 외면하고 있다. 이제 윤수정과 김희선, 박미경은 김태수 집에 가는 준비로 부산하다. 거실에서 방으로 옮겨 들어가서도 떠든다. 밝은 분위기다. 그때 김선호가 머리를 돌려 김태수를 보았다. 가라앉은 시선이다.

"봐라, 네 처 한마디에 분위기가 바뀌었다."

그러고는 머리를 돌렸으므로 김태수는 어금니만 물었다.

요리 출장 서비스를 시키면 한식에서 일식, 양식까지 그것도 등급별로 몇 시간 안에 끝낸다. 물론 빨리 해주기를 바라면 KTX 요금처럼 특급 요금이 붙는다. 최혜영은 한식과 일식을 뒤섞은 B급 수준으로 뷔페식 요리를 신청했고 시간은 2시간, 특급이 되겠다. 그래서 5시 55분이 되었을 때 요리 업체 직원 다섯 명은 요리 준비를 완벽하게 끝내고 돌아갔다. 남아서 서비스를 해줄 수도 있지만 최혜영이 보낸 것이다. 용의주도하게 집에 있는 그릇을 사용했기 때문에 그릇을 가지러 올 일도 없다. 설거지만 하면 끝나는 것이다. 중계동에서 떠난 일가족 다섯은 30분쯤 후인 6시 반쯤 도착한다는 연락을 받았으므로 최혜영은 오히려 시간이 남았다. 75평형 아파트여서 세 자식은 제각기 제 방에 들어가 있는 터라 푸짐하게 상을 차린 주방과 거실에는 최혜영 혼자 남았다. 최혜영은 핸드폰을 들고 버튼을 눌렀다. 신호음이 세 번 울리고 나서 곧 응답 소리가 들린다.

"어머, 언니."

아래 동서 정영아다. 정영아의 밝은 목소리를 듣자 최혜영은 긴 숨을 뱉었다. 김태수 가족 중에서 가장 잘 통하는 사람이 정영아다. 잘난 척하는 것이 좀 거슬리지만 첫째로 레벨이 맞다. 최혜영의 기준에서 레벨은 돈이다. 구체적으로 말하면 씀씀이, 더 자세하게 표현할라치면 제대로 쓰는 것을 말한다. 최혜영의 목소리가 부드러워졌다.

"동서, 전주 아버님, 어머님이 서울 오신 것 모르지?"

"어머, 어머."

먼저 호들갑부터 떤 정영아가 묻는다.

"방배동에 오셨어요?"

"아니, 중계동 시누이한테 가셨다가 지금 이쪽으로 오시는 중이야."

"어머, 어머, 시누이한테요?"

"응 시골로 데려가려고 오셨나봐."

"어머, 어머, 내려간대요?"

"모르겠어."

"근데 저한테는 연락도 안 하시고…"

"나도 연락 못 받았는데 대근 아빠가 중계동에서 알려 주는 바람에 알았어."

"어머, 어머."

"그래서 이리 모셔오라고 한 거야."

56

"언니, 고생하시겠어요."

"에이구, 맘 상하는 게 어디 하나둘이어야지, 못 살겠어."

정영아가 숨을 죽였고 최혜영의 말이 이어졌다.

"이번 추석 때 고생 많았지?"

"고생은 뭐가요, 그냥 인사만 드리고 바로 왔는데요. 우리도 아이를 집에 두고 가요."

"내가 못 가서 미안해, 동서도 알다시피 좀 그래."

"잘 되시겠죠."

"점점 나빠져, 대근 아빠는 밖으로만 돌고 난 점점 더 얽매이고, 그렇다고 시부모님이 내 속을 알아주시기나 하나? 뻔하지, 다 내 탓이지."

"아유, 형님."

"다 알아, 그렇다고 대근 아빠가 내 역성 들어주는 것도 아니고, 여자한테 빠져서 얼른 내가 없어졌으면 하겠지."

"…"

"누굴 닮아서 그렇게 뻔뻔한지 모르겠어."

"아유, 다 그렇죠 뭐."

"식구들 앞에서는 내 욕하고 다닐 거야. 내가 다 알아."

"어머, 그러지는…"

"여자하고 호텔방에 같이 있는 현장을 잡혔는데도 뻔뻔하게 오리발을 내밀고 말이야."

"…"

"니 맘대로 생각하라니, 신문에 날 일이야, 안 그래?"

"아유, 세상에."

"시부모님이 그런 사실을 아는지 모르겠어. 하긴 알더라도 다 팔이 안으로 굽는 법이니까."

"하긴 그래요."

"종근 아빠하고는 달라."

"…."

"난 동서네가 부러워."

"언니, 우리도 문제가 많아요."

정영아가 긴 숨소리를 냈다.

"종근 아빠 답답하고 자기 생각만 하는 거 언니는 모르실 거예요."

그때 핸드폰이 진동으로 떨었으므로 최혜영이 화면을 보았다. 김태수다. 다 온 것 같다.

"동서, 도착하셨나봐, 다시 전화할게."

"제가 전화 드려야죠."

통화를 끝낸 최혜영이 다시 김태수의 전화를 받는다. 김태수가 말했다.

"어, 지금 올라가."

"응, 그래."

김대근으로부터 큰절을 받는 김선호의 얼굴이 굳어 있다. 만감이 교차했기 때문이다. 김대근은 장손이다. 김선호는 2남1녀 중 장남으로 누님은 10년쯤 전에 세상을 떴고 동생 김광호는 30년 전에 미국으로 이민을 가서 남이나 다름없다. 대근에 이어서 영근이 절을 했는데 순서대로 하라고 김태수가 말했지만 서현이가 뒤에서 같이 절을 해버렸다.

"아이고, 저것이."

그것이 예쁜 윤수정이 활짝 웃으면서 손짓으로 서현을 부른다.

"일루 오거라, 한번 안아보자."

"싫어요."

대뜸 말한 서현이 미경의 손을 잡고 제 방으로 달려가는 바람에 윤수정이 다시 웃었다.

"자, 밥들 먹자."

김태수가 소리쳐 아이들을 불렀고 국을 데우던 김희선이 최혜영에게 말했다.

"언니, 초밥도 참 잘해놓았네요."

"잘하는 집이야."

최혜영도 웃음 띤 얼굴이다.

"바쁘고 시간 없을 때 아주 요긴하게 써먹을 수 있어."

"그렇겠네요."

다 차려 놓았기 때문에 식탁에 앉기만 하면 된다. 윤수정은 출장 요리로 만든 음식이어도 연신 감탄했지만 김선호는 아무 말도 안 했다. 돈 주고 배달해 온 자장면을 먹는 것이나 같았기 때문이다.

"아버님, 지난 추석 때 못 가뵈어서 죄송해요."

김선호 앞에 갈비찜을 덜어놓은 접시를 내려놓으면서 최혜영이 말했다.

"대근이가 고3, 영근이가 중3이라 정신이 없네요."

"괜찮다."

윤수정이 미리 대답하고 나서 말머리를 돌렸다.

"글쎄, 애들이 1년도 안 되는 사이에 부쩍 컸구나, 그만큼 우리가 늙는다는 증거지."

서현과 미경은 나란히 앉아서 열심히 먹고 열심히 이야기를 하는 중이다. 구석 쪽에서 둘이 만든 밝은 분위기가 식탁 위로 번져 나가고 있다. 김태수가 옆에 앉은 김선호를 보았다.

"아버지, 술 한 잔 하시지요."

"응, 그럴까?"

김선호가 선뜻 승낙하자 김태수는 김대근에게 말했다.

"대근아, 살루트 38년 가져와라."

지난번에 먹다 만 살루트가 절반은 남아 있는 것이다. 김대근이 일어서더니 서랍장에서 살루트 새 병을 가져왔다.

"야, 지난번에…"

눈을 치켜뜬 김태수가 입을 열었을 때 김대근이 말을 막듯이 말한다.

"할아버지 오셨으니까 새 병 까야지."

"…"

"할아버지 이거 드셔 보셨어요?"

새 술병을 김선호 앞에 보인 김대근이 거침없이 뚜껑을 뜯는다.

"어, 그래 네가 한 잔 따라라."

김선호의 분위기도 밝아졌다.

"술이야 다 똑같지, 마시고 취하면 되는 거 아니냐?"

"아버지가 아끼는 술이라고요."

잔에 술을 채우면서 김대근이 말을 잇는다.

"아버지한테는 비싼 술이 좋은 술이죠. 이거 한 병에 50만 원쯤 할걸요?"

"내게는 네가 따라주는 술이 비싼 술이다."

"이거 다 드실 수는 없으니까 남은 건 전주로 가지고 가세요."

"오냐, 그래야겠다."

초밥을 집어 먹던 김태수가 갑자기 목이 메었으므로 숨을 들이켰다. 이런 분위기가 얼마 만인가? 그때 한 모금 술을 삼킨 김선호가 앞쪽에 앉은 영근을 보았다. 영근은 시선을 들지 않고 젓가락으로 생선을 깨작거리는 중이다.

"영근아, 너도 할애비한테 술 한 잔 따라라."

놀란 영근이 자리에서 일어서다가 젓가락이 옷에 걸려 바닥으로 떨어졌다. 다가온 영근이 대근으로부터 술병을 넘겨받았을 때 김선호가 머리를 쓸었다.

"이놈이 많이 컸네."

김태수는 김선호의 눈빛이 흐려져 있는 것을 보았다. 그리고 보니 아버지의 얼굴 주름살이 더 늘어난 것 같다. 농사꾼이 다 되어서 검게 탄 피부에 손마디는 소나무 옹이처럼 튀어나왔고 손톱은 닳아서 마치 소 발톱처럼 보였다. 그때 윤수정이 불쑥 말했다.

"태수도 흰머리가 났구나."

그동안 윤수정은 아들을 보고 있었던 모양이다.

"아버님 어머님이 방배동에 계셔."

코트를 벗으면서 정영아가 말했다. 오후 7시 반, 오늘은 정영아가 일찍 집에 들어온 셈이다. 소파에 앉아 TV를 보던 김동수는 힐끗 시선만 주었고 정영아가 말을 이었다.

"미경 엄마한테 가셨다가 방배동으로 가신 거야."

김동수가 대답하거나 말거나 정영아는 방으로 들어가 옷을 갈아입고 나왔다. 10분쯤이 지났는데도 김동수는 비스듬히 앉은 채로 움직이지 않았다. 숙식하면서 일하는 조선족 아줌마가 정영아에게 물었다.

"사모님, 식사 차려 드릴까요?"

"아니, 오렌지주스나 한 잔 주세요."

가운 차림의 정영아가 옆쪽에 앉아 다시 김동수에게 말했다.

"난 오면서 아버님 어머님한테 전화로 인사는 했는데 당신도 해봐."

"내가 왜?"

TV 볼륨을 높이면서 김동수가 묻자 정영아는 쓴웃음을 지었다.

"내가 왜라니? 인사라도 해야 되는 거 아냐?"

"아, 됐어."

그때 종근이가 방에서 나오더니 정영아에게 물었다.

"엄마, 책 사왔어?"

"아, 참."

정영아가 눈을 크게 떴다.

"내가 깜박했네."

"내일 학교 가져가야 된다고 했잖아!"

눈을 치켜떴던 종근이 몸을 확 돌리더니 다시 제 방으로 들어간다.

"야, 종근아."

몸을 세운 김동수가 종근을 불렀다.

"무슨 책? 아빠가 지금 가서 사올게."

"중2 영어 자습서."

종근이 어깨를 부풀리며 말했다. 얼굴이 붉어져 있다.

"내일 학교에 가져가야 돼."

"가자."

일어선 김동수가 어깨를 부풀리며 말했다.

"옷 입고 나와."

김동수가 옷을 갈아입고 나왔을 때 TV를 보던 정영아가 시선을 들었다.

"화난 일 있어?"

정영아의 목소리에 억양이 없다. 심사가 편치 않다는 증거다. 마침 가정부는 제 방에 들어갔고 응접실에는 둘뿐이다. 정영아의 시선을 받은 김동수의 눈썹이 치켜 올라갔다.

"뭐가 바빠서 애 과제물도 잊어버린 거야?"

"그럴 수도 있지 뭐."

대뜸 말을 받은 정영아도 똑바로 김동수를 보았다.

"그전에 뭐가 기분 나빠? 방배동에 계신 부모님께 인사하라는 게 뭐가 잘못된 거야?"

"이런, 현모양처구먼, 시부모 잘 챙기는 효부에다가."

"뭐라고?"

"이게 뭐가 잘났다고 눈 치켜뜨고 대들어?"

김동수가 한 걸음 다가섰을 때 종근이 방에서 나왔다.

"아빠, 가자."

"어, 그래."

주춤한 김동수가 몸을 돌리면서 어금니를 물었다. 등에 정영아의 차가운 시선이 느껴진다. 엘리베이터를 탄 김동수가 어깨를 폈다. 간통 증거를 들이대고 갈라서자고 하는 장면을 수십 번 상상했다. 이쪽이 약점을 쥐고 있는 터라 모두 통쾌한 장면들이다. 그러나 그것은 상상일 뿐이다. 갈라선 후의 인생에 자신이 없는 것이다. 자식들은 어떻게 해야 할지 엄두도 나지 않고 우선 당장 지금의 상황이 깨지는 것부터 겁이 난다. 그러다 보니 시간이 지날수록 제 자신에 대한 환멸이 일어났고 요즘은 일에 자신감도 없어지는 것 같다. 도대체 어떻게 해야 된단 말인가? 이대로 놔둘 수는 없지 않는가? 오늘은 사고라도 일어나기를 바라는 자신을 깨닫고 깜짝 놀랐다. 자신에게 사고가 나기를 바란 것이다. 정영아도 아닌 나한테 사고가 나기를 바라다니 내가 왜 이렇게 되었는가? 엘리베이터에서 내렸을 때 종근이 말했다.

"아빠, 겨울방학 때 괌 갈 거야?"

"응? 응."

놀란 김동수가 곧 머리를 끄덕였다. 그렇지, 지난 여름방학 때 정영아는 패션쇼가 두 개나 겹쳐서 가족 휴가를 가지 못했다. 그 두 개 중 한 개의 패션쇼 핑계를 대고 정영아는 윤택상과 일본에 밀월여행을 갔다 왔다. 그때 가족 휴가를 못 갔기 때문에 종근에게 겨울방학 때 괌 여행을 가자고 약속했던 것이다.

잠은 김선호와 김태수, 윤수정과 김희선이 한 방을 썼고 김서현과 박미경도 같은 방에서 잤다. 윤수정이 김희선과 이야기할 것이 있다면서 같이 자겠다고 하는 바람에 그렇게 짝이 지워진 것이다. 김태수와 최혜영은 각방을 쓴 지 오래되어서 이상할 것도 없다. 그래서 최혜영은 혼자 안방 차지를 했고 김선호와 김태수는 건넌방에서 요를 깔고 나란히 누웠다. 밤 11시 45분, 부자간에 이렇게 둘이 나란히 자게 된 것도 몇 십 년이 된 것 같다. 김태수는 기억도 나지 않는다. 집이 조용해졌다. 방안의 불을 꺼놓았지만 유리문을 통해 창밖의 불빛이 흘러 들어온다. 이윽고 김선호가 천장을 향하고 말했다.

"너, 네 처하고 다섯 시간 동안 말한 것이 두 마디밖에 안 되더구나."

숨을 죽였던 김태수의 얼굴에 쓴웃음이 번졌다. 아버지는 예민하다.

꼼꼼하다고 해야 좋을까? 둘이 말하는 걸 세어 보고 있었다니, 그때 김선호가 말을 이었다.

"집안이 붕 떴어, 아이들은 아이들대로, 부부는 따로따로."

"…."

"영근이가 널 닮았다."

김선호가 머리를 돌려 김태수를 보았다.

"네 어릴 적 빼다 박았어. 알고 있냐?"

"예."

"내성적이고 혼자 있는 걸 좋아하고, 책 좋아하냐?"

"아뇨, 스마트폰."

"스마트폰이라니?"

"스마트폰으로 다 봐요."

"그거 안 좋다는데."

"애들이 다 그래요."

"너, 이혼할 거냐?"

불쑥 김선호가 물었지만 예상하고 있었던 질문이다. 김태수가 긴 숨부터 뱉었다.

"좋지 않아요, 아버지."

"누가 적극적이야? 너냐?"

"아뇨, 대근 엄마가."

"네가 바람피웠어?"

"아닙니다, 아버지."

"현장에서 발각이 되었다던데."

"아버지, 누가 그래요?"

쓴웃음을 지은 김태수가 묻자 김선호는 입맛부터 다셨다.

"그게 다 돌고 돌아서 나한테 온다. 아마 네 처가 동수 처한테 말했을 것이고 동수처가 동수한테, 동수는 네 엄마한테, 이렇게 돌아온 것 아니겠냐?"

"저, 현장에서 들킨 게 아닙니다. 대근 에미가 오버한 거예요."

"듣기 싫다, 못난 놈."

"아버지, 저도 이제 지쳤어요."

"애들은 어떻게 할 작정이냐?"

"갈라서게 되면 제가 키워야지요."

"대근 에미가 놔준대?"

"지가 안 놔주면 어쩔 건데요?"

"네놈은 뒤끝이 흐려, 매듭이 분명하지 않단 말이다."

김태수가 숨을 들이켰다. 전에는 이런 말 들으면 불쾌했다. 어릴 적에는 반발했다. 그런데 오늘은 왠지 개운하다. 가려운 곳을 긁어주는 것 같다. 김선호가 말을 이었다.

"그걸 대근 에미가 잘 아는 것 같다. 네 놈이 귀찮은 걸 싫어하는 것까지 말이다. 잡고 늘어지면 넌 포기하게 될걸."

김태수가 소리 죽여 숨만 뱉었다. 어디선가 깔깔대고 웃는 소리가 났다. 서현하고 미경이가 아직도 장난치고 노는 것 같다. 저런 웃음소리가 얼마 만인가? 서현이 혼자 있을 때는 저렇게 웃지 않았다. 머리를 돌린 김태수가 김선호를 보았다.

"아버지, 저, 여자 있어요."

어둠에 눈이 익었기 때문에 김선호가 천장을 바라보고 있는 것이 다 보였다.

"학원 강사인데 혼자 삽니다. 마흔셋이구요, 10년 전에 이혼했습니다. 저하고 만난 지 2년쯤 되었습니다."

"…"

"그 여자하고 현장을 잡힌 게 아닙니다. 바이어의 현지처 방에 갔다가 오해를 받은 겁니다. 그 현지처를 증인으로 내세울 수가 있지요. 대근 에미는 그 여자한테 무고로 고소당할 겁니다."

"…"

"애먼 여자 붙잡고 난리를 치는 중이지요, 제가 애들 때문에 겨우 붙어살고 있는 겁니다, 아버지."

다 털어 놓았더니 그렇게 속이 시원할 수가 없었기 때문에 김태수는 심호흡을 두 번이나 했다. 체증이 다 뚫린 것 같았다. 그때 김선호가 말했다.

"내가 널 알지."

숨을 죽인 김태수에게 김선호가 말을 이었다.

"너, 그러다가 그 여자한테도 상처만 주고 끝낸다. 네 행태를 보니 뻔하다."

2장 상처

다음 날 오후 3시, 이번에는 용산역에서 떠나는 KTX편으로 부모를 배웅한 김태수가 집에 돌아왔을 때 최혜영이 말했다.

"나 좀 봐요."

일요일이었지만 자식 셋은 모두 학원, 도서관에 갔다. 방으로 들어가 옷을 갈아입고 나온 김태수가 소파에 앉았다. 그때까지 TV를 보고 있던 최혜영이 리모컨으로 음 소거를 하더니 김태수를 보았다. 최혜영은 긴장했을 때 눈을 가늘게 뜨는 버릇이 있는데 지금 그렇다.

"어떻게 할 거야?"

최혜영의 목소리에 고저가 줄어들었다. 한두 번 보고 들은 현상이 아니지만 김태수는 가볍게 코웃음을 쳤다. 전후 따지기 전에 최혜영의 이런 모습에 대한 반감이다. 그것을 최혜영이 놓칠 리가 없다. 눈을 더 가늘게 뜬 최혜영이 다시 물었다.

"이대로 지낼 수는 없잖아?"

"소송한다며?"

불쑥 물으면서 김태수는 제 가슴을 주먹으로 치고 싶은 충동을 느낀다. 그러나 이렇게 분위기를 만든 최혜영에 대한 분노가 더 크다. 그때 최혜영이 대답했다.

"안 되면 해야지."

"민사로?"

"민사건 형사건."

"소송 자료는 다 준비했어?"

"충분해."

"그럼 해."

소파에 등을 붙인 김태수가 TV로 시선을 돌렸다가 음 소거 상태인 것을 깨달았다. 머리를 돌린 김태수는 리모컨이 최혜영 옆에 놓인 것을 보았다.

"리모컨 좀 줘."

그때 부풀려져 있던 최혜영의 어깨가 마치 송곳에 찔린 풍선처럼 가라앉았다. 매사가 이렇다. 김이 빠진 것에 독이 오른 최혜영이 쏘아붙였다.

"가져가!"

이렇게 되면 싸움 방향이 어긋난다. 범람한 강물이 방향을 트는 것과는 다르다. 주력군(主力軍)이 목표를 까먹고 다른 곳을 쳐서 전력을 손상시키는 꼴이 된다. 이것을 가끔 김태수가 이용하지만 결과는 좋지가 않다. 일단 주공(主攻)은 피했어도 적군의 분노를 더 촉발시킨 상태가 되는 것이다. 그것을 알면서도 귀찮아서 우유부단한 성격 때문에 피해 온 셈이다. 최혜영이 말려들지 않고 선언했다.

"좋아, 할 거야."

김태수가 상반신을 굽혀 최혜영의 젖가슴 앞으로 팔을 뻗어 리모컨을 집었다.

"간통으로 민사소송을 할 테니까 각오해."

최혜영이 다시 이 사이로 말했을 때 김태수가 음 소거를 해제시켰다. TV에서는 시어머니가 될 여자가 말도 안 되는 핑계를 대면서 며느리 될 여자를 구박하고 있다. 막장 드라마 중에서도 최악이지만 시청률이 높다. 방송국 PD가 공공연하게 '드라마는 초등학교 3학년 수준으로 만들어야 시청률이 높아집니다.' 하고 말해도 여전히 시청률이 높다. 그러니 어쩌랴? 여자의 양엄마하고 사위 될 남자가 연정에 빠지고 서울 인구가 1천만이 되는데도 1백 명이 사는 마을 안처럼 극중 인물들이 자꾸 우연히 만난다. 로또를 계속해서 1등 맞는 것처럼 매회 거리에서, 식당에서 만난다. 김태수는 지금 커피숍에서 우연히 만난 남녀 주인공을 보고 있다. 그때 최혜영이 김태수의 옆얼굴에 대고 말했다.

"이 아파트는 내가 가져갈 거야, 그리고 애들도 내가 키울 거야."

"…"

"한 달에 애들 양육비, 교육비, 생활비로 1천만 원씩 내놔."

"…"

"내가 그 여자 주소까지 알아 놓았어, 바로 소송할 테니까."

"…"

"당신이 나한테 '그래, 했다. 어쩔래?' 하고 시인했던 말도 녹음해놓았어."

"…"

"그 여자가 사는 아파트도 사준 거지? 내가 다 알아."

그때 커피숍에서 만나던 남녀 주인공은 또다시 우연히 커피숍 안으

70

로 들어선 여자의 양엄마를 보았다. 이것은 서울에 커피숍이 하나뿐이더라도 너무한다. 로또를 계속해서 세 번 1등으로 당첨되는 것이 차라리 이것보다 낫겠다. 리모컨으로 TV를 끈 김태수가 눈을 치켜뜨고 최혜영을 보았다.

"하라니까 그러네."

김태수의 목소리가 높아졌다.

"빨리 해, 제발."

"좋아."

어금니를 문 최혜영이 이 사이로 말했다.

"당장 내일 할 거야."

김태수는 외면했다. 살의가 일어나고 있다.

"자식한테 기대할 건 없어."

버스에서 내려 산길을 걸어가면서 김선호가 말했다. 손에 김태수네 집에서 얻어 온 술병과 선물 보따리가 들렸는데 윤수정도 마찬가지다. 겨울 내복에다 인삼 세트, 오리털 파카까지 넣어져서 한 짐이다.

"다 제 인생 사는 거야, 신경 쓰지 마."

"아, 자꾸 신경 쓰지 말라는 말 그만합시다."

뒤를 따르던 윤수정이 짜증을 냈다. 오후 5시 반, KTX는 용산에서 전주까지 1시간 40분밖에 걸리지 않는다. 그야말로 눈 깜박하는 사이에 온다. 옛날 김선호가 서울로 대학 입시를 치르러 갈 적에는 14시간이나 걸렸다. 버스를 타면 더 늦었다. 김선호가 길모퉁이의 바위 옆에 짐을 내려놓더니 긴 숨을 뱉고 앉았다. 해가 이미 저물었지만 아직 환하다. 곧 금방 어두워질 것이다. 윤수정이 옆에 앉더니 가쁜 숨을 고르며 말했다.

"아따, 오랜만에 나들이 함께 밭 매는 일보다 힘드네."

"아, 그렇지."

주위를 둘러보며 김선호가 낮게 말했다.

"신경을 쓰면 피곤하지."

"근데 태수 처가 봉투에 얼마 넣었어?"

문득 김선호가 묻자 윤수정이 시선을 주었다.

"왜 그료?"

"아, 글쎄 달라고 안 할 테니까 말혀."

"5만 원짜리로 백만 원 넣었습디다."

"허, 다 태수 돈일 텐데 지가 생색냈구먼."

"당신한테는 안줍디까?"

"태수가 용산역에서 백만 원 주더만."

"돈 벌었네."

"그놈, 불쌍혀."

"기대할 것 없다면서?"

"여자가 있디야."

"네?"

놀랐던 윤수정이 곧 어깨를 늘어뜨렸다.

"그럴 줄 알았소."

"못난 놈."

"뭐가 못났다는 거요?"

되물었던 윤수정이 길게 숨을 뱉었다.

"나, 태수 엄마한테서 받은 백만 원, 희선이한테 주고 왔소."

"잘했어."

"희선이하고 밤새 이야기 하면서 둘이 많이 울었소."

윤수정의 목소리가 가라앉아 갔다.

"그년 팔자가 왜 그렇게 기구한지 몰라."

"내년에 온대야?"

"온다고는 합디다."

잠시 입을 다문 둘이 앞쪽을 보았다. 마을은 1백 미터쯤 앞이다. 굴뚝에서 연기가 오르는 집이 두 곳, 소여물을 끓이려는 것이다. 조금 전까지 밝았던 주위에 어둠이 덮이기 시작했으므로 김선호는 힘들게 몸을 일으켰다. 윤수정이 따라 일어서면서 낮게 신음했다.

"아이구, 죽겠다."

"이봐, 죽겠다는 말 하지 마."

보따리를 쥐면서 김선호가 말했다.

"버릇 돼, 이제 그런 말 하지 마."

"저녁때가 꼭 우리 인생 같네."

발을 떼면서 윤수정이 말을 이었다.

"이렇게 덮이는 그늘이 저승사자가 내려앉는 것 같지 않소?"

"미쳤나?"

"당신 말이 맞소."

"뭐가?"

"우리 둘뿐이라는 말."

"내가 그랬나?"

"다 제 인생 제가 산다는 말이 그렇지."

윤수정의 말이 이어졌다.

"그런데 부모는 왜 이렇게 자식 걱정으로 가슴이 떨리는지 모르겠소."

"죽는 날까지 지고 갈 업이지."

이제 발밑이 어두워졌으므로 둘은 조심스럽게 발을 떼었다.

"나도 태수한테서 받은 돈 내일 희선이한테 보내줘야겠다."

김선호가 혼잣말을 했다.

"딸 하나 있는 것이 왜 그렇게 되었는고? 그 밝던 애가 태수 처 눈치를 보는 걸 보니까 가슴이 막히더만."

"참, 그 여자, 뭐하는 여자랍디까?"

"학원 선생이라던가? 혼자 산디야."

"몇 살인데?"

"마흔셋이라던가?"

"희선이보다 한 살 위네."

"10년쯤 전에 이혼했다는군, 자식은 없고."

"아이구, 나 모르겠소."

"근데 태수는 이혼 못 해."

돌멩이를 밟아 비틀거리면서 김선호가 말을 이었다.

"자식들 때문에 못 해, 내가 알아."

"아이구."

"그렇게 살다가 우리가 먼저 가는 거지, 차라리 그 꼴 안 보는 게 편해."

"나보고 그런 말 말라면서."

이제 더 어두워졌고 마을이 눈앞에 다가왔다.

커피숍 앞에 선 김희선이 심호흡을 했다. 오전 11시 정각, 중계동 근대백화점 최상층의 커피숍 앞이다. 이곳 커피는 한 잔에 1만5천 원이라고 신문에도 난 적이 있다. 이윽고 김희선이 발을 떼어 안으로 들어섰다. 주위를 둘러볼 것도 없이 창가에 앉아 있던 조 사장이 손을 번쩍 들어 보였다. 웃음 띤 얼굴이 환했으므로 김희선의 긴장도 조금 풀어졌다. 다가간 김희선이 앞쪽에 앉았을 때 조 사장이 싱글거리며 물었다.

"선보러 오시느라고 힘드셨지요?"

"네, 그래요."

마침내 김희선도 따라 웃었다. 다가온 종업원에게 커피를 시키고 나서 조 사장이 다시 물었다.

"아직 노시지요?"

"네."

"그럼 국제마트로 오세요, 거기서 일이 풀릴 때까지 근무를 하시라고요."

"무슨 일이 풀리는데요?"

"아, 나하고 결혼하는 것 말입니다."

시치미를 뚝 뗀 얼굴로 말한 조 사장이 덧붙였다.

"그럼 일이 다 풀리는 거죠."

"나, 참."

다시 웃은 김희선에게 조 사장이 명함을 꺼내 내밀었다.

"정식으로 인사드리지요. 조창봉입니다."

"저, 김희선이에요."

저도 모르게 따라 인사한 김희선이 다시 웃었다. 이 남자는 돈이 많아서 그런지 자신만만하다. 명함에는 '명신기업 사장'이라고 찍혀 있다. 앞에 놓인 커피 잔을 들고 조창봉이 김희선을 지그시 보았다.

"난 아들이 둘인데 큰놈은 대학 2학년으로 LA에 있고 둘째도 내년 초에 보낼 겁니다."

한 모금 커피를 삼킨 조창봉의 얼굴에서 웃음이 가셔졌다.

"LA에 걔들 고모가 있어요. 맡기기 좋고 걔들도 좋아하니까요, 공부 못하는 놈들이지만 미국 대학은 들어갈 수 있으니까요."

조창봉이 말을 이었다.

"돈만 있으면 되니까."

"…."

"하지만 돈으로 다 되는 게 아니더라고요, 김희선 씨는 날 돈질이나 하는 놈으로 보시겠지만 말입니다."

"어머나, 제가 언제."

"다 압니다. 눈치만 봐도 알아요."

조창봉이 쓴웃음을 지었다.

"하긴 나이 50대에 생긴 것도 이렇지, 돈이나 좀 있으니까 김희선 씨한테 만나자고 했지요, 그건 부인 못 하겠네요."

어깨를 늘어뜨린 조창봉이 지그시 김희선을 보았다.

"내가 김희선 씨한테 덜렁덜렁 접근한 거 아닙니다. 오빠 두 분에 대해서도 다 알고 전 남편과 어떻게 헤어졌는가도 다 압니다. 저, 이래 봬도 심사숙고하는 성격입니다."

"…."

"그리고 여자 밝히는 놈도 아닙니다. 조사해보세요, 김희선 씨하고 남은 인생을 같이 보내고 싶어서 그런 겁니다."

"…."

"저를 좀 겪어 보시고 판단하세요. 그래서 당분간, 아니, 오래도 좋으

76

니까 국제마트에 나가시면서 생각을 해보시라는 겁니다. 이 정도 부탁은 들어주시겠지요?"

김희선은 소리 죽여 숨을 뱉었다. 예상 밖이다. 이렇게 쉽게 긴장이 풀릴 줄은 몰랐다. 거북했고 답답했으며 팔려가는 것 같은 굴욕감도 들었고 그래서 복통까지 일어났다. 오늘 조창봉을 만나기로 결심한 것은 방배동 큰오빠 집에 간 것이 결정적인 역할을 했다. 올케 최혜영이 준비한 출장 요리를 본 순간부터 '돈질'에 대한 위축감이 들더니 다음 날 오전, 방배동을 떠나면서 가슴이 미어졌다. 최혜영이 봉투에 50만 원을 넣어주었을 때만 해도 견딜 만했다. 그런데 어머니가 지하 주차장에서 최혜영한테서 받은 봉투를 몰래 주었던 것이다. 1백만 원, 집에 돌아와 미경이를 제 방으로 보내놓고 화장실로 들어간 김희선은 30분이나 울었다. 그 이유는 모른다. 그리고 다음 날 아버지가 큰오빠한테서 받은 돈이라면서 1백만 원을 보냈을 때 김희선은 바로 조 사장을 만나겠다고 오금순한테 연락한 것이다. 머리를 든 김희선이 조창봉을 보았다.

"네, 마트에 취직시켜 주세요."

시선을 떼지 않은 채 김희선이 말을 이었다.

"그리고 사장님도 저를 겪어 보셔야죠. 생각과 다를지도 몰라요."

"아, 그럼요."

조창봉의 얼굴이 활짝 펴졌다.

"마트에 당장 연락하지요."

"사랑해요."

오서원이 더운 숨을 가슴에 뱉으면서 말한 순간 김태수는 몸을 굳혔다. 처음 듣는 말 같았다. 오후 2시 반, 영등포역 근처의 모텔방 안, 교통이 편리한 곳을 찾아서 만나는 터라 장소는 대중이 없다. KTX를 타고 대전까지 간 적도 있다. 김태수가 오서원의 알몸 어깨를 당겨 안으면서 말했다.

"한 번 더 말해봐."

"사랑해요."

오서원이 똑같은 억양으로 말하더니 볼을 가슴에 붙였다. 그 순간 숨을 들이켰던 김태수가 눈을 치켜떴지만 아뿔싸, 주르르 눈물이 눈꼬리를 타고 흘러 귀밑으로 떨어졌다. 그때 오서원이 머리를 들고 김태수를 보았다. 눈물을 본 것이다.

"응? 울었어?"

"아니."

김태수가 누운 채 머리를 저었지만 남은 눈물이 어지럽게 흩어졌다.

"어머나."

오서원이 상반신을 세웠다. 한낮이다. 창문을 통해 환한 햇살이 방 안을 비추고 있다. 오서원이 손끝으로 눈물을 흩트리면서 물었다.

"오빠, 무슨 일 있어요?"

"없어."

"그럼 왜 울어?"

"모르겠다."

"회사일 잘 안 돼?"

"자꾸 적자가 난다."

"내가 5천쯤 있는데, 빌려줘?"

"시끄러."

김태수가 다시 오서원의 팔을 잡아 끌어당겼다. 그러고는 긴 숨을 뱉고 나서 말했다.

"한 번 더 해줘."

"뭘? 그걸?"

"아니, 사랑한다는 말."

"아아."

오서원이 머리를 들려다가 김태수가 누르는 바람에 가슴에 안겼다.

"그 말 때문에 울었어?"

"다시 한 번 말해봐."

"사랑해요."

한마디씩 뱉었던 오서원이 두 팔로 김태수의 허리를 감아 안더니 쏟아 붓듯 말한다.

"사랑해, 사랑해, 사랑해, 사랑해, 사랑해…."

김태수는 눈을 감았다. 귓속으로 오서원의 말이 쏟아지고 있다. 사업을 하면서 항상 '양다리' 걸치는 버릇이 들었기는 하다. 이것이 안 되면 저것, 곧 이 오더가 안 되면 저 오더, 이 배가 아니면 저 배에 싣고 이 공장에서 못 하면 저 공장, 차선, 차차선의 방책을 만들어 대비해야만 산다. 이 은행이 아니면 저 은행, 사업은 도박이 아니다. 도박처럼 다 던지는 사업가는 없다. 남겨놓고 나머지로 올인을 하는 것이지 다 거는 놈은 미친놈이거나 무책임한 놈이다. 수백, 수천의 생계가 걸려 있는 사업을 아무리 제가 사주라고 다 걸 수가 있는가? 김태수가 오서원의 어깨를 힘주어 안았다. 오서원은 차선의 방책이었는가? 최혜영 오더가 부서졌을 때 대체용으로 만들어놓은 오더였는가? 그 대체용으로부터 들은 이 말에 놀란 이유는 도대체 무엇이란 말인가? 그때 오서원이 김태수의 가슴에 입술을 붙이고 물었다.

"힘들죠?"

대답을 안 했더니 오서원이 말을 잇는다.

"그냥 이렇게 살아도 돼요."

"…."

"무리하지 마요, 사업도 어렵다면서."

"…."

"집에서 스트레스 주면 당분간 만나지 않아도 돼요."

그때 김태수는 눈물을 흘렸던 이유를 알았다. 놀랐기 때문이다. 사랑한다는 말을 듣고 감동을 받은 것은 아닌 것 같다. 김태수는 오서원을 당겨 안고 이마에 입술을 붙였다. 주거래 은행에서 거부당하고 부거래 은행이 받아들여서도 아니다. 난 사랑을 받을 자격도 없는 놈이라는 것을 이제 깨달았다. 내가 조금 전 오서원의 말에 놀란 것은, 김태수는 다시 오서원의 이마에 입술을 붙였다, 그것은 마치 인형이 피를 흘리는 것을 보았을 때의 놀라움 같았다. 그 놀라움이 갑자기 내 눈물을 쏟게 만들었다.

"미안해."

오서원을 빈틈없이 안은 김태수가 헛소리처럼 말했다.

"난 자격이 없는 놈이야."

이번에는 오서원이 입을 다물었고 김태수가 말을 이었다.

"하지만 난 널 놓지 못하겠어, 그러니까 네가 날 버려줘."

목이 메었으므로 김태수는 숨을 들이켰다. 비겁한 놈, 끝까지 결단을 내리지 못하는구나.

머리를 든 윤택상이 웃음 띤 얼굴로 물었다.

"어떻게 오셨지요?"

굵고 부드러운 목소리, 올백으로 넘긴 머리는 윤기가 흐른다. 수려한 용모, 키는 김동수보다 10센티쯤 큰 것 같다. 파리 의상실 안, 디자이너 겸 사장 윤택상은 예고도 없이 들어선 김동수를 맞고 있다. 안쪽에서 여직원 둘이 손님과 대화 중이어서 목소리가 새어 나온다. 그때 김동수가 낮게 말했다.

"나, 정영아 남편인데 나하고 나가서 이야기를 하는 것이 낫겠는데."

그 순간 윤택상의 얼굴이 일그러졌다. 미간이 모아졌고 엷은 입술이 비틀려 내려간 모습이 전혀 다른 분위기가 되었다. 그때 김동수가 똑바로 윤택상을 보았다.

"너희들 둘이 무슨 지랄을 했는지는 다 알고 있어, 그러니까 그냥 따라와."

"아니, 저기…"

"증거도 다 가지고 있단 말이다. 용운동의 네 아파트로 가서 사진이나 녹음 자료를 네 와이프한테 줄까?"

"아니…"

그때 안쪽 탈의실에서 여직원이 나와 윤택상에게 물었다. 이상한 분위기를 느낀 것 같다.

"사장님, 손님 제가 봐드릴까요? 여기 레이스 좀 봐주셔야 해서요."

윤택상이 여직원에게 머리를 저으면서 말했다.

"나, 잠깐 나갔다가 올게."

오후 3시 반이다. 말은 그렇게 했지만 윤택상이 주춤거렸으므로 김동수가 가방을 열고 확대된 사진 한 뭉치를 꺼냈다. 윤택상과 정영아가 호텔방 안에서 껴안고 있는 사진이 맨 위에 있다. 그것을 본 윤택상이 숨을 들이켜더니 물었다. 얼굴이 하얗게 질려 있다.

"어디로 갑니까?"

"아, 바로 옆 카페로."

김동수가 턱으로 옆을 가리켰다.

"이야기만 할 테니까 쫄지 마."

처음에는 김동수도 긴장했다. 그러다가 윤택상이 너무 긴장하는 바람에 상대적으로 기세가 살아난 것이다. 주춤대던 윤택상이 발을 떼었으므로 김동수가 혀를 찼다. 이제는 화가 부글부글 끓어오르고 있는 것이다. 이런 병신 같은 놈한테 정영아가 빠졌다는 사실이 분하고 부끄럽다. 둘은 곧 의상실 옆 카페에 들어섰는데 이른 시간이라 텅 비었다. 부수수한 머리의 여자가 나오더니 둘을 안쪽 방으로 안내했다. 김동수가 양주 아무거나 가져오라고 시키자 여자의 눈빛에 생기가 떠올랐다. 바로 옆집인데도 윤택상을 모르는 눈치였다. 하긴 윤택상처럼 잘나가는 디자이너가 이런 카페에 다닐 리가 없다. 둘이 되었을 때 김동수가 가방을 열고 사진 한 묶음을 꺼내 윤택상 앞에 던지듯이 놓았다.

"여기 너희들이 노는 사진이다. 원판은 따로 있으니까 네가 갖고 가서 봐."

윤택상이 힐끗 사진에 시선을 주더니 입안의 침을 삼켰다.

"뭐, 간통으로 형사는 안 되지만 민사는 될 거다. 네 와이프한테도 이걸 보낼 테니까."

"아니, 저기…"

"안이고 밖이고 너희들이 모텔에서 뛰는 장면을 찍은 필름도 있고 일본 가서 논 증거도 있어. 뭐, 긴말할 것 없고."

긴 숨을 뱉은 김동수가 의자에 등을 붙였다. 그때 주인 여자가 술병과 마른안주를 들고 와 탁자에 놓았다. 주인 여자가 들어선 순간 윤택상이 사진을 긁어모아 세워 들었으므로 보이지 않는다. 여자가 나갔을 때 김동수가 얼굴을 일그러뜨리며 웃었다.

"너, 나보다 일곱 살 어리니까 반말하겠다."

숨을 고른 김동수가 똑바로 윤택상을 보았다.

"너, 내 예펜네하고 살래? 그럼 예펜네를 바꾸자, 네 마누라 이름이 고세연이지? 애들은 바꿀 수 없으니까 마누라만 바꿔 살자."

"저기, 교, 교수님."

"내가 대학교수인 것도 알고 있구먼, 난 네가 사흘 전에 정영아하고 유성 피크닉 호텔에 간 것도 알아, 702호실이었지?"

윤택상이 입만 딱 벌렸고 김동수의 눈빛이 강해졌다.

"이제는 사흘에 한 번씩 뛰더구먼, 연놈들이 말이야, 뛸 적에 기계까지 쓰고, 소리가 요란해서 살인이라도 나는 줄 알겠더라."

윤택상은 이제 숨도 쉬는 것 같지 않다. 그때 방 안으로 조경철과 후배가 들어섰다. 김동수의 고등학교 후배로 노는 놈들이다. 김동수가 일당 2백만 원을 주고 고용한 것이다. 조경철이 눈을 부라리며 옆자리에 앉았을 때 윤택상은 앓는 소리를 내었다.

"왜 인자 오냐?"

병원 안으로 들어선 김선호에게 조길만이 다가오며 물었다. 오전 11시 10분, 전주 예수병원 로비에서 둘이 마주보며 서 있다. 이곳에서 만나기로 한 것이다.

"응, 차가 밀려서."

주위를 둘러보며 김선호가 대답했다.

"병원에 오면 겁이 나."

"죄진 거 있냐?"

조길만도 사람들을 둘러보며 말을 이었다.

"어따, 아픈 사람들도 많은 갑다. 웬 사람들이 이렇게 많다냐?"

"우리 같은 문병객이나 따라온 가족들이 절반 이상이지, 그래서 지난여름에 메르스 같은 병이 퍼진 거다."

둘은 발을 떼어 엘리베이터로 다가갔다. 나흘 전에 이곳 병실에 입원한 손장호를 문병하러 온 것이다. 엘리베이터 앞에 선 조길만이 입을 열었다.

"인자 여그서 영안실로 내려가야지, 집으로 돌아가기는 그른 것 같다."

김선호는 대답하지 않았다. 손장호는 79세, 그들보다 3년 연상이었는데 멀쩡하게 보이던 사람이 2년 전에 뇌출혈로 쓰러지더니 반신불수가 되었다. 10여 년 전에 부인과 사별하고 혼자 살던 사람이라 그때부터 밭일을 못 하고 집 안에서 살았다. 자식은 남매를 두었지만 둘 다 사는 게 제 식구들 입에 풀칠하는 정도라 얹혀사는 건 꿈도 꾸지 못했다. 면에서 복지수당에다 양식을 대주었기 때문에 혼자 먹고 사는 건 되었으나 어디 밥만 먹고 사는가? 한 달에 한 번 병원 가는 것도 의료보험이 잘 되어 있지만 돈이 안 들 수가 없다. 아파트 경비원으로 일하는 아들 손규식은 착하지만 단 한 번도 살림이 펴본 적이 없는 인생을 살았고 딸 문숙이도 그렇다. 금수저는 금수저를 물려받고 흙수저는 흙수저다. 개천에서는 지렁이만 난다. 손장호가 쓰러지고 나서 한 달에 한두 번씩 들르던 남매가 한 달에 한 번, 두 달에 한 번으로 횟수가 줄더니요즘은 얼굴 보기가 힘들어졌고 지난 추석 때는 남매가 오지도 않았던 것이다. 둘이 6인실에 들어서자 손장호는 누운 채 눈을 감고 있었는데 옆에 앉아 있던 손규식이 일어나 인사를 했다.

"어르신들 오셨습니까?"

손규식도 나이가 환갑이 지난 62세다. 흰머리가 많고 주름이 깊어서 70대로 보인다.

"혼자 있어?"

조길만이 병실을 둘러보는 시늉을 하며 묻자 손규식이 시선을 내렸다.

"예, 처가 일을 빼먹을 수가 없어서요."

손규식의 처는 식당 일을 나간다. 둘은 2남2녀를 두었는데 큰애가 30살로 지금도 고시공부를 한다고 했다. 손장호가 쓰러지기 전에 하도 큰손자 자랑을 해 쌓는 바람에 동네 사람들이 다 안다. 아직도 고시에 합격했다는 소리를 못 들었으니까 공부한다는 소리만 10년쯤 들은 것 같다.

"어떤가?"

손장호를 눈으로 가리키며 김선호가 묻자 손규식이 어깨를 늘어뜨렸다.

"가망이 없답니다."

손장호는 팔에 링거와 알부민 등 호스를 꽂고 있었는데 그것들이 눈에 거슬렸으므로 김선호는 돌아섰다.

"그렇다면 어쩌라는 거야?"

조길만이 묻자 손규식이 시선을 내린 채 말했다.

"며칠 두고 보다가 결정을 내리라고 합니다."

"무슨 결정?"

"저기, 호스를 뺄지 어쩔지를 말입니다."

"빼면 죽는 거지?"

손규식은 외면했고 김선호는 입을 다문 채 듣기만 했다. 손장호는 병원에 실려 갈 때부터 의식불명 상태였던 것이다. 이웃집에 살던 삼순 할머니가 손장호의 기척이 들리지 않기에 들어가 보았더니 부엌에 쓰러져 있는 것을 발견했던 것이다. 저녁을 지으려고 들어갔는지 아침에 쓰러졌는지도 모른다. 칼 같이 달려온 119에 실려 병원으로 갔지만 손장호는 나흘째 깨어나지 않는다. 그때 다시 조길만이 물었다.

"왜 문숙이는 안 보여?"

"예, 걔가."

입안의 침을 삼킨 손규식이 조길만을 보았다. 눈이 흐려져 있다.

"두 달 전에, 그러니까 추석 이틀 전에요."

"그래서?"

짜증이 난 조길만이 건성으로 되묻고 손장호 옆으로 다가갔을 때 손규식이 어물거리며 대답했다.

"그, 지 딸하고 연탄불 피워놓고 자살했습니다. 신문에도 났는데요."

돌아가는 버스 안에서 나란히 앉은 김선호와 조길만은 제각기 머리를 돌린 채 입을 열지 않았다. 오후 2시 반, 전주 남부시장 안 콩나물국 밥집에서 점심을 먹고 집에 돌아가는 길이다. 손규식한테서 집안 이야기를 듣고 둘은 거의 말을 하지 않았는데 서로 만감이 교차했기 때문이다. 남의 애경사를 접하면 인간은 꼭 제 자신과 비교하는 습성이 있다. 이번 경우도 마찬가지다. 손장호는 반신불수는 되었지만 말만 어눌해졌을 뿐이지 머리까지 나빠지지는 않았다. 손규식은 문숙이가 자살했다는 이야기를 최근에야 해 주었다는 것이다. 손장호가 문숙이하고 연락이 안 된다면서 자꾸 불평하기에 털어놓았다고 했다. 손규식은 아버지가 그것 때문에 충격을 받아서 쓰러진 것 같다면서 후회하고 있었다.

"야, 내가 내일 가서 호스 뽑으라고 해야긋다."

불쑥 조길만이 말했지만 김선호는 창밖을 향한 채 입을 열지 않았다. 조길만이 말을 이었다.

"저러다가 자식까지 죽이겠다."

"…."

"규식이가 못살지만 효자며, 저만큼 하는 놈도 드물어."

"…."

"저러고 있다가 경비일도 쫓겨날지 모르겠다."

"내가 오늘 집에서 나올 때 말이여."

헛기침을 한 김선호가 입을 열었지만 이제는 앞쪽을 보았다. 조길만과 시선을 마주치지 않는다. 아중리로 향하는 시내버스는 털털거렸지만 잘 달린다. 버스 안에는 승객이 대여섯 명뿐이다. 김선호가 말을 이었다.

"손장호 씨 집 앞을 지나는데 마당에 웬 사람들이 있더만, 그래서 내가 들어가서 누구냐고 물었지."

조길만이 시선만 주었고 김선호의 목소리가 낮아졌다.

"왜 남의 집에 들어왔냐고 물었지, 모르는 사람들이었거든."

"…."

"그랬더니 부동산에서 왔다더라, 이 집 아들 손규식이가 집을 내놨다고 하면서 말이다."

"…."

"나한테 묻더구먼, 주인 할아버지 돌아가시지 않았냐고? 규식이가 제 아버지를 죽였다고 한 모양이여."

"그럴 리가."

조길만이 어깨를 늘어뜨렸다.

"잘못 들었겠지."

"그려, 나도 그런 생각이 들더라."

입맛을 다신 김선호가 다시 창밖을 보았다. 이제 버스는 나뭇잎이 다 떨어진 가로수 길을 달려가는 중이다.

"그럼 나쁜 놈이구먼."

이번에는 조길만이 외면한 채 말했다.

"죽었거나 아직 살았거나 벌써 부동산을 부르다니 말이여."

"…."

"장례도 치르지 않았는디 말이여."

"…."

"그리고 봉게 호스를 뺀다는 말이 이상허게 들리는고만."

"그만두자."

김선호가 그때서야 조길만의 옆얼굴을 보면서 말했다.

"돈이 없으니까 그렇겠지, 이왕 내려온 김에 집 정리도 하고 가는 것이 낫겠고."

"그놈의 자식."

"다 그런 거여, 내가 괜히 말했는가 보다."

"…."

"여동생 문숙이까지 자살했다니 규식이 속이 어떻겠냐? 놔둬라."

"…."

"나도 내년에 희선이 데리고 올지도 모른다."

"응? 희선이?"

조길만이 김선호를 보았다.

"희선이를 데려와? 손녀딸이 있담서?"

"같이."

"잘했다."

했지만 조길만의 얼굴은 밝지가 않다. 사연을 알기 때문이다. 김선호도 가능한 한 내려오기 직전까지 말하지 않으려고 했다가 오늘 불쑥 털어놓아 버렸다. 아무래도 문숙이가 자살했다는 말을 듣고 자극을 받은 것 같다. 해사하고 밝은 표정으로 인사를 왔던 때도 있었던 손문숙이다. 그것이 20년쯤 전인 것 같다. 그때는 김선호도 집에 다니러 왔던 때였으니 서로 타향살이를 하던 때였는가? 그때 조길만이 혼잣소리처럼 말했다.

"다 같이 살면 좋지, 하지만 그게 부모 맘이여, 자식들은 안 그려."

김선호가 천천히 머리를 끄덕였다. 맞다.

"웬일이냐?"

용산역 2층 커피숍 안, 김동수 앞으로 다가온 김태수가 앞쪽 자리에 앉으면서 물었다. 오전 10시 반, 김동수가 KTX를 타고 온 것이다. 떠나기 전에 연락을 받았는데 대림동 회사에서 이곳까지 오는 것이 대전에서 KTX를 타고 온 김동수보다 늦었다. 김동수가 시선을 받더니 쓴웃음을 지었다.

"아, 그냥, 시간이 좀 있어서."

다가온 종업원에게 커피를 시킨 김태수도 따라 웃는다.

"네가 시간이 있어서 그냥 오는 놈이냐? 무슨 용건이야?"

"뭐, 그냥."

"말해봐, 인마."

지난번 추석 후에 전화로 다툰 후부터 서로 통화도 안 하고 지낸 것이다. 오늘 오전에 갑자기 김동수가 용산역에서 만나자는 연락을 하자 김태수는 긴장하고 있었다. 커피숍에는 손님이 많았지만 금방 일어나고 곧 자리가 채워진다. 김태수의 시선을 받은 김동수가 가방을 열더니 서류 봉투를 꺼내 김태수 앞에 놓았다.

"꺼내 봐, 형."

"뭔데?"

안의 사진 뭉치를 꺼낸 김태수가 곧 숨을 들이켜더니 주위부터 둘러보았다. 정영아의 이른바 불륜 사진이다. 다섯 장까지를 보고 난 김태수가 하얗게 굳어진 얼굴로 사진을 다시 봉투에 넣더니 김동수를 보았다.

"그래서?"

어쩔 것이냐고 묻는 것이다. 그때 커피 잔이 놓였으므로 김동수가 잔을 들었다. 김태수를 응시했지만 초점이 멀다.

"나, 그놈 만났어."

"그놈이라니, 사진 속의 놈?"

"응, 나보다 일곱 살 연하 디자이너인데 각서까지 받았어, 거기 봉투에 있어."

"무슨 각서?"

"두 번 다시 안 만난다는 각서, 범행, 아니, 불륜을 다 시인한다는 시인서, 만일 어긴다면 어떤 처벌도 감수하겠다는 서약서까지 받았지."

"…"

"조폭들을 시켜서 받아냈지, 그놈 벌벌 떨면서 울더구먼."

90

"…"

"그런데, 형."

한 모금 커피를 삼킨 김동수가 김태수를 보았다.

"그놈이 안 만나주니까 이 여자가 눈치를 챈 것 같아. 나한테 대놓고 묻지는 않지만 눈빛이 이상해."

"…"

"멍하고 앉아 있다가 애들한테 히스테리를 부리는데 섬뜩해."

"…"

"그래서 궁리하다가 형을 찾아 온 거야."

"…"

"친구들한테 말하기는 창피하고 금방 소문이 퍼질 거야, 그렇다고 이혼은 못 해, 하려면 진즉 했지, 애들 때문에 절대로 안 돼, 내 체면도 있고."

"…"

"그래서 형을 찾아 온 거야."

"야, 내가 어떡하라고?"

마침내 어깨를 부풀린 김태수가 김동수를 보았다.

"나도 내 코가 석 자다. 이 자식아, 너도 알잖아?"

"알지."

"그런데 내가 무슨 능력이 있다고…"

"형이 이 서류를 보관하고 있어."

"아, 그거야…"

"만일 내가 죽으면 이 여자가 한 짓이 분명하니까 형이 이 서류를 경찰에 제출해 달라는 거야."

"야, 이 자식아."

목소리가 컸으므로 옆자리의 남녀가 이쪽을 보았다. 그러나 이제는 김태수도 상관하지 않았다. 금방 떠나갈 인간들이다. 김태수가 눈을 치켜떴다.

"이 미친놈아, 그런 일이 어떻게…"

"그럴 가능성이 있어, 형."

정색한 김동수가 말을 이었다.

"형이 녹음테이프까지 들어보면 이해가 될 거야, 이놈 없으면 못 산다고 했어, 아주 절절하게 말하는 거야."

옆자리의 남녀가 일어나 나갔는데 들었는지도 모른다. 김동수의 눈에 핏발이 섰다.

"형, 꼭 부탁해, 그리고 이 여자를 잡아넣게 되면 우리 아이들도 좀 부탁해, 형. 우린 가족이잖아?"

"이 못난 놈."

마침내 어깨를 늘어뜨린 김태수가 긴 숨을 뱉었다.

"동수야, 너, 큰일 났다."

응접실에 앉아 있던 최혜영이 이맛살을 찌푸리고 물었다.

"너, 수능 끝났다고 이럴 거야?"

밤 10시 반이다. 김대근은 예상은 했지만 수능 성적이 좋지 않았다. 중위권 대학에 들어갈 정도는 되었는데 요즘 수능이 끝나고 거의 매일 밖에서 놀고 온다. 앞으로 할 일이 태산인데도 걱정하는 기색이 없다. 아버지 김태수가 뭐, 잘되겠지, 그냥 적당한 곳에 가, 대학 좋은데 나왔다고 다 잘되는 거 아냐, 어떻게, 얼마나 이루냐는 것에 달린 거야 등 귀신 씻나락 까먹는 소리만 해 쌓기 때문이라고 최혜영은 생각하고 있다. 영근과 서현은 각각 제 방에 있고 김태수는 아직 들어오지 않았다. 그때 김대근이 앞자리에 털썩 앉더니 최혜영을 보았다. 그러자 최혜영이 숨을 들이켜면서 김대근을 노려보았다.

"너, 술 마셨어?"

"응, 조금."

"아니, 이 자식이."

"엄마, 나 어린애 아냐."

"그럼 어른이냐?"

그때 소파에 등을 붙인 김대근이 똑바로 최혜영을 보았다.

"엄마, 아빠한테 그만 스트레스 줘."

"뭐라고?"

최혜영이 리모컨을 집어 음 소거를 하였다. 처음에는 못 알아들었다가 음 소거를 하는 동안에 제대로 삭이고는 얼굴이 굳어졌다. 최혜영이 입을 열기도 전에 김대근이 말을 이었다.

"헤어지자고 자꾸 몰아붙이는데, 그쯤 해두란 말이야, 엄마."

"아니, 이 자식이."

"도대체 나는 다 컸다지만 영근이, 서현이 생각이나 하고 그러는 거야?"

"이 자식이 제 아버지 아들 아니랄까 봐 역성을 들어?"

"애들도 그래, 애들도 엄마 따라서 안 가, 엄마 뜻대로 안 될 거라고."

"너."

말문이 막힌 최혜영이 숨을 들이켰다가 금방 눈에 눈물이 고였다. 억장이 무너졌기 때문이다. 이런 배신감은 처음이다. 내가 어떻게 키운

자식들인데, 김태수가 불륜을 저질렀다는 사실을 알았을 때보다 더 분했다. 그때 김대근이 말했다.

"아빠하고도 이야기 해봤어, 엄마가 오해한 부분도 있고 아빠도 소통 못 한 책임도 인정하고 있어, 그리고 아빠는 우릴 놔두고 엄마하고 헤어지지 않는다는 걸 분명히 했어. 우리들 셋 모아놓고 말했다고."

"뭐? 셋을? 언제?"

최혜영의 목소리가 갈라져 있다. 마치 남몰래 쿠데타 모의를 했다는 소리를 들은 것 같다.

"한 달쯤 되었어."

"한, 한 달?"

"아빠가 중동 출장에서 돌아온 날, 엄마는 제사에 갔고."

"…."

"나도 열아홉이야, 다 컸다고, 나를, 그리고 애들을 무슨 종속물처럼 생각하지 말라고."

"뭐라고? 이 자식이."

"좀 참고, 희생 좀 하고 살면 안 돼? 영근이나 서현이가 지금 어떤 상황인지 알기나 해?"

이제 김대근의 얼굴이 붉어졌고 두 눈이 번들거렸다.

"그때 아빠의 엄마하고 헤어지지 않는다는 말을 듣고 나서 영근이가 얼마나 밝아진지 알아? 영근이 틱이 없어진 거, 엄마는 모르지?"

"틱?"

"영근이가 틱이 있었는지도 몰랐을 테니까 엄마는."

"뭐, 뭔데?"

"머리를 한쪽으로 비트는 거야."

"..."

"그걸 본인이 알면서도 숨어서 했어."

"..."

"엄마가 아빠하고 다툰 날은 자주, 아주 자주 했어. 마치 복수하는 것처럼."

"..."

"요즘은 안 한대, 나한테 말했어."

최혜영은 어깨를 늘어뜨렸다. 영근이 틱을 하는 줄도 모르고 있었던 것이다. 그때 자리에서 일어선 대근이 최혜영을 내려다보았다.

"우린 엄마를 사랑해."

외면한 최혜영이 어금니를 물었고 김대근이 말을 이었다.

"그리고 우린 부모가 필요해."

다가온 김대근이 두 팔을 벌리면서 물었다.

"엄마, 한번 안아 봐도 돼?"

"징그러! 이 자식아! 가!"

최혜영이 꽥 소리쳤다.

손장호 씨는 다음 날 호스를 뽑고 그날 밤에 숨을 멈췄는데 장례식은 병원 지하층의 장례식장을 썼다. 조길만이 호스를 뽑는다는 사실을 미리 마을에다 광고를 해놓은 바람에 장례식장은 바로 조문객이 몰렸다. 마을 사람들이다. 문촌 마을 통장 이창수가 상주처럼 장례 절차를 정하고 손님을 맞았으며 상조회사하고 대신 흥정해서 값을 깎았다. 노인들 초상을 많이 치른 터라 손규식은 이창호가 시킨 대로만 하면 되었다.

"너, 집 내놨담서?"

삼일장이라 전날 밤까지 계산해서 이틀째 밤에 박용득 씨가 손규식에게 불쑥 물었다. 밤 11시쯤 되었다. 장례식장에는 마을 노인들만 7,8명이 모여 있었는데 그중 서너 명은 누워서 잔다. 구석에 쪼그리고 앉아 있던 손규식이 머리를 들었다.

"예, 어르신."

"얼마 안 갈 텐디, 부동산에서 헐값으로 사놓고 장난칠라고 헐 틴디."

술기운에 얼굴이 붉어진 박용득이 손규식을 보았다. 박용득은 80세, 죽은 손장호와 나이가 비슷해서 친구로 지냈다. 그러나 박용득은 큰아들이 자동차 정비소를 하고 둘째는 미국으로 이민을 갔다. 문촌 마을에서 잘사는 집안 축에 든다. 손규식이 시선만 내렸으므로 박용득이 말을 이었다.

"내가 어제 니 동생 이야기 들었다. 근디 니가 아부지한티 니 동생 이야기를 해줬다면서?"

"예, 어르신."

시선을 내린 손규식이 대답했더니 박용득이 빈 소주잔을 내밀었다.

"잘혔다."

"예?"

소주잔을 받은 손규식이 시선을 들었고 옆쪽에 앉아 있던 조길만과 김선호는 박용득을 보았다. 손문숙이가 자살했다는 말은 조길만이 바로 퍼뜨렸던 것이다. 그때 박용득이 손규식의 잔에 술을 채워주면서 말했다.

"긍게 니 아부지가 부엌에서 자빠지기 이틀 전인가 사흘 전에 말이여."

모두의 시선이 박용득에게 모여졌다. 누워 있던 삼순 할머니도 부스스 일어났다.

　　"니 아부지가 뜬금없이 나한티 그러더만 '야, 인자 나, 맘 놓고 가도 되겄다.' 하고 말이여."

　　"…"

　　"그리서 내가 그렸지, 얀마, 맘 놓고 어디를 가 인마? 다리도 못 쓰는 놈이."

　　"…"

　　"그렸더니 웃더라고."

　　"…"

　　"그리서 내가 이 자식이 미쳤나? 웃기는 왜 웃어? 그랬더니…"

　　"…"

　　"문숙이한티 갈라고, 그러더구먼."

　　"…"

　　"그리서 내가 얀마, 운동이나 열심히 허고 가, 그렸지."

　　한 모금 소주를 삼킨 박용득이 얼굴을 일그러뜨리며 웃었다.

　　"그놈의 시키가 죽어서 찾아갈라고 혔덩 거여, 살 생각이 없었던 것이지."

　　박용득이 손규식을 향해 머리를 끄덕였다.

　　"말 잘혔어, 니 아버지가 문숙이를 많이 원망혔응께, 너한티 문숙이 이야기 듣고 마음이 편혀진 것 같더라, 죽었응께 느그 아버지한티 못 온 것이지, 앙 그냐?"

　　그때 손규식이 머리를 숙였고 조길만이 혀를 두드렸다.

　　"형님, 형님 말이 맞는 것도 같고 억지로 짜맞춘 것 같기도 헙니다."

"아, 시끄러."

평소에 조길만과 별로 사이가 안 좋은 박용득이 외면한 채 말했다.

"손장호는 지 딸한티 간다고 생각형께 죽는 것이 하나도 겁이 안 났을 거여."

박용득의 목소리가 장례식장을 울렸다.

"그래서 규식이가 문숙이 이야기 허기 잘혔다고 헌 거여, 죽을 때까지 문숙이가 어떻게 된지도 모르고 가면 되겄냐?"

"형님 말씀이 맞습니다."

김선호가 머리를 끄덕이며 말했다.

"규식이가 말 잘한 것입니다."

그때 손규식이 눈물로 범벅이 된 얼굴을 손바닥으로 훔치더니 박용득에게 물었다.

"어르신, 아버지가 제 욕은 안 허시던가요?"

"니 욕?"

술잔을 든 박용득이 멀거니 손규식을 보더니 어깨를 늘어뜨렸다.

"니 아버지는 인자 죽었는디 그거 알어서 머할라고?"

"아니요, 그저."

손규식이 딸꾹질을 했을 때 박용득이 말했다.

"니가 느그 아버지 나이가 돼 봐라, 그때 알 거시다."

옷을 입은 김희선이 조창봉을 보았다.

"안 가세요?"

"응, 조금 있다가."

침대에 누운 조창봉이 리모컨을 집으면서 웃었다. 알몸 상반신이 드

98

러났고 얼굴은 아직도 상기되었다.

"난 집에 가야 기다리는 사람도 없으니까 천천히 씻고 갈게."

"미안해요, 애가 기다리고 있어서."

가방에다 시장을 본 비닐봉투를 챙겨들던 김희선이 갑자기 가슴이 메었으므로 심호흡을 했다. 그러나 머리를 들고 조창봉을 볼 자신은 없다. 몸을 돌린 김희선이 문으로 다가갈 때 뒤에서 조창봉이 말했다.

"내가 연락할게."

앞에 대고 머리만 끄덕여 보인 김희선은 모텔방을 나왔다. 오후 8시 반, 이 시간에 모텔은 손님이 없다. 조창봉과 이 모텔에만 네 번째 출입을 하는 터라 아는 것이다. 마트 일을 끝내고 모텔방에서 기다리는 조창봉을 만나 한 시간쯤을 뒹굴다가 돌아온다. 마트에 출근한 지 이제는 한 달이 넘었다. 그동안 조창봉과 대여섯 번 만났지만 섹스만 하고 헤어졌던 것이다. 조창봉은 결혼이나 하다못해 둘의 미래에 대해 일절 말을 하지 않는다. 이제나 저제나 하면서 기다렸다가 김희선은 슬슬 이것이 마트에 취직시켜준 대가인 것 같다는 생각을 했다. 그 대가로 몸을 준 것이다. 모텔을 나오면서 김희선은 자신이 이 현실에 대해 큰 실망이나 또는 배신감을 느끼지 않는다는 사실을 깨달았다. 그러고 보면 자신도 무의식중에 이렇게 될 줄을 예상하고 있었던 것 같기도 하다. 수백억 재산가가 나 같은 여자하고 결혼을 해? 애초부터 신데렐라는 존재하지 않았다. 동화 속에서나 있었던 일이다. 집에 돌아왔더니 9시 반이다. 착한 박미경은 혼자 밥을 차려 먹고 나서 숙제를 하다가 김희선을 맞았다.

"엄마, 밥 먹었어?"

박미경은 비닐봉지를 내려놓는 김희선에게 밥 먹었느냐는 걱정까지

한다. 목이 멘 김희선이 머리만 끄덕였더니 박미경이 비닐봉지에서 시장 본 물건을 꺼내면서 말을 이었다.

"책 읽었더니 말이야, 가난하게 자란 아이 중에 효자가 많대, 난 효자가 될 가능성이 있어, 엄마."

"…"

"잘사는 애들은 부모가 어떻게 고생하면서 자식 키웠는지를 몰라, 그래서 커서 돈 내라고 부모한테 칼 들고 덤비고 그래, TV에서도 나왔잖아?"

"…"

"난 효자야, 아니, 효녀."

"너…"

입을 열었던 김희선이 숨을 들이켰다가 딸꾹질을 했다. 고맙고 분하고 서럽다. 와락 껴안고 울고 싶다. 김희선은 이를 악물었다.

"뭐?"

박미경이 물었으므로 김희선이 눈썹을 치켜 올렸다.

"너, 장난해? 엄마 약 올려?"

"내가 왜?"

박미경이 눈을 흘겼다.

"엄마는 괜히 인상 써."

"엄마는 부자 될 거야, 그래서 네가 나중에 칼 들고 돈 내라고 하는 엄마가 될 거야."

"하하하, 미치겠네."

소리 내어 웃은 박미경이 몸을 돌렸을 때 김희선은 어깨를 늘어뜨렸다. 그 순간 눈에서 주르르 눈물이 쏟아지듯 흘러내렸으므로 김희선은 손바닥으로 뺨을 훔쳤다. 내일부터는 조창봉을 만나지 않을 것이다. 마트는 당분간 나가기로 하자. 조창봉이 만나주지 않았다고 마트에서 자르지는 않겠지.

"미경아, 떡볶이 만들어줄게."

방에다 대고 소리친 김희선이 옷을 갈아입었다. 모텔에서 대충 씻고 나왔지만 온몸이 근질거리는 것 같았으므로 떡볶이를 만들어 주고 목욕을 해야겠다.

"응, 맵게."

방에서 박미경이 소리쳤다.

"근데 엄마, 내년 초에는 전주 가는 거지?"

다시 박미경이 소리쳤으므로 김희선이 바로 대답했다.

"응, 그럼, 할머니 할아버지가 얼마나 기다리고 계신다고."

갑자기 가슴이 뛰었고 박미경이 고마웠으므로 김희선이 문 앞까지 다가가 말을 이었다.

"전주에 유명한 중학교 많아. 너, 알아? 전주가 교육 도시야."

오래전에 그랬는데 지금도 그런 말을 하는 사람들이 있는가 모르겠다.

"안 된다니까 그러네."

질색한 윤택상이 주위를 둘러보았다. 오전 10시 반, 유성 변두리의 커피숍 안이다. 손님은 그들 둘뿐이었지만 윤택상은 자꾸 두리번거리고 있다. 눈을 치켜뜬 정영아가 윤택상을 노려보았다.

"다 말해, 그럼 네 말대로 할 테니까."

"뭘 다 말하라는 거야?"

윤택상이 마주 노려보았다가 곧 시선을 돌렸다.

"글쎄, 그만 만나자는 이유를 내가 알아야겠단 말이야, 와이프한테 들킨 것도 아니다. 내가 싫은 것도 아니다. 그럼 뭐야?"

"우리를 위해서라니까."

"우리 같은 소리하고 자빠졌네."

정영아가 이 사이로 말을 이었다.

"네가 언제 우리 생각했니? 너같이 이기적인 놈이?"

"정말 왜 이러는 거야?"

"말 안 할 거야?"

"사람들 들어, 조용히 해."

"난 뵈는 게 없으니까 상관없어."

정영아의 목소리가 높아졌고 카운터에 앉아 있던 종업원이 이쪽을 보았다. 윤택상이 갖은 핑계를 다 대면서 만나는 것을 피해 온 지 오늘까지 한 달하고 5일이 지났다. 그동안 정영아는 체중이 5킬로나 줄었는데 다이어트를 하려고 온갖 발광을 다했어도 석 달에 2킬로 뺀 것이 기록이었다. 그러니 춤을 출 일이었지만 실상은 그 반대다. 정영아에게 이번의 한 달 5일은 지옥과 같은 기간이었다. 그동안 전화를 수백 번 했고 문자 보낸 것을 합하면 장편소설 한 권은 되었을 것이다. 윤택상의 가게를 찾아간 것도 3번, 집 앞에서는 다섯 번을 기다렸다. 그러나 윤택상은 가게를 찾아갔을 때 뒷문으로 나가버렸고 집밖에서 기다린다고 했는데도 나오지 않았다. 그럴수록 정영아는 절제를 못 했고 어떤 때는 자신이 미친 것이 아닌가, 더럭 겁이 나기도 했다. 그러고는 마침내 오늘 만나게 된 것이다. 그것도 정영아가 윤택상의 집으로 찾아가겠다고 협박을 했기 때문이다.

"자, 말해."

정영아가 이 사이로 말했다.

"나, 미친년 아냐, 자존심 때문에 그런 것도 아냐, 헤어지는 이유나 알자는 거야. 갑자기 바로 전날까지 멀쩡했다가 이렇게 된 이유를 알아야겠어."

"…"

"혹시 그 인간 만난 거 아냐?"

윤택상이 외면했으므로 정영아가 어깨를 부풀렸다가 내렸다. 문자로도 그렇게 물었다. 그동안 통화도 못 했기 때문이다. 정영아가 다시 물었다. 그 인간이란 김동수다.

"대답만 해, 그 인간이 우리 사이를 알고 찾아 갔느냐고?"

"…"

"내가 아무리 생각해보아도 그것밖에 다른 이유가 없어, 그놈은 그럴 만한 인간이지."

윤택상이 입만 꾹 다물고 있는 것을 보자 정영아의 얼굴이 점점 상기되었다. 자신의 말이 맞는 것을 윤택상이 침묵으로 긍정해 준다고 느낀 것이다.

"그래, 맞구면, 그 인간이야. 병신 같은 놈. 대학교수 체면 때문에 헤어지지 못한다고 그랬겠지? 그 알량한 체면."

"…"

"맞지? 그 인간이지? 그 인간이 와서 협박했어? 만나면 죽인다고? 겁내지 마, 그 인간 말뿐이야, 병신, 겁쟁이라고."

"…"

"지 앞가림도 못 하는 인간이야. 나한테 맡겨, 내가 다 알아서…"

목이 멘 정영아가 숨을 들이켰다가 두 손으로 얼굴을 감싸 안았다.

그러더니 흐느껴 울기 시작했다. 처음에는 끅끅 하면서 울음을 참더니 점점 소리가 높아졌다. 이제 카운터의 종업원이 몸을 일으키더니 노골적으로 싫은 표정을 했다. 그러나 다가오지는 않았다. 정영아의 울음이 통곡으로 변했다. 그때 윤택상이 자리에서 일어섰다.

"미안해, 나, 갈게."

정영아가 대답하지 않았으므로 윤택상은 서둘러 몸을 돌렸다. 카운터로 다가간 윤택상이 만 원권 두 장을 내놓더니 잔돈이 필요 없다는 시늉으로 손을 저어 보이고는 커피숍을 나왔다. 두 눈에 초점이 멀어졌고 다리가 허공에서 흔들리다가 땅바닥에 닿는다. 정신없이 걷던 윤택상이 지나는 택시를 세우고 나서 허덕이며 말했다.

"갑시다, 시내로."

운전사가 차에 속력을 내었을 때 윤택상이 주머니에서 녹음기를 꺼내 그때서야 전원을 껐다. 그러고는 긴 숨을 뱉고 나서 의자에 등을 붙였다.

문촌리에서는 1년에 한 번 정도 초상이 났지만 줄초상이 난 적도 있다. 작년이 그랬는데 노인 둘이 반년 사이에 죽었다. 모두 노환이다. 당뇨, 고혈압, 관절염 등을 달고 사는 것이 노인들이라 문촌리 노인들 중이 세 가지 약 중에 한 가지라도 먹지 않는 사람이 없을 정도다. 그런데 윤수정이 예외에 든다. 크게 건강한 체질은 아니지만 이 세 가지에 들지 않아서 김선호 씨가 부럽다고 할 정도다. 김선호 씨는 고혈압으로 혈압약을 25년째 먹고 있는 중이다. 김선호의 부친 김복만 씨는 85세에 세상을 떴는데 노환이다. 노환이란 여러 가지 병이 합쳐져서 기력을 떨어뜨리는 것이다.

"나는 화장시켜."

손장호 씨 장례식에서 돌아온 김선호가 윤수정에게 말했다. 오후 4시 반, 아직 햇살이 남았으므로 김선호는 돌아오자마자 옷을 벗어던지고 감자 창고 문을 고치고 있다. 지난달 경운기로 문을 찌그러뜨린 것을 미루다가 고치지 못하고 있었던 것이다.

"규식이 아버지는 화장 안 했대요?"

마당에 널어놓은 빨래를 걷으면서 윤수정이 물었다. 윤수정은 장례식에는 가지 않았다.

"규식이가 화장 안 한다면서 소양 선산으로 모시고 갔어."

"참, 규식이 아버지가 소양에서 왔지."

"50년도 더 되었으니까 문촌리 사람이나 같지."

"그나저나 문숙이가 자살했다니 얼매나 가슴이 아팠을꼬."

"그래서 용득이 형님 말대로 잘 가신 거지, 문숙이한티 말이여."

"문숙이 딸도 같이 갔다니 손녀도 저승에서 만났겠네."

"아, 그 이야기 그만혀."

판자를 내려놓던 김선호가 버럭 소리쳤다.

"어쨌든 난 화장시키라고, 애들한테도 그렇게 말혀."

"왜 먼저 갈라고 그러쇼?"

"아, 그럼 내가 먼저 가야지, 당신이 왜? 멀쩡한 사람이."

"멀쩡하기야 당신이 나보다 낫지."

판자를 맞추던 김선호가 그런 이야기가 싫은지 입을 꾹 다물었다가 윤수정을 돌아보았다.

"그러고 보면 동수네가 가장 무난한 가정을 꾸리고 있는 것 같아, 안 그런가?"

"갑자기 그런 말은 왜 해요?"

"갑자기가 아녀, 손장호 씨 초상 치르면서도 계속 내 자식들 생각한 거여, 넘의 자식 보면 내 자식하고 비교가 되니까."

"하긴."

"태수네가 불안하고."

"지난번에 가 보니까 둘이 말도 별로 안 합디다."

판자에 못질을 하고 난 김선호가 다시 말을 이었다.

"동수 처가 집에 붙어 있지 않는 것이 조금 걸리기는 헌데."

"떨어져 있으면 싸울 일도 드물어진다고도 합디다."

"허긴 그러네."

"그리고 동수는 당신 안 닮았어요."

"그게 무슨 말이여?"

"한눈팔지 않는다고."

"무어?"

쳐들었던 망치를 내린 김선호가 윤수정을 노려보았다.

"야, 이 사람아, 내가 한눈팔았단 말이여?"

"두 번이나."

"아니, 이 사람이."

"40년이 되었네, 당신이 그 심 선생인가 그 여자하고 만났을 때."

"아니, 이 사람이."

눈을 치켜떴던 김선호의 말끝이 약해졌고 윤수정이 말을 이었다.

"그 전에 오 선생이었지? 한 1년 갔던가?"

"그만해, 이 사람아."

"태수가 당신 닮았어요, 동수는 안 그래."

"태수가 나 닮았으면 바로 돌아가, 중심은 잃지 않는 놈이야."

빨래를 걷은 윤수정이 집 안으로 들어갔고 마당에서 김선호의 망치질 소리만 울리고 있다. 철수가 어슬렁거리고 다가오더니 꼬리로 김선호의 등을 두어 번 두드리다가 토방으로 올라갔다. 주위는 조용하다. 한낮에도 문촌리는 항상 조용하다.

"식구 하나가 줄었구먼."

못을 꺼내 쥐면서 김선호가 혼잣말을 했다. 문촌리에서는 주민을 식구라고 부른다. 며칠 전까지 17가구에 34명 식구였다가 이제는 16가구에 33명이 되었다. 1인1가구가 5가구였던 것이 이제는 4가구로 줄었다. 김선호가 머리를 돌려 건넌방을 보았다. 내년에 김희선과 박미경이 옮겨올 구역이다. 방은 많다.

"저는 최선을 다한 것입니다."

머리를 든 윤택상이 똑바로 김동수를 보았다. 이제는 어깨까지 펴져 있다. 오후 7시 반, 용운동 카페의 방 안이다. 방음장치가 잘 된 방이어서 밖의 소음은 들리지 않는다. 윤택상이 말을 이었다.

"이거, 가지셔도 됩니다."

이거는 앞에 놓인 녹음기를 말한다. 방금 전원을 끈 성냥갑만 한 녹음기가 땅콩 안주 접시 옆에 놓여 있다. 김동수는 심호흡을 했다. 방금 유성의 커피숍에서 윤택상과 정영아의 대화 내용을 다 들은 것이다. 주로 정영아의 말이었지만 김동수는 차분한 표정으로 끝까지 들었다. 지난번 단단히 혼이 난 윤택상은 자신이 결백하다는 증거를 보이려고 녹음까지 해 가지고 온 것이다.

"수고했어."

이윽고 김동수가 말했다.

"이제 당신을 믿겠어."

"솔직히."

어깨를 부풀렸다가 내린 윤택상이 말을 이었다.

"타의에 의해서 이렇게 되었지만 잘되었다는 생각이 듭니다."

"…."

"들으셨다시피 저는 대답하지 않았지만 저기, 부인께서는 교수님이 개입하신 것을 짐작하고 있는 것 같습니다."

"…."

"이젠 저도 지긋지긋합니다."

그때 김동수가 머리를 들었다. 그러나 어금니를 꾹 문 채 입을 열지는 않는다. 윤택상이 말을 이었다.

"교수님께서 처리해주시지요, 저는 최선을 다했으니까요."

그때 김동수가 낮게 물었다.

"너, 금방 지긋지긋하다고 했지?"

"예?"

놀란 듯 윤택상이 몸을 굽혔을 때 김동수가 희미하게 웃었다.

"야, 이 개새끼야, 그래도 한때 서로 죽고 못 살았잖아? 그렇게 표현하면 안 되지, 안 그러냐?"

"예? 예."

윤택상의 어깨가 늘어졌다. 지난번 김동수가 데려온 조폭은 섬뜩했다. 그놈들이 남기고 간 영향이 아직도 가시지 않았다. 겁만 주는 놈들이 있고 아예 결판을 내고 교도소로 들어갈 작정을 하고 있는 놈들이 있다. 그런 놈들이 무서운 것이다. 양복 입고 좋은 차를 타고 다니는 조폭은 윤택상도 겁이 안 난다. 그때 김동수가 데려온 두 놈은 살인까지 할 만한 놈들이었다. 김동수의 목소리에 억양이 없어졌다.

"그 여자가 너 같은 놈한테 그렇게 개무시를 당할 여자가 아냐, 이 개새꺄, 알아들어?"

"예, 교수님."

"어쨌든 이것으로 끝이다. 다음에는 만나지 말자."

"예, 교수님."

"가봐."

"그럼 가보겠습니다."

서둘러 자리에서 일어선 윤택상이 방을 나가자 김동수는 의자에 등을 붙이고 앉았다. 방 안은 조용하다. 양주를 시켜 놓았지만 병마개를 뜯지도 않았다. 이윽고 병마개를 뜯은 김동수가 술병을 들고 잔을 채우려다가 고쳐 쥐고는 병째로 삼켰다.

"그 인간이야, 병신 같은 놈, 대학교수 체면 때문에 헤어지지 못한다고 그랬겠지? 그 알량한 체면."

정영아의 또랑또랑한 목소리가 귀를 울렸다. 입에서 술병을 뗀 김동수가 호흡을 골랐다. 그때 다시 정영아의 목소리가 귀를 울렸다.

"겁내지 마, 그 인간 말뿐야. 병신, 겁쟁이라고."

다시 술병을 든 김동수가 꿀꺽이며 술을 삼켰다. 그때 정영아의 목소리가 귓속으로 파고들었다.

"지 앞가림도 못 하는 인간이야, 나한테 맡겨, 내가 다 알아서…"

그리고 정영아의 울음소리가 울리기 시작했다. 처음 듣는 울음소리다. 울음소리가 점점 커지더니 통곡으로 변했다. 그때 술병을 내려놓은 김동수가 트림을 했다. 어느덧 술병이 반쯤이나 비워졌다. 이윽고 김동수가 주머니에서 핸드폰을 꺼내들고 버튼을 눌렀다. 신호음이 두 번 울리고 나서 곧 응답 소리가 들렸다.

"아빠?"

김종근의 목소리다.

"응, 밥 먹었냐?"

"응, 아빠, 지금 어디야?"

"나? 아빠 곧 들어갈게, 주현이는?"

"주현이 방에 있어."

김동수는 정영아가 왔느냐고 묻지 못했다.

"오늘 쉬는 날이냐?"

커피를 시킨 김태수가 묻자 김희선이 머리만 저었다. 시선을 내리고 있어서 김태수가 김희선의 머리꼭지를 보며 다시 물었다.

"그럼 휴가 냈어?"

"아뇨, 그만뒀어요."

"아니, 들어간 지 얼마 안 된 것 같은데,"

"두 달 좀 안 됐어요."

그때 커피가 날라져 왔으므로 김태수가 말을 멈췄다. 오전 11시, 회사 근처의 커피숍 안이다. 아침에 김희선의 전화를 받은 김태수는 이 지지리도 남편 복이 없는 여동생에게 또 무슨 일이 일어났는가 하는 표정을 감추지 못하고 있다. 눈앞에 있으면 걱정이 일어났다가 보이지 않으면 쉽게 잊는 것이 김태수의 성품이다. 정이 많고 머리가 좋지만 뒤끝이 없는 데다 귀찮은 일을 싫어한다. 그래서 회사 또한 시장 개척은 잘되는데 적자가 많이 나는 기형적인 운영이 된다. 그때 김희선이 머리

110

를 들고 김태수를 보았다. 두 눈이 흐려져 있다.

"오빠, 저, 힘들어요."

"응? 그래?"

숨을 들이켠 김태수가 어깨를 부풀린 채로 물었다.

"그래, 그렇겠지, 얼마 필요하냐?"

"아뇨, 돈보다도…"

"그럼 직장이겠구나."

"오빠, 저, 남자가 저를 협박하고 있어요."

"응?"

놀란 김태수가 눈을 치켜떴고 김희선이 마침내 주르르 눈물을 쏟았다. 조창봉이 만나주지 않았더니 마트로 찾아와 끌고 나가다시피 한 것이다. 그러고는 어느새 찍었는지 스마트폰에 찍힌 모텔방 안의 사진을 보여주면서 일주일에 두 번은 만나야 한다고 협박한 것이다. 김희선은 그날로 마트를 그만두었지만 오늘 저녁에 조창봉을 만나야만 한다. 눈물범벅이 된 얼굴로 김희선이 거기까지 말했을 때 김태수가 손바닥을 펴고 말을 막았다. 두 눈이 부릅떠져 있었고 이를 악문 표정이다.

"가만, 이런 일은 동수가 잘할 거다. 동수 어렸을 때 친구들이 그런 놈들이 많지."

"오빠."

김희선이 불렀지만 김태수는 이미 핸드폰의 버튼을 누르고 있다.

"넌 가만있어, 이런 건 가족이 처리해야 되는 거야."

그러면서 핸드폰을 귀에 붙인 김태수가 심호흡을 하고 나서 김동수와 통화를 시작했다.

"어, 동수냐? 나, 지금 희선이하고 같이 있는데."

대뜸 그렇게 말한 김태수가 대번에 본론을 꺼냈는데 설명이 끝날 때까지는 10분도 걸리지 않았다. 이윽고 핸드폰을 귀에서 뗀 김태수가 김희선을 보았다.

"동수가 KTX로 4시까지 서울 온단다."

숨을 고른 김태수가 말을 이었다.

"오늘 저녁에 결판을 내자."

"오빠."

"뭐, 모처럼 우리 형제들 모이겠다."

김태수의 얼굴에 쓴웃음이 떠올랐다.

"아버지 어머니한테는 말 들어가지 않게 할 테니까 걱정 마라."

"…"

"그리고 이런 일로 형제들 우의가 더 굳어지기도 하는 거다. 동수도 요즘 어려운 일이 있어."

그러더니 김태수가 긴 숨을 뱉었다.

"나도 그렇고,"

"…"

"참내, 김선호 씨 자식 삼남매가 드럽게 처복 남편 복이 없네."

"…"

"그리고 봉게 형제간 우애는 있어야겠다. 안 그러냐?"

"네."

"너, 전주 내려갈 거지?"

"네."

"그래야겠다."

긴 숨을 뱉은 김태수가 말을 이었다.

"곧 겨울방학인데 방학 때 전주 내려가도 되지 않을까? 미경이 학교
도 알아보고 말이다."

김태수가 김희선을 보았다.

"이 일 외에 다른 것 걸리는 건 없지?"

"없어요."

"그놈 문제는 오늘 확실하게 끝낼 거다. 동수가 제가 다 알아서 한다
면서 장담했으니까."

"…"

"하긴 어려운 때 형제간에 상의하는 거지, 안 그러냐?"

김희선은 다시 시선을 내렸고 김태수는 길게 숨을 뱉었다.

장미모텔 304호실 앞에 선 김희선이 심호흡을 했다. 오후 6시 반, 이
른 시간이어서 복도는 텅 비었고 조용하다. 이윽고 김희선이 손을 뻗어
벨을 눌렀다. 문에는 보안경이 있다. 안쪽에서 인기척이 들리더니 잠깐
주춤한 것은 보안경으로 밖을 보았기 때문일 것이다. 밖을 확인한 안에
서 문이 열렸다. 그러고는 조창봉의 웃음 띤 얼굴이 드러났다. 그러나
다음 순간, 조창봉의 두 눈이 치켜떠졌고 머리가 뒤로 젖혀졌다.

"쿵!"

충격음이 울린 것은 밖에서 문이 세차게 밀리는 바람에 조창봉이 안
으로 넘어지는 소리다. 김희선 뒤에 다가서 있던 최용수가 문을 힘껏
밀어 젖힌 것이다. 다음 순간 방 안으로 사내들이 쏟아져 들어갔는데
다섯이나 되었다. 김동수가 데려온 최용수 일행이 셋, 그리고 김태수까
지 포함되었기 때문이다. 맨 뒤를 김희선이 따라 들어갔는데 장미모텔
304호실에 김선호의 자식 셋이 다 모인 셈이다.

"왜, 왜 이러시오?"

넘어졌다가 일어서면서 조창봉이 외쳤지만 이미 얼굴은 사색이다.

"어이구!"

다시 조창봉의 입에서 비명이 터졌다. 사내 하나가 주먹으로 배를 쳤기 때문이다. 허리를 기역자로 구부린 조창봉이 털썩 무릎을 꿇었을 때 최용수의 부하 하나가 가방에서 청테이프를 꺼내더니 먼저 입에다 척 붙였다. 그 사이에 다른 부하가 엎어진 조창봉의 몸 위에 올라타고 두 손을 비틀어 뒤로 합쳤다. 다시 테이프가 두 손을 무지막지하게 감더니 빙글 돌려 눕히고는 다리를 감는다. 그 사이에 최용수가 발길질로 배와 옆구리, 가슴을 한 차례씩 내질러 조창봉이 꿈틀거리게 만들었다.

"이 새끼, 오줌을 쌌네."

부하 하나가 이맛살을 찌푸리더니 다시 조창봉의 엉덩이를 발길로 내질렀다. 조창봉의 사타구니 부근 바지가 흥건하게 젖어 있는 것이다.

"자, 의자에 앉혀라."

최용수가 말하더니 탁자 위에 가방을 놓고 내용물을 꺼내었다. 전지용 가위, 펜치에 망치, 대못도 10여 개가 있고 회칼도 두 종류나 있다. 탁자 위에 그것들을 나란히 놓은 최용수가 다시 가방에서 붕대와 소독약, 의료용 메스에다 서너 개의 주사기, 약병 10개도 꺼내 놓았다. 마치 실험 도구들 같다. 김희선이 그것을 보더니 벽에 딱 붙어 서서 시선을 떼지 못한다. 얼굴이 하얗게 굳어 있다. 의자에 앉혀진 조창봉도 바로 눈앞에 펼쳐진 실험 도구에서 눈을 떼지 못한다. 테이프가 붙여진 입에서 계속해서 낮은 신음이 울리고 있었는데 얼굴은 이미 땀과 눈물범벅이 되어 있다. 그때 최용수가 말했다.

"시간이 좀 걸릴 겁니다."

둘러선 김태수 형제들에게 말한 것이다.

"이놈을 이곳에서 해부해서 떠나려면 하루는 걸릴 테니까 나가서 기다리는 것이 낫겠는데요."

"우린 이놈 얼굴이나 보려고 왔으니까."

김동수가 조창봉을 흘겨보며 말했다.

"이젠 됐어."

"그럼 저한테 맡기시고요."

최용수가 김태수를 향해 머리를 숙였다.

"아주 토막을 내어서 이 세상에서 사라지도록 하겠습니다."

"부탁하네."

머리를 끄덕인 김태수가 몸을 돌리더니 김희선에게 말했다.

"자, 우린 가자."

김희선이 잠자코 몸을 돌려 오빠들을 따라 밖으로 나왔다.

"오빠."

엘리베이터에 탄 김희선이 부르자 둘이 같이 머리를 들었다. 두 쌍의 시선을 받은 김희선이 숨을 들이켜고 나서 물었다.

"저기, 어떻게 해요?"

"뭘?"

김동수가 되물었다.

"저 사람들…"

"저 사람들이 왜?"

"진짜로…"

"안 죽여."

엘리베이터가 멈추고 모텔 현관으로 나오면서 김동수가 말을 이었다.

"나쁜 짓 한 놈은 죗값을 치르는 거지, 그렇게만 생각하면 돼."

모텔 밖으로 나왔을 때 이번에는 김태수가 말했다.

"아마 두 번 다시 그런 짓은 못 하게 될 거다. 그리고 그 대가는 톡톡히 치르겠지."

그러자 발을 떼며 김동수가 거들었다.

"전문가들이야, 그러니까 걱정하지 마."

"넌 바로 전주로 내려가는 것이 낫겠다."

집 근처의 식당으로 미경이를 불러내어 세 형제가 미경이까지 넷이 갈비 백반을 시켜 먹고 난 후다. 김태수가 말하자 김희선이 머리를 끄덕였다.

"그러려고요, 집도 다음 달까지 계약되었으니까 짐 정리만 하면 돼요."

"어머니가 좋아하시겠다."

김동수가 나섰다.

"아버지도 내색은 안 하시지만 널 제일 이뻐하신 분이지."

"엄마, 다음 달에 전주 가?"

미경이 묻자 김희선이 웃었다.

"그래, 가자, 괜찮지?"

"내가 가자고 했잖아?"

겨울방학이 곧 시작될 것이고 내년에는 박미경이 중학교에 들어간다. 식당에서 나온 넷은 김희선 집 앞쪽의 제과점에 들어가 다시 둘러앉았다. 김희선이 집이 구차하다면서 들어가지 않으려고 했기 때문이다. 오후 8시 반이 되어 가고 있다. 김동수는 10시 반 KTX를 예약해놓아서 대전으로 돌아가야 한다.

"다 잘될 거야, 다른 건 신경 쓰지 말고,"

김동수가 말했다.

"당분간 집에서 미경이나 잘 키워."

"그리고 전주에 내려가고 나서 네가 할 일을 찾아보자."

김태수가 말을 이었다.

"집에서 전주까지 버스로 한 시간이면 되니까 말이야, 너더러 농사 지으라고는 아버지도 안 하실 거다."

"내려가서 차분히 생각해보죠."

김희선의 표정도 밝아졌다.

"자, 그럼."

김동수가 손목시계를 보는 시늉을 하면서 일어서자 김희선이 따라 일어서며 말했다.

"오빠, 나 때문에 미안해."

"내가 더 미안하지, 그동안 너한테 신경 못 썼다."

"그래도 너무 고마워, 오빠."

"야, 야, 쑥스럽다."

손을 저은 김동수가 지갑을 꺼내더니 5만 원권 두 장을 집어 박미경 에게 내밀었다.

"미경아, 외삼촌이 주는 용돈은 받아야지, 저금했다가 네가 사고 싶 은 것 사라."

박미경이 주춤거리자 김희선이 말했다.

"받아, 미경아, 인사하고."

"고맙습니다."

돈을 받은 박미경의 얼굴이 빨개졌다.

"자, 그럼 간다."

김태수가 박미경의 머리를 쓸면서 김희선을 보았다.

"내일 다시 연락하자."

"나도 오늘 결과를 내일 알려줄게."

김동수가 말하더니 둘은 몸을 돌렸다.

"오빠, 조심해 가세요."

둘의 등에 대고 김희선이 소리쳤고 박미경도 따라서 외친다.

"외삼촌! 안녕히 가세요!"

"오냐!"

김동수와 김태수가 몸을 돌려 손을 흔들어 보이고는 지나는 택시를 잡았다.

"너, 용산에 내려주고 가지."

김태수가 말하더니 안쪽에 탔다. 택시가 출발했을 때 김동수가 입을 열었다.

"최용수는 그놈한테서도 자백서, 서약서까지 받아냈어, 기술자니까 안심해도 돼."

그놈은 정영아의 정부 윤택상을 말한다. 머리를 끄덕인 김태수가 목소리를 낮췄다.

"넌 어때?"

"뭐가?"

"집안."

"그냥 그렇지."

좌석에 등을 기댄 김동수가 한참 있다가 다시 입을 열었다.

"그 여자가 그놈을 다시 만났어, 그놈은 안 만나려고 피해 다녔는데

118

결국 만났지."

김동수는 정영아를 그 여자라고 한다. 다시 김동수가 말을 이었다.

"그놈이 그 여자가 말한 걸 다 녹음해 왔더구먼."

김동수가 가슴 주머니에서 작은 봉투를 꺼내 김태수에게 내밀었다. 여러 겹으로 접었지만 안의 성냥갑만 한 물체는 녹음테이프일 것이다.

"형, 받아."

입맛을 다신 김태수가 받았을 때 김동수는 쓴웃음을 지었다.

"요즘 나하고 말도 안 해. 같이 밥 먹은 지도 오래됐어."

"…"

"나도 복사한 테이프 있어, 난 그걸 매일 들어, 매일 매 맞는 기분이 되지."

"야, 너, 정말…"

"형, 나 알지? 나, 병신 같지만 의지가 강한 놈이야, 난 매일 나를 단련시키고 있는 것이라고."

김태수가 김동수의 번들거리는 눈을 보았다.

"뭐 하고 계쇼?"

윤수정이 물었으므로 김선호가 머리를 들었다. 건넌방 창가에 앉아 밖을 내다보고 있었던 것이다. 밤 10시 반, 주위는 조용했다. 이 시간이면 마을 사람 대부분은 잔다. 연속극에 빠진 할머니 몇 명만 TV 앞에 누워 있을 것이다.

"왜? 안 잤어?"

대답 대신 되물은 김선호가 방 안을 둘러보는 시늉을 했다.

"벽지하고 장판을 다시 깔까 하고."

"아이구, 아직도 새건데."

윤수정이 방바닥을 손바닥으로 쓸어보면서 말했다.

"옆방이나 벽지하고 천장 새것으로 합시다. 미경이가 좋아하는 색깔로 하는 것이 낫겠는데."

오늘은 건넌방과 윗방에 불을 때 보아서 방바닥이 따뜻했다. 기름보일러여서 기름 값이 많이 들지만 금방 따뜻해진다.

"희선이가 온다니까 당신도 싱숭생숭해지는 모양이오."

윤수정도 벽에 등을 붙이고 앉더니 말을 잇는다.

"희선이 방에 들어와 앉아 있는 것이 말이요."

"우리가 서울에서 30년쯤 살았지?"

"태수가 여섯 살 때 수원에서 서울로 이사 갔으니까 30년이 넘은 것 같소."

눈을 가늘게 뜬 윤수정이 말을 이었다.

"태수가 서른여덟 때 우리가 여기로 왔으니까 서울에서 32년 살았구먼."

"여기로 온 지 딱 10년 되었고."

김선호가 지그시 윤수정을 보았다.

"세월 참 빠르네, 내가 벌써 일흔여섯."

"난 일흔다섯이오."

서로의 얼굴을 보던 둘이 제각기 창밖을 보았다. 짙은 어둠에 덮여 있지만 곧 사물 윤곽이 드러났다. 마당 건너편 개집 밖으로 철수가 나와 있었는데 이쪽을 바라보고 있다. 꼬리를 흔들고 있는 것도 보인다. 그때 윤수정이 말했다.

"내가 종근 에미한테 세 번이나 전화를 했는데 받지 않습디다."

김선호는 시선만 주었고 윤수정이 말을 이었다.

"어제 한 번, 오늘 두 번, 그런데 전화를 안 받고 연락도 안 와."

"…"

"핸드폰에 발신자가 찍혔을 것인데, 무슨 일이 있는지 모르겠어."

"전화는 왜 했는데?"

"아, 그냥."

했다가 윤수정이 김선호를 보았다.

"지난번 고추 값 받은 것이 좀 걸려서 고춧가루 5킬로쯤 그냥 보내주려고."

"에이."

"억지로 돈 받아낸 것 같지 않았소?"

"뭐가 억지야?"

"어쨌든 집에 고춧가루 많이 남았으니 걔한테 좀 더 줘도 되지 않겠소? 사업하는 앤데."

"근데 전화를 보지도 않는단 말인가?"

김선호의 이맛살이 찌푸려졌다.

"내일 동수한테 이야기를 해야겠군, 어떻게 된 일인지."

"또 일 만들지 마시오."

"아, 안 만들어."

그러고는 김선호가 혀를 찼다.

"그러고 보면 동수 처가 분란을 자주 일으켜, 그런 학생이 있지, 겉으로는 멀쩡하고 공부도 제법 하는데 갑자기 사고를 일으키는 놈들이 있어."

"또 학생 이야기."

"앞에서는 아주 고분고분한데 뒤에서 소문을 퍼뜨리거나 험담을 만드는 놈들도 있고."

"우리 애들은 그런 애들 아니오."

"누가 그렇다나?"

입맛을 다신 김선호가 다시 창밖을 보았다. 어느새 철수는 제 집으로 들어가 보이지 않는다.

"희선이가 여기서도 누구 만날 수 있을까 모르겠네."

김선호가 창밖을 향한 채 혼잣말을 했다.

"아직 젊은데 말이야."

"아, 인연이 닿으면 바로 맺어질 수도 있지, 지금 그것 걱정할 때요?"

"하긴 그려."

"걔들 둘이 사는 걸 보니까 지금도 밥이 넘어가지 않아."

윤수정의 목소리가 떨렸다. 김선호는 다시 창밖만 보았고 윤수정의 말이 이어졌다.

"난 걔들 둘이 내려오는 생각을 하면 가슴이 뛰어서 숨이 가빠져."

김선호는 길게 숨을 뱉었다. 자신도 마찬가지인 것이다. 그래서 밤에 김희선 모녀가 묵을 방을 둘러보고 앉아 있던 참이다. 다시 둘은 창밖을 바라보며 입을 다물었다.

차문을 열려던 정영아가 몸을 돌렸다. 뒤쪽에서 인기척이 났기 때문이다. 순간 정영아는 숨을 들이켰다. 김동수가 서 있다. 코트 주머니에 두 손을 찌르고는 시선만 주고 있었는데 덤덤한 표정이다. 그때 김동수가 발을 떼어 다가와 섰다. 지하 주차장 안은 조용하다. 오전 8시 반, 출근 차량은 이미 다 빠져나가 빈자리가 많다.

"이야기 좀 하자."

김동수가 말하더니 차 앞을 돌아 운전석 옆자리 문을 열었다.

"무슨 일인데?"

정영아의 목소리는 갈라져 있다. 김동수는 10분쯤 먼저 집을 나갔기 때문에 떠난 줄 알았던 것이다. 그런데 주차장에서 기다리고 있었다. 차문은 열려 있었으므로 김동수는 잠자코 옆 좌석에 앉는다. 어깨를 부풀렸던 정영아도 마침내 운전석에 앉았다. 둘이 말을 안 한 지 20일 가깝게 되었다. 시선도 마주치지 않았고 각방을 썼다. 집에 디자인 룸이 있어서 그곳에서 가끔 밤을 새우고 일을 했던 터라 아이들이 이상하게 생각하지는 않는 것 같다. 차 안에 나란히 앉은 둘은 앞쪽의 공간만 보았다. 조용해서 둘의 숨소리도 들린다. 그때 김동수가 입을 열었다.

"어머니한테 전화 왔을 텐데 전화해드려, 걱정하고 계시니까."

그 순간 정영아의 배가 움푹 들어갔다가 나왔다. 소리 없는 코웃음을 쳤기 때문이다. 다시 김동수의 말이 이어졌다.

"그리고 어머니한테 석 달쯤 미국으로 디자인 연수를 받으러 간다고 말씀드려, 곧 신정, 구정 때가 되면 전주에 가야할 텐데 이 분위기로 갈 수는 없을 테니까."

이제는 정영아가 코웃음 대신 숨을 들이켰다. 그러나 시선은 앞쪽을 향한 채 입은 꾹 닫혀 있다. 김동수의 억양 없는 목소리가 차 안을 울렸다.

"아이들한테도 그렇게 말해, 그리고 짐 싸 가지고 나가, 석 달도 좋고 반년도 좋고 1년도 좋아. 나가서 살아."

"…"

"아이들한테는 그럴듯하게 말해줘야 될 거야, 종근이, 주현이가 예민한 나이니까. 가끔 미국이라면서 연락도 해주고."

"…."

"돈은 충분하지?"

"있어."

"필요하면 말해."

"글쎄, 있다니까."

"어머니한테 전화 잊지 말고, 미국 이야기 앞뒤 잘 맞게 이야기 해."

김동수가 문을 열고 나가면서 말을 이었다.

"애들한테 눈에 띄지 않게 조심하라고, 미국 간 사람이 시내 돌아다니는 걸 들키면 안 되니까."

김동수가 주차장 엘리베이터 쪽으로 사라지자 정영아는 어깨를 늘어뜨리며 긴 숨을 뱉었다. 그러자 갑자기 사지가 나른하게 풀리는 느낌이 오더니 얼굴에 웃음이 떠올랐다. 30년 형을 받고 감옥에 갇혀 있다가 갑자기 석방되었다는 통고를 받은 것 같기도 했다. 정영아는 손을 뻗어 가방 속에 든 핸드폰을 꺼내 쥐었다. 전원을 켜자 곧 '부재중 전화' 번호가 떴다. 시어머니 윤수정이다. 심호흡을 하고 난 정영아가 버튼을 눌렀다. 신호음 두 번 만에 곧 윤수정의 목소리가 울렸다.

"응, 종근 에미냐?"

목소리가 밝다. 잠깐 죄책감을 느꼈던 정영아도 목소리를 밝게 꾸몄다.

"어머니, 죄송해요. 휴대폰을 잃어버렸다가 이제 찾았어요."

"아이구, 그랬구나, 그럴 줄 알았다."

"어머니 걱정하셨죠, 죄송해요."

"미안할 게 뭐가 있냐? 전화기를 잃어버렸다가 찾았으니 다행이지."

"어머니, 그런데 무슨 일 있으세요?"

"응, 내가 지난번 고추 값 받은 것이 미안해서."

"아이구, 어머니, 제가 오히려."

정영아의 이맛살이 찌푸려졌지만 목소리는 그대로다. 그때 윤수정이 말을 이었다.

"그래서 내가 고춧가루를 더 보내려고, 이건 돈 안 내어도 된다."

"어머니, 됐어요. 됐어요, 어머니."

"아니다. 오늘 7킬로 보낼 거다. 네 의상실로. 오늘 보내면 내일은 들어간단다."

"아이구, 어머니, 이젠…"

"그럼 전화 끊는다."

그러고는 통화가 끊겼으므로 정영아는 의자에 등을 붙이고는 긴 숨을 뱉었다. 핸드폰이 옆 좌석으로 내동댕이쳐졌고 차 안에 정적이 덮였다.

"나 좀 봐."

방으로 들어서는 김태수의 등에 대고 최혜영이 불렀다. 밤 10시 반, 집은 조용했지만 식구들이 모두 방 안에 있는 흔적이 보인다. 멈춰선 김태수가 머리만 돌렸을 때 소파에 앉아 있던 최혜영이 말했다.

"이야기 좀 해."

"무슨 이야기?"

바이어하고 술을 마신 김태수의 얼굴은 붉어져 있다. 클레임 문제로 실랑이를 하면서 마신 술이라 컨디션이 좋지 않다. 그때 최혜영이 외면한 채 말했다.

"우리 이야기, 옷 벗고 와."

불쑥 말한다는 게 그렇게 나갔다.

"옷 벗고 와?"

심사가 비틀린 터라 다른 때 같으면 웃었을 말이 뒤집어졌다.

"옷 벗고 뭘 하려고?"

"기가 막혀서."

코웃음을 친 최혜영이 똑바로 김태수를 보았다.

"장난 말고, 할 이야기가 있어."

"나, 피곤해, 네 이야기 들을 분위기가 아니다."

몸을 돌린 김태수는 방에 들어가 옷을 벗는 동안 화가 무럭무럭 솟아났다. 오서원과 안 만난 지 두 달 가깝게 된다. 그날, 이후로 연락도 하지 않았고 오서원 또한 문자도 보내지 않았다. 착한 여자다. 함께 있으면 편안해지고 행복했다. 그러나 시간이라는 괴물은 선악도, 애증도 다 흐려놓는 것 같다. 오서원에 대한 죄책감이 갈수록 옅어지는 것이 그 증거다. 옷을 갈아입으면서 김태수는 어금니를 물었다. 난 최선을 다하고 있다. 어디, 이 여자가 어떻게 나오는가 보자, 대근하고의 약속도 어쩔 수가 없지 않겠는가? 나 혼자만의 노력으로 되는 일이 아니다. 얼굴을 굳힌 김태수가 응접실 소파에 앉으면서 최혜영을 보았다.

"말해."

어깨를 부풀린 김태수는 바로 맞받아칠 기세다. 그때 최혜영이 리모컨으로 음 소거를 하더니 말했다.

"나, 앞으로 그 여자 이야기 안 할 거야."

숨을 들이켠 김태수가 최혜영을 보았다. 의심쩍은 표정이다. 그때 외면한 최혜영이 말을 이었다.

"안 할 거라고."

"뭘 안 해?"

"그 여자 이야기, 호텔방."

"이런 지기미, 잘 알지도 못하면서."

"어쨌든 그만."

손바닥을 펴 보인 최혜영의 눈 흰자위가 붉어져 있다. 술을 마신 것 같다. 최혜영은 술을 별로 좋아하지 않는다. 소주 한 병을 마시고 뻗은 적이 있다. 물론 결혼 전이다. 다시 외면한 최혜영이 말을 이었다.

"마음 같아서는 죽이고 싶지, 자는데 가위로 그걸 잘라버리고 싶지 만 어쩌겠어? 내가 엽기녀만 되는 거지."

"이런 젠장."

"나도 기회가 있으면 바람이나 피워볼까 한 적이 있었어."

다시 어깨를 부풀린 김태수가 숨을 죽였고 최혜영의 말이 이어졌다.

"그런데 난 김씨 DNA가 아니어서 그런지 안 돼, 갈라서고 나서 남자 만나든지 해야지, 이중생활은 못 해."

"이 여자가 지금 술 취했나?"

"잘 들어, 김태수."

"뭐?"

"앞으로 이런 이야기 안 할 테니까 귀 닦고 잘 들으란 말이야, 이 자 식아."

"뭐시?"

"바람 피워도 눈치 못 채게, 흔적 남기지 말고 피워."

"…"

"팬티 뒤집어 입고 오지 말고, 그 짓 하고 나면 될 수 있는 한 같은 비

누로 씻고 오도록 해."

"…."

"주머니에 텍스 같은 거 넣고 오지 말고, 집에 오기 전에 검사 좀 하란 말이야."

"야, 그거 10년도 전의 일을 가지고…"

"시끄러!"

눈을 치켜뜬 최혜영이 노려보았으므로 김태수는 입안의 침을 삼켰다. 그때 최혜영의 눈에서 주르르 눈물이 쏟아졌다.

"다 좋을 수는 없지, 내가 자식들 위해서 희생하기로 했으니까 너나 계속 잘 놀면서 살아라."

"야, 최혜영."

"할 이야기 다 했으니까 들어가서 자빠져 자."

"야, 실은…"

김태수는 오서원과의 사연을 다 쏟아내고 싶은 충동을 느꼈지만 참았다. 이 여우한테 홀렸는지 모른다. 참자.

3장 인연

"철수야!"

미경이가 달려온 철수의 목을 부둥켜안으면서 외쳤다. 철수가 긴 혀로 미경의 얼굴을 사정없이 핥는다.

"아이구, 저리 가!"

다가온 윤수정이 철수를 소리쳐 쫓고는 박미경을 껴안았다.

"어, 짐 내려야지."

집 앞까지는 차가 들어올 수 없었기 때문에 김선호는 경운기를 받쳐 놓고 기다리던 참이다. 오라고 하지 않았는데도 조길만은 제 경운기를 끌고 왔고 통장 이창수도 와 있다. 트럭에서 내린 김희선이 인사를 마치는 동안 이쪽저쪽에서 노인들이 나왔다. 토요일 오후 4시 반, 김희선의 이삿짐이 문촌 마을 경로당 앞에 도착한 것이다.

"아이구, 안녕하셨어요?"

김희선의 밝은 외침.

"희선이가 왔구나."

여러 곳에서 울리는 할머니들의 목소리가 한적했던 마을 분위기를 바꿔놓았다. 오늘 이삿짐 운반 지휘도 이창수가 맡는다. 이창수는 미리 김선호 집 마루방에다 막걸리 20병과 소주 10병, 과자 만 원어치를 갖다 놓았다. 물론 윤수정은 돼지고기 15근을 삶았고 떡도 10킬로를 해 놓았다. 이사 턱을 내려는 것이다. 미경이 또래로 중 1짜리 여자아이가 있었으므로 둘은 아직 눈치만 살피고 있었지만 금방 가까워질 것이다.

"야, 여기서 희선이 시집보내야겠다."

경운기에 짐을 실으면서 조길만이 김선호에게 말했다. 김선호는 트럭에서 짐을 내리는 일을 맡았고 경운기는 이창수가 대신 몬다. 개미떼가 구물구물 짐을 나르는 것처럼 경로당에서 김선호 집까지의 좁은 길을 동네 사람들이 짐을 이고 들고 오가고 있다.

"시집은 이 자식아."

짐을 건네주면서 김선호가 버럭 역정을 내었다.

"너, 약 올리는 거여 뭐여? 이 빌어먹을 놈아."

"야, 요즘은 40이 되어도 처녀 총각이 많단다. 희선이 봉께 처녀라고 해도 믿겄다."

마침 주위에 사람이 없었기 때문인지 조길만이 대놓고 약을 올렸다. 하긴 이런 농을 할 사람도 조길만뿐이다. 김선호가 들고 있던 이불 보따리를 아래에 있는 조길만에게 내던졌다.

"아이고."

이불 보따리를 간신히 피한 조길만이 눈을 흘기더니 투덜거렸다.

"저 자식은 희선이 이야기만 나오면 지랄을 하네."

마을에서 가장 경사가 나는 날은 뭐니 뭐니 해도 사람이 늘어나는 날이다. 모두 노인들이라 죽어 나가는 사람이 많은 반면에 오는 사람이 없기 때문일 것이다. 그래서 누가 오는 날은 마을이 들뜬다. 물론 음식 냄새에 꼬였겠지만 마을 개들까지 모여들어서 철수도 거드름을 피우며 짖어대고 있다.

"자, 이젠 이 집 식구도 넷, 문촌리에서 대가족이 되신 겁니다."

술을 권하다가 제가 먼저 취한 이창수가 노인들을 둘러보며 말했다. 이제 이삿짐은 다 날랐고 집 안에서 윤수정과 김희선이 정리를 하는 중이지만 노인들은 마루방에 앉아 술과 고기를 먹는다. 대개 이곳에서는 옆집 살림을 내 집처럼 다 아는 터라 빗자루 가져오라면 김희선보다 마을 할머니들이 먼저 찾아다 준다. 그때 박용득 씨가 냉장고를 옮기는 김선호에게 물었다.

"이보게, 동생, 자네 둘째 며느리가 미국 유학을 갔다면서?"

"예? 예."

머리를 들었다가 다시 냉장고를 밀면서 김선호가 대답했다.

"반년 계획으로 갔답디다. 뭐, 의상 디자인 연수를 받으려는 것 같습니다."

"자네는 자식 복이 많아."

막걸리 잔을 든 박용득이 말을 이었다.

"둘째가 교육자로 자네 뒤를 잇더니 둘째 며느리도 그러네."

"아니, 며느리는 사업을 하니까 교육자는 아니지요."

조길만이 듣다가 나섰지만 박용득은 모른 척했다. 박용득은 조길만이 입이 싸다고 싫어한다. 그때 삼순 할머니가 떡국용 떡을 썰다가 말했다.

"거, 자식 없는 사람도 많응께 자식 자랑 좀 고만들 혀."

삼순 할머니는 올해 83세, 허리만 조금 굽었지 머리도 총명하고 첫째로 말발이 세다. 딸 둘이 있지만 둘 다 팔자가 세어서 어머니하고 인연을 끊은 지 오래다.

이번에는 김태수가 KTX를 타고 대전으로 내려갔다. 김동수에게 먼저 전화를 한 것도 김태수다. 김동수는 별일이 다 있다고 생각했을지도 모른다. 김태수가 너, 요즘 괜찮으냐고 물어보았기 때문이다. 그러더니 KTX 타고 갈 테니 잠깐 이야기나 하자는 것이다. 그래서 오후 1시 반에 둘은 대전역 앞 커피숍에서 마주앉았다.

"형, 안 바빠?"

커피를 시키고 난 김동수가 묻자 김태수는 눈을 가늘게 떴다.

"너, 말랐다."

"운동을 하거든."

"운동하면 얼굴이 마르냐?"

"회사는 잘돼?"

"힘들어."

서로 동문서답, 서문동답을 하다가 둘은 잠깐 입을 다물었다. 그동안 커피가 내려놓아졌다. 그때 김동수가 다시 물었다.

"형, 뭣 때문에 내려온 거야?"

"어머니한테 들었는데 제수씨가 6개월간 미국 연수 갔다고?"

"그것 때문이군."

쓴웃음을 지은 김동수가 한 모금 커피를 삼켰다.

"그럴 줄 알았어."

"정말이냐?"

"미국 연수는 개뿔, 지금 대전에서 씽씽 돌아다니는데."

"…."

"내가 집 나가라고 했어."

김태수는 시선만 주었고 김동수가 말을 이었다.

"애들한테도 미국연수 간다고 하라고 했지, 도저히 이 상태로는 같이 살 수가 없어서 말이야."

"애들은 괜찮냐?"

"응, 미국인 척 사흘에 한 번쯤 전화도 해줘, 애들도 연락은 하고."

"애들이 속아?"

"거짓말은 도가 트인 여자니까."

"애들은 어떻게?"

"가정부가 잘해, 오히려 애들이 밝아진 것 같아, 내가 일찍 들어와서 챙겨주거든."

김태수가 길게 숨을 뱉었다.

"희선이가 전주 내려가서 안정이 좀 되었는지 모르겠다. 시간 있다면 내려가서 한번 봐야겠는데."

"아, 나 챙겨주느라 여기까지 와 주었는데 전주까지 또 어떻게 가? 놔둬, 내가 가볼게."

"넌 인마 애들 놓고 어떻게 가?"

"근데 형은 잘돼?"

"뭐가?"

했다가 김태수가 김동수의 표정을 보고는 입맛을 다셨다.

"뭐, 그저 그렇지."

"똑같아?"

김태수가 이제는 머리만 끄덕였다. 이미 최혜영과의 전쟁이 끝났다고 말해줄 수는 없는 노릇이다. 어떻게 끝났느냐고 물을 것이 뻔하다. 최혜영이 한 이야기를 늘어놓고 그에 대한 해명까지 펼치려면 장편소설 한 권 쓸 만큼의 시간이 필요하다. 설령 간단한 해명만으로 끝나는 이야기라고 해도 이 상황에서는 미안해서 말 못 한다. 그때 김동수가 의자에 등을 붙이면서 말했다.

"그 여자를 놔주니까 편해, 형."

"편하다니?"

"놔주고 나니까 지금까지 내가 우습지도 않은 체면, 집착, 이기심 따위에 갇혀 있었다는 것을 깨달았어."

김동수가 눈을 가늘게 뜨고 웃음을 머금었는데 과연 오랜만에 보는 편안한 표정이다. 김동수가 말을 이었다.

"이제 그 여자가 그놈하고 만나건 어쩌건 전혀 신경이 쓰이지 않아, 어쩌겠어? 그게 어디 내 체면, 고집으로 될 일이야?"

"그렇지."

"내가 부족한 점이 있었기 때문이지, 다 내 탓이라고."

"야."

김태수가 불러놓고 어깨를 부풀렸다가 내렸다. 나서려다가 부질없다는 생각이 들었기 때문이다. 이 자식은 한다면 하는 놈이다. 결단력이나 집념이 나보다 강한 놈인 것이다. 그때 김동수가 쓴웃음을 짓고 말했다.

"사흘 전에 그놈한테서 전화가 왔어."

"그놈이라니?"

"거기, 그 여자의 애인."

"아."

"그 여자가 집 나온 거 알더군, 그런데 그 여자 안 만난대, 전화도 안 하고, 그래서 그놈한테 앞으로 난 상관 안 한다고 했어."

그러더니 김동수가 눈을 가늘게 떴다.

"다 내려놓았더니 이렇게 편할 수가 없어."

면사무소에서 전입신고를 하고 돌아오면서 윤수정이 김희선에게 물었다.

"너, 혹시 마음에 두고 있는 남자 없어?"

놀란 김희선이 윤수정을 보았다. 마을버스는 손님 넷을 싣고 달리는 중이었는데 둘은 문촌리 앞 서동리 할머니들이다.

"그건 왜 물어?"

"아니, 혹시나 하고."

"혹시나라니?"

"너 같은 애가 남자 없는 것도 이상하지 않니? 집 안에만 있었던 것도 아니고."

"기가 막혀서 정말."

이맛살을 찌푸린 김희선이 윤수정을 흘겨보았다.

"나가면 다 남자 만나는 줄 알아? 엄마도 참."

"하긴 그렇다."

순순히 물러난 윤수정이 지그시 김희선을 보았다. 버스는 이제 차량 통행도 없는 국도를 달리고 있다. 이 길은 서동리와 문촌리 주민들을 위한 길이다. 버스는 서동리에서 돌아간다.

"너, 남자 만나야 할 텐데 걱정이다."

"엄마도 별 걱정을 다 해."

"너, 달거리 지금도 하지?"

"기가 막혀."

다시 눈을 흘긴 김희선이 주위를 둘러보았다. 서동리 할머니 둘은 뒤쪽에 나란히 앉아서 졸고 있다.

"엄마는 나이 들고 나서 주책이 늘었어."

"오냐, 늘었다."

윤수정도 눈을 흘기고 나서 몸을 바짝 붙였다.

"요즘은 달거리가 일찍 끝나는 애들이 많다더라, 너, 하지?"

"정말 왜 이래?"

"해? 안 해? 이것아."

"해."

"됐다."

"뭐가 됐다는 거야?"

"달거리 할 때 남자 만나야 돼."

"정말 미쳤나봐, 내 나이가 몇이라고?"

"이것아, 몇이건 어쩌건."

"날더러 또 애 낳으라는 거야?"

"그래도 달거리를 해야 여자 대접받는 거다."

"아유, 말이 통해야지."

김희선이 외면해 버렸지만 윤수정의 얼굴에 웃음이 떠올랐다.

"이젠 되었다."

"뭐가 돼?"

눈을 치켜떴던 김희선이 버스가 멈췄으므로 먼저 일어섰다. 버스가 서동리에 도착한 것이다. 버스에서 먼저 내린 김희선이 면사무소 근처 가게에서 산 휴지 뭉치를 들고 앞장을 섰다. 오후 3시 반, 산골의 겨울은 햇볕이 있더라도 을씨년스럽다. 산과 골짜기가 껍질을 벗은 것처럼 앙상한 모습을 드러내는 것이다. 앞장선 김희선의 뒤를 따르던 윤수정이 불렀다.

"희선아."

김희선이 잠깐 머리만 돌렸을 때 윤수정이 등에 대고 물었다.

"남자 만나기 어렵지?"

"시끄러."

윤수정이 발을 빨리 떼어 김희선의 옆으로 다가왔다.

"인연이 딱 맞는 사람은 없어, 만들면 되는 거야."

시장 본 비닐 주머니를 흔들면서 윤수정이 말을 이었다.

"맞춰가면서 사는 거란다, 어디 다 맞는 사람이 있는 것 같으냐? 없어."

"…."

"니 아부지도 그렇다. 나하고 딱 맞는 것 같으냐? 아니다. 천만의 말씀이야."

"…."

"통이 크고 능력 있는 사람인 줄 알았지, 그랬더니 소심하고 경제 능력은 깡통이었어, 느그 아부지, 교육자 아니었다면 먹고 살기 힘들었을 거다."

"엄마는 지금 무슨 말 하는 거야?"

이맛살을 찌푸린 김희선이 윤수정을 보았다. 이런 말은 처음 듣는다. 윤수정의 주름진 얼굴에 웃음이 떠올랐다.

"그래, 난 죽기 전에 이런 말을 내 자식한테 하고 싶었다."

"엄마도 참."

"나처럼 맞춰 사는 거다."

"글쎄, 남자가 있어야 맞추든 말든 할 것 아냐?"

경운기 한 대가 겨우 다니는 산길을 둘이 걷는 터라 김희선이 꽥 소리쳤다. 소리가 밭두렁을 타고 옆쪽 산비탈까지 올라갔다가 내려왔다. 그때 산비탈 뒤쪽에서 경운기 소리가 들리더니 곧 경운기에 올라탄 김선호의 모습이 드러났다. 마중을 나온 것이다. 그것을 본 윤수정이 말했다.

"저렇게 맞춰서 사는 거라니까."

"어머, 어디야?"

정영아의 발신자 번호를 본 최혜영이 핸드폰을 귀에 붙이자마자 소리쳤다. 오전 10시 반, 설거지를 마치고 빨래를 개고 있던 참이다. 집에는 혼자뿐이다.

"언니."

최혜영의 반가운 목소리에 감동했는지 정영아의 목소리가 낮아졌다.

"그동안 별일 없으셨죠?"

"나야 그저 그렇지, 그런데 동서."

최혜영은 정영아 핸드폰 번호가 그대로 찍혀 있는 것을 떠올렸다. 외국에서 전화를 하면 그쪽 코드 번호가 앞쪽에 주르르 뜬다. 외국에서 온 김태수의 전화를 많이 받아보았기 때문에 안다.

"동서, 지금 어디야?"

그때 정영아가 주춤하더니 대답했다.

"네, 여기 대전요."

"그럼 LA에서 왔구나, 다니러 온 거야?"

"네, 언니."

"아유, 왔다 갔다 하려면 비행기 값 많이 들 텐데, 하긴 돈 많이 버니까 뭐."

그때 다시 정영아가 물었다.

"언니, 잘 지내시죠?"

"글쎄, 죽지 못해 사는 거지 뭐."

대답하고 난 최혜영의 이맛살이 조금 찌푸려졌다. 누구 약 올리려고 마음을 먹었는지 별일 없느냐고 자꾸 물어보기 때문이다. 마치 별일이 있기를 바라는 것 같지 않은가 말이다. 심호흡을 한 최혜영이 물었다.

"어머니 말씀을 들었더니 6개월 코스라고 하던데, 이제 한 달 지났지?"

"한 달 반 되었네요."

"애들 보고 싶어서 왔구먼, 그렇지?"

"네에."

"언제 돌아가? 바빠서 만나지도 못하겠구먼, 그렇지?"

"네, 그런데 언니."

"응, 왜?"

"무슨 말 못 들으셨죠?"

"응? 무슨 말?"

"아뇨."

그때 뭔가 심상치 않은 분위기를 느꼈는지 최혜영의 목소리가 낮아졌다.

"동서 무슨 일 있어?"

"아뇨."

"나한테 할 이야기 있으면 해, 돈 빌려달라는 말만 안 하면 다 들어줄 수 있어."

"나 참, 언니도."

"무슨 일이야?"

"언니, 내일 오전에 시간 있으세요?"

"내일 오전? 아, 시간 있지, 만나려고?"

"네, 제가 내일 서울로 갈게요, KTX 타면 한 시간이면 가니까요."

"그래, 우리 집으로 올래?"

"아뇨, 불편해요. 집 근처에서 만나요, 언니."

"불편하다니?"

최혜영이 목소리를 높였다.

"무슨 섭섭한 소리를 그렇게 해? 내 집이 불편해? 그럼 나도 그렇겠네?"

"아유, 언니."

"그럼 왜?"

"저, 지금 그럴 사정이 있어서 그래요."

"무슨 사정?"

"언니, 이 이야기 누구한테도 말씀하시면 안 돼요, 시아주버님한테도요."

"도대체 무슨 일인지 모르겠네."

"약속하시죠? 약속해주시면 이야기할게요."

"그래, 약속했다."

"저, LA 간 것이 아니라 집 나왔어요."

"엄머."

숨을 들이켠 최혜영이 개던 옷을 밀어 젖히고 소파로 올라가 앉았다.

"LA에 연수 받으러 간 것이 아냐?"

"네, 집 나왔어요."

"어머, 어머, 도대체 왜?"

어깨를 편 최혜영이 핸드폰을 고쳐 쥐었다.

"그럼 종근 아빠는? 알고 있는 거야?"

"예, 그 사람은 알죠."

"그렇다면."

"둘이 합의하에 제가 집 나온 거죠. 그러고는 제가 LA에 연수 받으러 간다고 말하기로 한 겁니다."

"아이구머니."

"전주에도 일단 그렇게 말씀드리기로 했어요, 애들도 그런 줄 알고 있어요."

"애들도? 그런데 도대체 왜?"

"뻔하죠 뭐."

"뻔하다니?"

"그건 내일 만나서 이야기해요, 언니."

"그래, 그러자고."

어깨를 늘어뜨린 최혜영이 긴 숨을 뱉고 나서 말했다.

"세상에, 세상에, 도대체 이게 무슨 일인지 모르겠네, 내일 꼭 연락해."

"언니, 약속 지키셔야 해요."

정영아가 다시 다짐했다.

다음 날 오전 12시, 최혜영과 정영아가 방배동의 한식당 방 안에서 마주보고 앉아있다. 1인당 4만 원짜리 한정식이 앞에 차려져 있었지만 둘은 젓가락만 들고 있을 뿐이다. 건성 인사가 끝나고 상이 들어오는 동안 방 안이 수선스러워졌다가 곧 조용해졌다. 일식당은 음식이 쉴 새 없이 들여지는 통에 정신이 산만해져서 깊이 있는 이야기가 자꾸 끊기지만 한정식은 한꺼번에 놓고 나면 끝이다. 그때 정영아가 먼저 입을 열었다.

"제 이야기 못 들으셨죠?"

"글쎄, 동서, 자꾸 그렇게 나한테 물으면 어떡해? 아무것도 모르는 나한테 말이야."

이제는 이맛살을 찌푸린 최혜영이 나무랐다. 그러자 정영아가 어깨를 늘어뜨리면서 말했다.

"종근 아빠가 의처증이 있는 것 같아요."

"응? 의처증?"

숨을 들이켠 최혜영이 정영아를 보았다.

"그게 무슨 소리야? 의처증이라니?"

"심각해요, 한번 어떤 의심을 하면 그것을 기정사실로 믿고 거기에다 자꾸 새로운 가상을 덧붙인다는 증세가 있다더군요, 종근 아빠가 딱 그래요."

"어머나."

"제가 그 피해자가 되었어요, 언니."

정영아의 두 눈에 눈물이 고였다.

142

"제가 일 때문에 외부 활동을 하다보니까 그러려니 했는데…"

"도대체 어떻게 된 건데?"

최혜영의 눈빛이 강해졌다.

"구체적으로 말해봐, 동서."

"제가 패션업계의 일 때문에 동료 디자이너들하고 어울리는 경우가 많아요."

"그렇겠지."

"그런데 그중 남자 디자이너들하고 어울리면 종근 아빠가 그 꼴을 못 보는 거예요."

"저런, 그래서?"

"이번에도 저보다 연하인 남자 디자이너를 제 애인으로 간주하고 의심하는 거예요, 글쎄."

"…."

"증거도 없이 추측만 가지고 말이에요."

"…."

"그 남자 디자이너를 찾아가 협박을 했는지 그 디자이너도 스트레스를 받아서 일도 못 하고 있더라고요."

"그래서 집 나온 거야?"

"어쩔 수 없었어요."

"종근 아빠하고는 LA에 간다고 하기로 합의를 했고?"

"어쩔 수 없지 않겠어요? 전주 어머님, 아버님이 걱정하실 테니까요."

"그럼 앞으로 어떻게 할 거야?"

최혜영이 손도 대지 않은 한정식상에 젓가락을 내려놓으며 물었다.

"이렇게 나와 있을 수만은 없지 않아? 애들이 사춘기인데 말이야."

그때 정영아가 두 손으로 얼굴을 가렸다.

"정말 미치겠어요, 언니."

"내가 어떻게 해줄까? 종근 아버지 만나볼까?"

"아뇨, 아직."

"아직이라니? 벌써 집 나온 지 한 달이 넘었잖아?"

"두 달 되어가요."

"집에 들어가야 될 것 아냐?"

"아뇨, 싫어요."

"그럼 이혼할 거야?"

그때 가방에서 손수건을 꺼낸 정영아가 눈물을 닦으면서 말했다.

"언니나 알고 계시라고 말씀드린 거예요, 아직 마음을 결정하지는 않았어요."

"결정하지 않다니?"

"의처증 가진 사람하고 어떻게 살아요? 언니는 당해보지 않아서 몰라요, 무섭다고요. 정신병자 수준이라고요."

"…."

"무슨 일이 일어날지 모르는데 어떻게 살아요?"

"아이구, 설마."

"설마가 사람 잡는다고요."

"종근 아빠가 그러리라고는…"

"그러니까 더 무섭죠."

"병원에 데려가는 것이 어떨까?"

"말두 안 돼요."

정영아가 기가 막힌다는 표정을 지으면서 머리까지 저었다.

"대학교수가 의처증 치료받는다고 병원에 간다는 소문이 나봐요, 대학에 다닐 수 있겠어요? 체면을 목숨보다 더 중요하게 여기는 사람이 정신병자라고 광고를 하겠느냐고요."

"…"

"먼저 언니만 알고 계세요, 제가 가슴이 터질 것 같아서 언니한테만 미리 말씀드리는 것이라고요."

"아유, 이걸 어떻게…"

"최혜영이 한숨을 쉬었을 때 정영아가 다시 수건을 꺼내 눈물을 닦았다.

그날 밤, 은행 지점장하고 술을 마신 김태수가 집에 돌아왔을 때는 11시 반이다.

"어, 늦었어."

응접실에 앉아 있는 최혜영에게 건성으로 말한 김태수가 방으로 들어서며 말했다. 그날, 최혜영이 이른바 '구제 선언'을 한 후부터 집은 대번에 분위기가 바뀌었다. 마치 마시는 공기가 달라진 것 같은 느낌이 들 정도다. 아이들도 하루에 한 번 얼굴을 볼둥말둥 했지만 그 공기를 마셨기 때문인지 표정이 밝아졌다.

"나 좀 봐."

방에서 옷을 갈아입고 나온 김태수를 최혜영이 불렀다. 힐끗 눈치를 살핀 김태수가 앞쪽에 앉더니 눈을 가늘게 떴다.

"뭐, 응어리가 좀 남았냐?"

"흥."

코웃음을 친 최혜영이 지그시 김태수를 보았다.

"당신 성격은 약간 건성이지? 쉽게 싫증내고, 귀찮은 것 싫어하고."

"먼 소리여?"

김태수의 얼굴에 경계하는 기색이 덮였다.

"갑자기 왜, 또."

"하지만 뒤가 없지, 금방 잊어 먹고, 집착하는 습성은 없는 것 같아."

"이런 젠장."

집은 조용하다. 애들은 모두 들어와 있지만 제각기 제 방에서 컴퓨터나 스마트폰에 빠져 있을 것이다. 응접실 TV 볼륨을 줄여놓았으므로 김태수가 낮게 물었다.

"왜 그래?"

"당신, 종근 아빠하고 요즘 연락해?"

"응? 종근 아빠?"

김태수가 숨을 들이켰다가 천천히 뱉었다.

"그건 왜 물어?"

"글쎄, 연락 자주 하느냐고?"

"아, 그거야…"

이젠 김태수의 얼굴에 잔뜩 경계하는 기색이 덮였다. 어깨를 부풀린 김태수가 물었다.

"왜 그러는데?"

"종근 엄마가 LA에 안 간 거 알아?"

"그, 그건 왜?"

"알아? 몰라?"

"모르겠는데?"

"종근 아빠가 그 이야기 안 해?"

"글쎄, 그 자식이 나한테…"

김태수가 손으로 머리칼을 쓸어 올렸다. 당황할 때 하는 버릇인데 최혜영이 그것을 모를 리가 없다. 다그치듯 김태수에게 묻는다.

"정말 몰랐어?"

"금시초문이야."

"나, 참."

최혜영이 김태수를 노려본 채 호흡을 조정했다. 그러고 나서 결심한 듯 입을 열었다.

"나, 오늘 낮에 종근 엄마 만났어, 날 찾아왔더라고."

"…."

"나한테 나만 알고 있으라면서 신신당부를 하고 갔는데 가만 생각 하니까 나만 알고 있을 일이 아닌 것 같고."

"…."

"종근 엄마가 보통 여우가 아니거든, 나하고 당신 사이가 이혼 직전 인 줄 알고 있는 터라 동병상련 식으로 끌어들이는 것 같기도 하고."

"잠깐만."

겨우 마음을 가다듬은 김태수의 눈빛도 강해졌다. 김태수가 똑바로 최혜영을 보았다.

"종근 엄마가 뭐래?"

"종근 아빠가 의처증이래, 그것도 심각한, 정신병원에 가야 할 정도 의 의처증이어서 집을 나왔다는 거야."

"의처증."

"둘이 합의하에 나왔다는군, 전주 부모님은 물론이고 아이들한테도 LA에 연수받으러 간다고 하기로 하고."

147

"…"

"정신 병원에서 치료를 받아야 할 정도인데 교수 체면도 있고 해서 집을 나올 수밖에 없었다는 거야, 그래서 한참 울고 갔어."

"이런."

"어떻게 할 생각이냐고 물었더니 무서워서 어떻게 집에 들어갈 수 있겠느냐는 거야. 의처증 증세가 어떤지 아느냐면서."

"…"

"좀 생각해보겠다고 했는데…"

"무슨 의처증이라고 해?"

"남자 디자이너하고 같이 일하면 그것을 의심해서 일 못 하게 한다는 거야, 자기보다 연하인 디자이너도 지금 일도 못 하고 있다는 거야."

"…"

"이러다가 큰일 날지도 모르겠어, 당신 종근 아빠가 그런 성격인지 몰랐어?"

그때 김태수가 자리에서 일어섰다. 두 눈을 치켜뜨고 있다.

"잠깐만 기다려봐."

김태수가 서둘러 방으로 들어섰으므로 최혜영은 숨을 들이켰다.

잠시 후에 방에서 나온 김태수의 손에 검정색 서류가방이 들려 있다. 출장 갈 때 가져가는 가방이다. 다시 앞쪽 자리에 앉은 김태수가 가방에서 서류 봉투를 꺼내더니 길게 숨을 뱉었다.

"내가 말 안 하려고 했는데…"

최혜영은 시선만 주었고 김태수가 서류 봉투를 내밀었다.

"안에 든 사진을 봐."

봉투를 받은 최혜영이 안에 든 사진 뭉치를 꺼내더니 첫 번째 사진을 본 순간부터 입을 딱 벌렸다. 이른바 정영아의 불륜사진이다.

"어머머."

숨을 들이켜는 소리와 함께 최혜영의 입에서 비명 같은 신음이 터졌다.

"뒤에 시간, 장소가 적혀 있어."

김태수가 설명했다.

"심부름센터 전문가야."

"아이구머니."

"종근 엄마가 불륜을 저지른 거야."

"아이고."

최혜영은 사진을 계속해서 넘기면서 신음 소리만 내고 있다.

"다 보고 나면 종근 엄마가 그 디자이너란 놈하고 하는 이야기를 녹음한 것이 있는데 들려주지."

김태수가 가방에서 녹음기를 꺼내 놓으면서 말했다.

"가관이야, 그 여자가 합의하에 집을 나왔다고?"

이제는 김태수가 정영아를 '그 여자'라고 불렀다.

"동수가 집 나가라고 한 거야, 전주 부모님한테나 아이들한테는 LA에 갔다고 하라고 한 것도 동수야."

그때 김태수가 녹음기의 버튼을 눌렀다. 그러자 정영아의 목소리가 울렸다.

"나, 미친년 아냐, 자존심 때문에 그런 것도 아냐, 헤어지는 이유나 알자는 거야. 갑자기, 바로 전날까지 멀쩡했다가 이렇게 된 이유를 알아야겠어."

사진 뭉치를 든 최혜영이 이제는 녹음기를 노려보았다. 얼굴이 하얗게 굳어 있다.

"혹시 그 인간 만난 거 아냐?"

"대답만 해, 그 인간이 우리 사이를 알고 찾아갔냐고?"

"내가 아무리 생각해 보아도 다른 이유가 없어, 그놈은 그럴 만한 인간이지."

"그래, 맞구먼. 그 인간이야, 병신 같은 놈, 대학교수 체면 때문에 헤어지지 못한다고 그랬겠지? 그 알량한 체면."

그때 김태수가 녹음기 버튼을 눌러 전원을 끄고는 말했다.

"이건 그 디자이너 놈이 정영아가 찾아와서 말한 것을 녹음했다가 동수한테 준 거야."

"…."

"자기는 안 만나려고 했는데 정영아가 와서 이러고 갔다는 것을 보여주려는 것이었지."

"…."

"그런데 뭐라고? 동수가 의처증에 정신병자라고? 그 나쁜 년."

"세상에."

어깨를 늘어뜨린 최혜영이 갈라진 목소리로 말했다.

"무섭네."

"정영아가 정신병자야, 다섯 살이나 연하인 디자이너한테 정신 줄을 놓고 있다고."

"세상에."

"자식도 남편도 다 팽개치고 말이야, 디자이너가 안 만나주니까 말하는 것 좀 들어봐."

"…."

150

"동수는 집에서 내보내니까 편하다고 했어, 이젠 놔주겠다고 했다고."

"…"

"디자이너 놈은 동수한테 자백을 했지. 그 녹음테이프도 여기 들어 있어."

김태수가 가방을 눈으로 가리키며 말을 잇는다.

"그때 동수가 뭐라고 한 줄 알아? 정영아를 집에서 내보내기 전에 말이야, '형, 혹시 내가 죽으면 그 여자가 사주해서 그렇게 됐는지도 모르니까 이거 증거로 갖고 있어.' 그랬다고."

"아이구머니."

"그리고 애들도 부탁한다고 했어."

"정말 안 되겠네."

눈동자의 초점을 잡은 최혜영이 김태수를 보았다.

"나쁜 년, 그런데 왜 나한테 왔지?"

"만만하게 보였으니까."

선뜻 대답했던 김태수가 이맛살을 찌푸렸다.

"글쎄, 그 의도가 궁금하네, 서울까지 올라와서 거짓말을 늘어놓는 의도가 말이야."

"나한테 자꾸 모르냐고 묻더라고."

"제 편을 만들려는 것 아냐?"

그러자 잠깐 김태수를 응시하던 최혜영이 머리를 기울였다.

"내가 쉽게 넘어갈 사람이 아니라는 건 알 텐데."

그러더니 머리를 저었다.

"아휴, 난 몸이 떨려서 생각조차 하기 싫어."

다음 날 아침, 출근 준비를 하는 김태수에게 최혜영이 물었다.

"돈 있어?"

응접실에 서서 넥타이를 매던 김태수가 머리만 돌렸고 소파에 앉아서 리모컨으로 TV 채널을 돌리던 김대근도 손가락을 멈췄다. 그래서 TV에서는 간장 선전이 계속되고 있다.

"왜?"

김태수가 되물었을 때 김대근이 끼어들었다.

"이제야 정상적인 가정이 되어 가는구먼."

"뭐?"

최혜영이 이번에는 김대근에게 되물었고 김태수가 이맛살을 찌푸렸다.

"이 자식, 버르장머리 없이."

그때서야 말뜻을 알아차린 최혜영이 들고 있던 '빨아 쓰는 키친타월'을 김대근에게 내던졌다. 김대근이 머리를 젖혀 피했을 때 김태수가 최혜영에게 물었다.

"얼마나 필요해?"

"7백 정도가 필요한데 한 5백만, 나머지는 당신이 종근 아빠한테 내라고 해."

"응? 왜?"

와락 긴장한 김태수가 눈을 가늘게 떴다. 어젯밤 정영아 이야기로 심각한 이야기를 주고받았던 참이다. 김대근도 아예 TV를 끄고는 둘을 번갈아 보았다. 영근과 서현은 학교에 갔고 집에 셋이 남았다. 그때 최혜영이 말했다.

"며칠 전에 어머니하고 통화했는데 미경이가 전주 선화중에 입학

했대."

"응, 들었어, 나도."

대답은 했지만 김태수는 아직도 긴장해서 넥타이 매듭을 자꾸 헛매고 있다. 최혜영이 말을 이었다.

"다음 달부터 학교에 가는데 집에서 서동리까지 걸어야 하고 서동리에서 버스를 타면 40분이야, 8시 버스 놓치면 지각이고."

"…."

"그래서 미경 엄마한테 소형차 한 대 사줬으면 해서, 찻값이 1700인데 1천만 원은 3년 무이자 할부로 돼."

"아아."

어깨를 늘어뜨린 김태수가 한숨을 뱉었고 김대근이 거들었다.

"좋지, 1천CC 카피토 말하는 거군, 차 좋아."

김태수가 머리를 끄덕였다.

"만들어 볼게, 내일 주면 되겠지?"

"우리가 다 낼 수도 있지만 당신이 종근 아빠한테 이야기해서 2백 정도만 내서 같이 사주는 것으로 해."

"그러지."

"역시 맏며느리가 오지랖이 넓어."

김대근이 대신 감탄했으므로 최혜영이 어깨를 부풀렸다.

"이 징그러운 놈, 저리 안 가?"

"쟤가 왜 징그럽다는 거야?"

정색한 김태수가 묻자 최혜영이 머리를 저었다.

"저 자식, 당신 딱 닮았어."

"그렇다면 내가 징그럽다는 거야?"

"그만하고 오늘 종근 아빠한테 연락해."

"알았어."

"일루 와봐, 넥타이 내가 매줄게."

최혜영이 부르자 김대근이 서둘러 일어섰다.

"진짜 징그럽네, 갑자기."

"저 자식이."

최혜영이 방으로 들어서는 김대근의 뒷모습에 대고 눈을 흘겼다. 다가선 최혜영의 얼굴을 보면서 김태수가 물었다.

"정영아가 다녀갔다는 말은 안 하는 것이 낫겠지?"

"하지 마."

"도대체 무슨 생각으로 당신한테 왔을까?"

"나도 어젯밤 곰곰이 생각해 봤는데."

넥타이를 맨 최혜영이 손을 떼면서 김태수를 보았다.

"헤어지는 순서를 밟는 것이 아닌가, 그런 생각이 들어, 종근 아빠를 의처증이 심한 사람으로 몰아서 말이야."

"그럼 바로 동수가 증거 내놓고 폭로하면 제가 당할 텐데?"

저고리를 걸친 김태수가 길게 숨을 뱉었다.

"어쨌든 오늘 미경이 차 이야기 하면서 슬쩍 물어보지, 동수는 어떻게 생각하고 있는가를 말이야."

몸을 돌렸던 김태수가 다시 최혜영을 향해 돌아섰다.

"고마워, 미경이한테까지 신경을 써줘서."

"별 인사를 다 듣네."

"희선이한테는 당신이 차 산다고 연락을 해, 차 색깔도 알아보고."

"그래서 방학 끝나기 전에 다음 주쯤 전주 내려가 보려고 해, 대근이 데리고."

"저 징그러운 놈 데리고?"

현관으로 나가던 김태수가 힐끗 최혜영을 보았다.

"이봐, 이젠 방 합치지?"

둘은 아직도 각방을 쓰고 있었던 것이다. 최혜영은 잠자코 시선만
돌렸다.

예수병원 심장혈관센터 안, 대기실에 앉은 김선호가 주위를 둘러보
았다. 오전 9시 15분, 9시 반에 검진이니 아직 15분이 남았다. 검진은 9
시부터 시작되는데 대개 30분에 5명을 받는다. 김선호의 담당의는 주
경만, 나이는 자세히 모르지만 40대 중반쯤으로 김선호의 주치의가 된
지 만 10년이 되어 간다. 김선호는 3개월 만에 한 번씩 주경만의 검진을
받고 혈압약을 받는 것이다. 주위에 둘러앉거나 서성대는 남녀는 대부
분이 노인들이다. 가끔 40대, 50대가 눈에 띄지만 60~70대가 대부분으
로 분위기가 무겁다. 올 때마다 느끼지만 웃는 얼굴이 없다. 병원이라
고 해도 그렇다. 벽에 등을 붙인 김선호가 문득 문촌 마을의 노인들 사
이에도 웃음이 드물어졌다는 생각을 했다. 나이 들면 다 겪어서 새롭지
않기 때문일지도 모른다. 웃음거리도 다 전에 겪은 일들이다. 무서운
일도 없다. 그것도 겪었기 때문이다. 앞을 지나는 노인의 얼굴에 수심
이 가득 덮였다. 허리도 굽은 것이 막 앞으로 쓰러질 것 같다. 나이는 김
선호와 비슷하게 보이는데도 그렇다. 저 노인은 왜 혼자 왔는가? 김선
호는 병원에 올 적에 항상 혼자 다닌다. 처음에는 윤수정이 같이 오겠
다고 했지만 김선호가 극력 반대했기 때문에 지금은 병원에 가는가 보
다고 한다. 그러나 가끔 병원에서 노부부가 같이 오는 것을 보면 부러

울 때도 있다. 그러면서 저 둘 중 하나는 다른 하나에게 어떻게 병세를 알려주는지가 궁금해진다. 김선호 같으면 자신의 병세를 세세하게 말해 주지 않을 것이기 때문이다. 만일 둘이 함께 병원에 진료 받으려고 왔다가 의사가 '당신 곧 죽겠소.'라고 한다면 어떻게 한단 말인가? 저 자신을 감당하는 것보다 옆의 배우자를 안돈시키려고 쩔쩔매야 되지 않을까? 김선호가 병원에 혼자 오는 이유가 바로 그것이다. 혼자 삭인다. 갈 때는 결국 알게 되겠지만 가능한 한 혼자 견디다가 간다. 옆 사람의 동정, 배려가 시간이 지나면 지치고 귀찮아진다는 사실도 이 나이가 되면 다 겪어서 안다. 피를 나눈 혈육도 마찬가지다. 김선호는 부모 돌아가실 때를 떠올렸다. 긴병에 효자가 없는 것이다. 생각하기도 싫었으므로 김선호는 심호흡을 하고 나서 눈을 감았다. 그때 옆 사람이 일어났다. 이제는 다음 순서가 된 것이다. 보통 때는 혈압만 재고 몇 가지 물은 후에 약 처방을 전과 같이 해주는 데 3분쯤 걸릴 때도 있다. 궁금한 것이 있어서 물으려다가 분위기 때문에 그냥 일어난 적도 많다. 태수는 제 친구가 전북대 병원 과장이라면서 거기로 옮기라고 했지만 몇 분 더 얻으려고 그럴 필요는 없다는 생각에 놔두었다. 그때 진료실 문이 열리더니 사람이 나왔다. 이 사람은 3분도 안 걸린 것 같다. 자리에서 일어선 김선호가 진료실로 들어섰다.

"안녕하십니까?"

"아, 어서 오세요."

10년 동안 석 달에 한 번씩 만났으니 1년에 4번, 10년이면 40번, 한 번당 5분이면 200분, 3시간 20분을 만난 셈이다. 10년이라지만 남녀가 데이트하면서 영화 한 번 보고 밥 먹고 헤어진 만큼의 시간밖에 되지 않는다. 먼저 김선호의 혈압을 잰 주경만이 말했다.

"130에 95구면요, 이 정도면 됐습니다."

"아이구, 그렇습니까?"

"약은 그대로 하시지요."

"예, 그러지요."

"다음에 오실 때 혈액 검사, 심전도, 엑스레이 한번 찍으시죠."

"그러겠습니다."

"운동하시지요?"

"아, 일하는 것이 운동이지요."

"그렇군요."

그러면서 주경만이 머리를 끄덕였다.

"그럼 됐습니다."

"감사합니다."

머리를 숙여 보인 김선호가 방을 나오면서 가슴이 개운해졌다. 얼굴에 저절로 웃음이 떠오르려고 한다. 그러고 보면 3분 있다가 나오는 사람들이 불평하지 않는 이유를 알겠다. 오래 앉아 있는 인간일수록 병이 깊은 증거인 것이다. 그래서 본인 스스로가 빨리 나오려고 한다. 의사가 이야기하는 것도 얼른 끊고 싶은 것이다. 간호사한테서 다음 진료 시간을 받은 김선호가 복도로 나와 핸드폰을 켰다. 윤수정에게 보고를 하려는 것이다. 진료가 끝나면 항상 이렇다. 연결이 되었을 때 윤수정이 대뜸 물었다.

"어때요? 끝났어요?"

김선호는 심호흡을 했다. 3개월에 한 번씩 생명 연장을 받는 기분이 들기도 한다.

"어, 형, 웬일이야?"

오후 1시 반, 조금 가라앉은 목소리로 김동수가 물었으므로 김태수는 호흡을 골랐다. 김동수한테 전화를 하려니 조심스러운 것이다.

"응, 할 이야기가 있어서, 너, 바쁘냐?"

"아냐, 연구실에서 혼자 있어."

"나도 사무실이다."

"무슨 이야긴데?"

"거시기."

어깨를 부풀렸다가 내린 김태수가 입을 열었다.

"미경이가 통학하는 데 교통편이 좀 그런 모양이야, 버스를 타는 서동리까지 걸어가서 타야 하거든."

"그렇구먼."

"서동리에서 출발하는 아침 버스가 8시란다. 그 차를 타면 중학교 근처까지 40분 걸려."

"그거 안 되겠는데, 희선이 차 한 대 사줘야겠네."

대번에 김동수가 말하는 바람에 김태수의 가슴이 뛰었다. 감동한 김태수가 핸드폰을 고쳐 쥐었다.

"응, 그래서 전화한 거야, 소형차 한 대 사주려고 하는데, 카피토."

"응, 그래. 그 차 이쁘더구먼."

"계약금이 7백 정도 되는데, 내가 5백 낼 테니까 네가…"

"무슨 소리야, 나도 그쯤은 있어, 절반씩 부담하고 할부도 같이 내자고."

"야, 시끄러."

눈을 치켜뜬 김태수가 말을 이었다.

"내가 생색 좀 내게 해주라, 이런 말이다. 내가…"

"내가 뭐?"

"내 생각이 아니라 대근 엄마가 먼저 이야기를 꺼낸 것이란 말이다."

"…."

"난 솔직히 차 생각을 못 했어, 그런데 대근 엄마가 전주 어머니한테 미경이 학교 이야기를 듣고 나서 나한테 차 사줘야겠다고 한 거야."

"…."

"대근 엄마가 너한테도 말 하라고 하더구먼, 그러니까."

"형."

"뭐?"

"화해했어?"

"뭐 그냥."

"잘 끝난 거야?"

"끝나고 자시고 할 것도 없지, 증거도 없는 일이었으니까."

"어쨌든 잘돼서 좋구먼."

"야, 동수야."

"알았어, 내가 2백 보낼게, 형 계좌번호 찍어줘."

"아, 됐어, 네가 보냈다고 할 테니까 놔두자고."

"그럴 수가 있나?"

그때 심호흡을 한 김태수가 핸드폰을 고쳐 쥐었다.

"종근 엄마가 서울 왔다 갔다."

놀란 듯 김동수가 입을 다물었고 김태수가 말을 이었다. 내친김이다.

"대근 엄마한테 연락해서 둘이 만났어, 일주일쯤 됐어."

"…"

"대근 엄마한테 미국 간 것이 아니라 집 나왔다고 했더군, 대근 엄마는 깜짝 놀랐고."

"…"

"대근 엄마한테 이상한 소리를 했어, 그래서 대근 엄마가 놀라서 나한테 물어보더구먼."

"…"

"내가 열받은 김에 너한테서 받은 증거 다 보여줬다. 대근 엄마가 까무러칠 뻔했다."

그때 김동수가 가라앉은 목소리로 물었다.

"왜 갔을까?"

"글쎄."

"형은 어떻게 생각해?"

"자신의 행동을 변명하려는 이유는 뭘까? 너도 생각해봐라."

"형."

"뭐?"

"내 자식들이 불쌍해."

이번에는 김태수가 입을 다물었고 김동수의 말이 이어졌다.

"애들도 눈치를 챈 것 같아."

"…"

"주현이가 자꾸 제 엄마 방에 들어가서 나오지 않아."

"엄마 방이라니?"

"디자인실이 있어."

김태수가 소리 죽여 숨을 뱉었다. 주현은 초등학교 6학년이니 서현이하고 동갑이다. 희선이 딸 미경이하고 셋이 똑같이 초등학교 6학년 짜리 사춘기인 셈이다. 둘은 한동안 입을 열지 않았다.

"계약 끝났답니다."

핸드폰을 귀에서 뗀 윤수정이 말했다. 밝은 표정이어서 5년은 더 젊게 보인다. 윤수정한테서 시선을 뗀 김선호가 고춧가루 자루를 마루 끝에 내려놓았다.

"아니, 몇 자루나 돼요?"

윤수정이 묻자 김선호가 외면한 채 대답했다.

"세 자루."

세 자루면 30킬로다. 이제 집에는 10킬로밖에 남아 있지 않았다. 오후 2시 반, 서울에서 내려온 최혜영이 김희선과 전주에서 만나 자동차 계약을 마치고 지금 집으로 돌아오는 중이다. 최혜영의 연락을 받은 김희선이 서류를 준비해 놓고 기다리다가 전주 자동차 대리점에서 만나 계약을 끝낸 것이다.

"대근이가 이번에 북악대에 들어갔다지요? 거긴 괜찮은가?"

윤수정이 묻자 마루에 앉은 김선호의 목소리가 높아졌다.

"암, 전통 있는 대학이여, 그만하면 잘 들어간 거여."

자리에서 일어선 김선호가 마당에 떨어진 나무토막을 집어 구석으로 치우고 돌아왔다. 그것을 본 윤수정이 웃었다.

"잠시도 가만있지를 못 하고 있네요."

"내가 뭘?"

눈을 치켜떴던 김선호가 다시 마루 끝에 앉더니 길게 숨을 뱉었다.

"그때 우리가 방배동에 갔을 때는 금방 갈라서는 것 같더니만 별일

161

이네."

"아, 글쎄, 부부싸움은 칼로 물 베기라니까 그래요."

"그건 옛날 말이여."

최혜영은 아직 한참 있어야 오는데도 김선호가 열린 대문 쪽을 힐끗거리며 말했다.

"참, 별일이네."

그도 그럴 것이 그제 오전에 최혜영의 전화가 왔을 때만 해도 긴가민가했다. 먼저 윤수정한테 전화를 한 최혜영이 안부 인사를 길게 늘어놓더니 다시 김선호한테도 전화를 한 것이다. 최혜영은 대근이하고 오늘 찾아뵙겠다고 했다. 놀랐지만 김선호가 반긴 것도 당연했다. 그러더니 30분쯤 후에 건넌방에 있던 김희선이 마당으로 뛰어나왔다. 김선호는 마당에서 경운기를 고치는 중이었고 윤수정은 철수 밥을 주고 있었다.

"언니가 차 사준다고 서류 떼어 놓으래요!"

김희선의 목소리가 마당을 울렸을 때 밥을 먹다가 놀란 철수가 짖었다.

"참, 대근 엄마 차가 뭐지?"

김선호가 갑자기 생각이 났다는 얼굴로 묻자 윤수정이 대답했다.

"종근 에미한테 들었는데 미제라고 합디다. 큰 차래요."

"SUV지."

"KTX 타면 빠르고 편할 텐데 힘들게 오네요. 기름 값이 KTX 값보다 더 나간다고 하던디."

"아, 자동차 대리점도 들러야 하고 대근이 태우고 오려면 차가 편하지, 그리고."

"그렇지, 우리 선물을 싣고 올 테니까 차가 편하겠네."

윤수정이 웃으며 말을 받았더니 김선호도 따라 웃었다.

"그 차에 고춧가루도 잔뜩 싣고 갈 수가 있지 않겠어? 대근 에미가 어떤 애라고."

"참, 그나저나 희선이 차 사준다는 걸 보면 큰며느리답네요."

윤수정이 철수의 머리를 쓰다듬으며 말했다. 집에는 철수까지 셋뿐이다. 김희선이 미경이까지 데리고 차 사려고 전주에 갔기 때문이다. 이제 최혜영이 운전하는 미제 SUV에 대근이까지 넷이 올 것이다. 그때 김선호가 웃음 띤 얼굴로 말했다.

"지난번에 용득 형님 아들이 독일제 차를 끌고 와서 한바탕 자랑하더니 오늘은 내가 어깨에 힘을 주게 되겠구먼."

"아이구, 어린애같이."

"다, 그런 재미로 사는 거여."

그때 핸드폰의 벨이 울렸으므로 윤수정이 서둘러 마루로 다가왔다. 윤수정의 핸드폰이다. 핸드폰을 집어 든 윤수정이 발신자가 김동수인 것을 보았다.

"아이구, 동수냐?"

윤수정이 서둘러 응답했을 때 김동수의 목소리가 울렸다.

"어머니, 형수 왔어요?"

"응, 지금 희선이랑 집에 오는 중이다. 차 흰색으로 뽑았단다."

"잘했네요."

"너도 2백 냈다면서? 아이구, 잘했다."

"어머니, 아버지 계세요?"

"응, 옆에 계신다. 바꿔주랴?"

"예, 그냥 인사나 드리려고요."

윤수정의 얼굴이 더 밝아져서 10년은 젊어진 것 같다.

"할아버지."

김선호 앞에 앉아 저녁을 먹으면서 김대근이 불렀다.

"뭐냐?"

이곳에는 식탁이 없어서 주방 앞 마루방에 상을 내놓고 밥을 먹는다. 그래서 교자상이라고 부르는 상을 두 개 붙여놓고 여섯 명이 둘러앉았다. 그중 윤수정과 최혜영, 김희선이 자주 일어나 주방에서 음식을 덜어오거나 빈 그릇을 가져온다. 그래서 온전하게 저녁을 먹는 사람은 김선호와 김대근, 그리고 박미경뿐이다. 김대근이 김선호를 보았다.

"아버지 말인데요."

"네 아버지?"

"예."

그때 물그릇을 가져온 최혜영이 김대근 옆에 앉았고 윤수정도 마침 앉아 있는 때다. 김희선만 주방에서 김대근의 국을 더 푸는 중이었다. 김선호가 물었다.

"네 아버지가 왜?"

"어렸을 때, 그니까 아버지가 저만 했을 때도 그랬나요?"

"뭘?"

"좀 엉큼한 성격요, 속을 보여주지 않는 그런 거."

"얘 좀 봐."

옆에 앉은 최혜영이 눈을 흘겼지만 윤수정이 손바닥으로 입을 가리면서 소리 내어 웃었다.

"아이구, 이 자식, 니 아부지가 어쨌다고."

"아니, 그런데."

김선호는 정색하고 있다. 수저를 든 채 김선호가 미간을 좁히고는 김대근을 보았다.

"니 아부지가 그래? 음흉해?"

"아뇨, 음흉이 아니라 엉큼."

"이놈아 음흉이나 엉큼이나."

"입 안 다물어?"

최혜영이 나무랐지만 김선호가 손바닥을 보이며 말렸다.

"놔둬라, 근데 니 아부지가 음흉, 아니, 엉큼한 성격이냐?"

"예, 할아버지."

"어때서? 그 예를 들어봐라."

그때는 김희선도 상으로 돌아와 앉아 귀를 기울이고 있다. 다섯 쌍의 시선을 받은 김대근이 말했다.

"큰일을 거의 말 안 해요, 이를테면 회사일 같은 거, 또는 아버지가 상처받은 일 같은 거."

"상처를 받다니?"

그 말이 걸린 듯 윤수정이 물었다. 최혜영은 숨을 죽였고 김선호와 김희선도 움직임을 멈추었다. 그때 김대근이 말했다.

"제가 중3 때 성적이 왕창 떨어진 적이 있었죠, 게임에 빠졌을 땐데 아버지가 나무라기에 대들었죠, 그랬더니 가만히 쳐다보기만 하시더라고요, 그것을 보고 제가 오히려 쇼크를 먹었죠."

모두 조용해졌고 최혜영도 눈만 깜박였다. 모르는 일인 것 같다. 그때 김선호가 말했다.

"그래서 엉큼하다는 거냐?"

"속에 있는 말을 잘 내놓지 않아."

윤수정이 먼저 진단했다.

"내가 안다, 네 애비는."

"하지만 의외로 폭이 넓은 애지, 니 애비는."

김선호가 거들었다. 최혜영이 다시 밥을 먹기 시작했고 김대근이 물었다.

"할아버지, 아버지가 자랑스러우세요?

"아, 그럼."

의외로 김선호가 바로 대답했다. 수저를 내려놓은 김선호가 어깨를 펴고 김대근을 보았다.

"니 아버지는 책임감이 강했다. 제 본분을 아는 사람이야."

"본분이라니요?"

"제 역할 말이다."

"아버지로서의 역할 말인가요?"

"자식의 역할도 있지."

김선호의 얼굴은 상기되었고 두 눈에 생기가 띠어져 있다. 손자하고의 대화가 기쁜 것이다.

"내가 어렸을 때는 내 할아버지, 그러니까 네 고조부한테 감히 이런 말을 여쭈지도 못 했다. 할아버지 기침 소리만 나면 도망치기 바빴지."

"왜요?"

"어려웠으니까?"

"맞았어요?"

166

"아니다, 맞은 적은 없다. 네 고조부는 진사님이셨는데 학문이 높으셨지."

그때 김대근이 말을 잘랐다.

"할아버지, 술 드시면서 이야기 하시죠."

"응?"

어느덧 상을 물릴 때가 되긴 했지만 그 말을 들은 김희선이 웃었다.

"대근이, 너, 술 마시냐?"

김선호는 김대근과 같은 방에서 자고 싶어 했지만 실현되지 않았다. 김대근이 대놓고 싫다고 했기 때문이다.

"아, 아버지하고도 중2 이후에 같은 방 안 썼는데요?"

이 한마디에 김선호는 물러날 수밖에 없었던 것이다. 그렇지만 최혜영은 김희선과 같은 방에서 잤다. 최혜영이 김희선의 방으로 들어가 버렸던 것이다. 둘의 사이는 처음부터 좋은 것도 나쁜 것도 아니었는데 지금까지 같은 방에서 잔 건 처음일 것이다. 최혜영은 대가 세었고 김희선은 여렸다. 더구나 따로 살았기 때문에 서로 서먹서먹한 사이인데다 둘 다 사근사근한 성격도 아니었다.

"언니, 고마워요."

방에 셋이 나란히 누웠을 때 김희선이 낮게 말했다. 박미경은 고른 숨소리를 내는 것이 금방 잠이 든 것 같다.

"아유, 나야 심부름한 거야, 그냥 생색내는 역할이지."

반듯이 누운 최혜영이 앓는 소리를 내면서 말했다.

"내가 잘난 거, 잘한 거 하나도 없어."

"언니도 참."

김희선의 목소리에 웃음이 띠어졌다.

"언니가 집안 분위기 메이커예요, 그거 모르시죠?"

"내가 왜?"

"언니 오신다니까 아버지 어머니가 얼마나 들뜨셨는지 알아요?"

"설마."

"큰오빠가 왔다고 해도 이러지 못 할걸요? 언니가 분위기 확 바꿨어요."

"그게 내가 잘못한 거야, 미경 엄마."

길게 숨을 뱉은 최혜영이 말을 이었다.

"큰며느리가 손님 대접을 받으면 안 되지, 안 그래?"

"언니도 참."

"그나저나."

머리를 돌린 최혜영이 박미경을 보았다.

"미경 엄마 올해 마흔둘이지?"

"셋요."

"아직 한창땐데 어디 좋은 곳 찾아, 나두 알아 볼 테니까."

"아유, 언니, 여기까지 왔는데 미경이 대학 졸업시킬 때까지 혼자 살래요."

"미쳤어."

목소리를 낮춘 최혜영이 힐끗 뒤쪽을 보았다. 박미경은 이제 커다랗게 고른 숨소리를 낸다. 집안은 조용하다. 마을에서 개 짖는 소리도 들리지 않는다. 밤 10시 반이면 이곳은 깊은 밤이다. 최혜영이 말을 이었다.

"그래도 이 집은 형제들이 우애 있는 편이야, 딴 집은 형제간에 원수가 된 곳도 많아."

"언니가 잘해서 그래요."

"쓸데없는 소리 마."

쓴웃음을 지은 최혜영이 긴 숨을 뱉었다.

"인연이 되니까 이렇게 사는 거지."

"근데 대전 언니는 미국에서 언제 오신대요?"

불쑥 김희선이 물었으므로 최혜영은 숨을 들이켰다. 방 안의 불은 꺼놓았지만 김희선의 눈동자가 이쪽을 응시하고 있다.

"왜? 종근 엄마한테 뭐 물어볼 것 있어?"

"아뇨, 요즘 통 소식을 못 들어서요."

"…."

"잘 지내는지 궁금하기도 하고…"

"잘 지내겠지."

"종근이랑 주현이를 가정부가 봐 준다는데 작은오빠가 힘들겠어요."

"그렇겠지."

"작은오빠가 겉은 굉장히 거칠고 체면 같은 것 따지지만 속은 안 그래요, 제가 알아요."

"…."

"큰오빠는 겉은 무른 것 같지만 속은 단단해요, 그래서 대근이가 엉큼하다고 한 것 같아요."

김희선의 목소리에 웃음기가 띠어졌다.

"어렸을 때 엄마가 큰오빠를 양파라고 했어요, 까도 까도 속이 안 나온다고."

"…."

"그러고는 맨 끝에 쇳덩이가 들어 있다고 했죠, 엄마 말이 맞아요."

"그나저나…"

말이 다른 곳으로 샜지만 빠져들었으므로 최혜영이 긴 숨을 뱉었다. 하마터면 정영아가 지금 대전 시내를 씽씽 돌아다닌다고 말할 뻔했기 때문이다. 그리고 보면 대전 바닥에 있으면서 제 자식들을 만나지도 않는 정영아가 괘씸해졌다. 더구나 서울에까지 올라와 자신한테 거짓말을 늘어놓고 갔지 않은가?

"종근 엄마가 가장 팔자가 좋구먼그래."

마침내 최혜영이 그렇게 말했을 때 김희선이 긴 숨을 뱉었다.

"그러게요, 부러워요."

"아빠."

다가온 김종근이 주춤거리면서 소파 끝자리에 앉았다. 오전 10시 반, 오늘은 일요일이어서 김동수는 집에서 쉰다. 가정부 아줌마는 일요일에 금산에 사는 딸한테 갔다가 저녁때 돌아오기로 되어 있지만 안 가는 날에도 김동수는 집에서 아이들과 함께 지낸다. 리모컨으로 TV 볼륨을 줄인 김동수가 종근을 보았다. 종근은 이제 중3이고 지금 방에 있는 주현은 중학생이 되었다. 신학기에 김동수는 정신이 없었는데 특히 중1이 된 주현의 교복에서부터 담임교사 상담까지 신경 쓸 일이 많았다. 이제 4월 초가 되어서 한숨 돌린 참이다. 김동수의 시선을 받은 종근이 입을 열었다.

"나, 엄마 봤어."

"응?"

놀란 김동수가 리모컨으로 TV 전원을 껐다. 집 안이 갑자기 조용해졌기 때문에 다시 TV를 켠 김동수가 어깨를 폈다.

"어디서?"

"시내에서."

종근이 외면한 채 말을 이었다.

"성도백화점 앞 사거리에 서 있었는데 엄마 차가 바로 앞에서 신호를 기다리고 있었어."

"…."

"엄마를 부르려고 했는데 혹시나 해서, 그랬더니 차가 떠났어."

"…."

"그래서 버스타고 엄마 의상실에 가봤어, 그랬더니 의상실에 엄마가 있었어."

"너, 그래서…"

어깨를 부풀린 김동수가 말을 잇기 전에 종근이 말했다.

"나, 숨어서 봤어, 아빠."

지금까지 외면한 채 말했던 종근이 머리를 돌려 김동수를 보았다.

"아빠, 엄마가 집 나간 거야?"

"당분간 따로 살기로 했다."

이제는 김동수가 시선을 내렸다.

"미안하다."

"…."

"그 이야기 주현이한테 했냐?"

"아니? 내가 어린애인 줄 알아?"

종근의 목소리가 떨렸으므로 김동수가 심호흡을 했다.

"미안하다, 종근아."

"미안해하지 마, 아빠."

"응?"

"미안할 것 없다고."

눈을 크게 뜬 김동수를 이제는 종근이 똑바로 보았다.

"나도 다 컸어, 아빠."

"어이구."

"엄마가 남자 만나서 그런 것도 알아."

숨을 들이켠 김동수가 다시 외면했고 종근의 말이 이어졌다.

"아빠 없을 때 엄마 전화하는 것 여러 번 들었어, 남자였어."

"…"

"왜 저렇게 조심하지 않을까 하고 화도 났었어."

"…"

"주현이도 엄마 싫대, 요즘 아빠가 챙겨주는 것 고맙다고 했어."

"…"

"주현이한테 말 안 할 테니까 걱정하지 마, 아빠."

그러더니 종근이 자리에서 일어나며 말했다.

"기운 내, 아빠. 기운 내라는 말 해주려고 한 거야."

"야."

하고 종근을 불렀지만 목이 멘 김동수가 다시 외면했다. 종근이 방으로 들어가자 김동수는 심호흡을 했다. 가슴이 벅차올랐으므로 뭐라고 한마디 뱉고 싶었다.

"살맛나는구먼."

저절로 입에서 터져 나온 말이다. 김동수가 옆에 놓인 핸드폰을 들었다. 버튼을 누르자 곧 신호음이 울리더니 연결이 되었다. 김태수다.

"응, 동수냐?"

"형, 바빠?"

"아냐, 나 집에 있다. 무슨 일이냐?"

"나, 지금."

숨을 고른 김동수가 핸드폰을 귀에 붙였다. 이야기할 상대가 있다는 기쁨이 전신에 흘러넘치고 있다.

"나, 금방 종근이하고 이야기를 했어."

"종근이?"

"들어봐."

김동수는 핸드폰을 귀에 붙이고는 베란다로 다가가 섰다. 햇살이 환한 오전이다. 종근이한테서 들은 이야기를 전하면서 김동수는 애들 데리고 오늘 점심은 외식을 해야겠다고 마음먹었다.

눈물을 닦은 윤수정이 길게 숨을 뱉었다. TV에서는 자막으로 출연자 이름이 올라가고 있다. 금방 영화가 끝난 것이다. 요즘 1천만 관객을 돌파한 노인 부부의 이야기, 다큐 형식인데 먼저 영감님이 죽는 것으로 끝이 났다. 벽에 기대앉은 김선호가 리모컨으로 TV를 껐을 때 윤수정이 물었다.

"저 영감님, 정말 죽었을까요?"

"아, 그럼."

정색한 김선호가 빈 TV를 턱으로 가리켰다.

"다큐멘터리야, 진짜 죽었어."

"촬영할 때 어색하지도 않구먼."

"그냥 찍은 것이지."

"앞에서 찍었을 거 아뇨?"

"아, 그럼."

"다 보여주고 싶었을까?"

숨을 들이켠 김선호가 윤수정을 보았다. 윤수정의 눈에는 아직도 눈물이 고여 있다.

"하긴 우리한테 찍자고 하면, 난 안 찍겠네, 당신은 어뗘?"

"내가 배우요?"

"하지만 남겨서 자식들한테 보여주고 싶기도 하겠지."

"뭐 하려고?"

의외로 윤수정이 냉랭했으므로 김선호가 가만있었다. 밤 11시, 오늘은 TV 영화를 보느라고 둘은 자지 않았다. 마루 건넌방의 김희선과 박미경 모녀는 일찍 잠이 든 것 같다. 처음 이사 왔을 때는 12시가 다 되어서 자더니 이제 이곳 생활에 익숙해지고 있는 증거다. 이윽고 김선호가 입을 열었다.

"하긴 난 갈 때가 되면 동네방네 소문내지 않고 갈 테니까."

혼잣소리처럼 김선호가 말을 이었다.

"그냥 사흘만 앓다가 가든지, 인사 다 하고 하루 만에 딱 가든지."

"…"

"길게 끌수록 정이 떨어져."

"무슨 소리요?"

듣고만 있던 윤수정이 김선호를 보았다.

"정이 떨어지다니?"

"병을 오래 앓으면 말이여."

"그건 자식들을 욕하는 소리요."

"글쎄, 내가 겪어봐서 알아."

"겪다니?"

"내가…"

숨을 들이켠 김선호가 외면했으므로 윤수정도 입을 다물었다. 알고 있기 때문이다. 김선호의 부친, 윤수정의 시아버지 김복만은 결핵을 오래 앓았다. 완주군 소양면장을 지내다 퇴직하고 나서 4년간 결핵을 앓다가 돌아간 것이다. 그 병시중을 김선호 부부가 다 했다. 다시 김선호가 말을 이었다.

"대근이 보니까 우리 가문은 제대로 이어갈 것 같아."

"그놈이 결혼할 때까지만, 아니, 증손이나 보고 가시오."

윤수정이 방을 치우면서 말했다.

"10년만 기다리면 될 거요."

"아이구, 그럼 내가 여든일곱이여."

"요즘은 아흔이 넘어도 TV에 나와서 강의합디다."

"욕심 부리면 안 돼."

윤수정을 도와 이불을 펴던 김선호가 혼잣말을 했다.

"허긴 이렇게 사는 우리가 참 행복하다는 생각도 드네, 당신은 방 치우고 나는 이불 펴고."

"희선이가 인연을 만나서 잘 사는 것을 봐야 할 텐데."

"글쎄, 자꾸 욕심 부리지 말라니까."

이불을 편 김선호가 누웠을 때 윤수정이 생각난 것처럼 말했다.

"근데 종근 에미는 언제 온답디까?"

"내가 아나?"

"엊그제 동수 전화 왔을 때 말하지 않습디까?"

"못 들었어."

"미국 간 지 석 달인가?"

"넉 달이야."

"반년이라고 했지요?"

그때 천장을 바라보고 누웠던 김선호가 이맛살을 찌푸렸다.

"도대체 돈을 얼마나 번다고, 지 일이 얼마나 중요한지 모르지만 애들이 막 커가는 때 그러는지 모르겠네."

윤수정이 옆에 모로 눕더니 긴 숨을 뱉었다.

"지난번 대근 에미하고 대근이 내려왔을 때 생각났는데 대근 에미가 성깔이 있어도 맏며느리 노릇은 해요."

"그렇지."

"동수네가 가장 단단한 줄 알았더니 이제는 제일 신경이 쓰이네."

두 노인은 영화 이야기가 둘의 이야기로, 이제는 자식들의 이야기로 내려갔다.

"교장 선생님."

뒤에서 부르는 소리에 김선호가 몸을 돌렸다. 한낮, 오후 2시 무렵이다. 5월이었지만 날씨가 덥다. 김선호가 눈을 가늘게 뜨고 다가오는 사내를 보았다. 낯이 익다. 다가선 사내가 허리를 90도로 꺾어 절을 했다. 제자인 것 같다.

"선생님, 그동안 안녕하셨습니까?"

"오오, 그래."

40대 중반쯤 되었을까? 넓은 얼굴에 웃음 띤 얼굴이 친근하게 느껴졌고 낯이 익다. 누군가? 그때 사내가 말했다.

"선생님, 제 부친이 한, 용자, 수자 이름을 쓰셨지요, 제가 아들 한상호입니다."

"오오."

김선호는 들고 있던 비닐봉지를 떨어뜨릴 뻔했다가 겨우 고쳐 쥐었다.

"네가 용수 아들이냐?"

소리치듯 물은 김선호가 사내의 팔을 쥐었다. 얼굴이 상기되었고 두 눈은 번들거리고 있다.

"예에, 어르신."

사내가 시선을 내리더니 눈에 눈물이 고였다.

"그렇구나, 네가 그래서 낯이 익었구나."

김선호가 사내의 팔을 고쳐 쥐고 흔들었다. 구이면 면사무소 앞길이다. 둘은 곧 근처의 다방에 들어가 마주앉았다. 50대쯤의 마담에게 커피를 시킨 김선호가 이제 흥분을 가라앉히고 한상호를 보았다. 한상호의 부친 한용수는 김선호와 중고등학교 동창이다. 그래서 사회생활을 할 적에도 자주 만났는데 한용수는 공무원 시험에 합격해서 익산군청 국장으로 근무하다가 정년퇴직을 했다. 그러고는 5년 전에 폐암으로 죽은 것이다.

"그래, 여긴 웬일이냐?"

김선호가 그때, 장례식장에서 본 후에 처음 만나는 한상호에게 물었다.

"예, 제가 여기서 전자대리점을 하고 있거든요."

"그래?"

놀란 김선호가 눈을 크게 떴다.

"네 집이 익산 아니었냐? 여긴 왜?"

"두 달쯤 전에 여기 전자대리점을 인수했습니다. 그래서 아예 이사를 왔지요."

"그렇구나, 어머니는 안녕하시고?"

"어머니도 재작년에 돌아가셨습니다."

"아이구, 저런."

"어머니도 병을 오래 앓으셨지요, 그래서."

"연락이라도 하지 왜?"

"어이구, 바쁘실 텐데요."

"그래, 여기로 이사 온 거냐?"

"예, 어르신."

"이놈아, 교장 선생님, 하고 부르기에 난 내 제자인 줄 알았다."

"아버지가 교장선생이라고 부르시기에 저도 버릇이 되었나 봅니다."

"장사는 잘되니?"

"예, 먹고살 만큼은 됩니다."

"네가 전에 무슨 금융회사에 다닌다고 들은 것 같은데."

"예, 증권회사에 다니다가 그만두고 가게를 차렸지요."

한상호가 웃음 띤 얼굴로 김선호를 보았다.

"4년 되었는데 장사는 잘되는 편입니다. 운이 좋은 것 같습니다."

"운이라니, 네가 잘 하는 것이지."

손목시계를 본 김선호가 자리에서 일어서며 말했다.

"내가 문촌리 사니까 네 가게에 가끔 들르마."

"이 근처 사신다는 말씀은 진즉부터 듣고 있었지만 먹고살기 바빠서 인사드리지 못했습니다."

따라 일어선 한상호가 서둘러 카운터로 가더니 계산을 했다. 커피숍을 나온 김선호가 문득 물었다.

"네 식구들도 다 여기로 이사 온 거냐?"

"아닙니다. 혼자 있습니다."

"응, 애들 때문에 떨어졌구나?"

"예, 그런 셈이지요."

김선호의 시선을 받은 한상호가 빙그레 웃었다.

"애 엄마는 아들 데리고 미국에 있습니다."

"유학 보냈군."

"예, 선생님."

"선생님은 어색하다. 애비 친구니까 그냥 아저씨라고 불러."

"예, 아저씨, 아니."

한상호가 뒷머리를 긁적거렸다.

"그냥 아버님이라고 부르지요."

"그게 낫겠다."

머리를 끄덕인 김선호가 몸을 돌렸을 때 한상호가 허리를 꺾었다.

"안녕히 가세요, 아버님."

"어, 그래."

기분 좋은 날이었다. 좋은 인연이다.

오후에 미경이를 싣고 돌아온 김희선이 마당에서 경운기를 고치는 김선호에게 다가와 섰다.

"아부지."

"뭐냐?"

머리도 들지 않고 김선호가 묻자 김희선이 가만있었다. 허리를 편

179

김선호가 김희선을 보았다. 김희선은 옆쪽 플라스틱 의자에 엉덩이 한 쪽만 걸치고 앉아 빈 외양간을 바라보는 중이다.

"무슨 일이냐?"

왠지 가슴이 서늘해진 김선호가 묻자 김희선이 머리를 들었다. 차분한 표정이다. 동글납작한 얼굴이 아직 젊게 보였으므로 김선호가 저절로 숨을 들이켰다.

"며칠 전 이력서를 낸 전주 보험회사에서 합격했다는 연락을 받았어요."

김희선의 얼굴은 합격을 별로 반기는 표정이 아니다. 김선호는 시선만 주었고 김희선이 말을 이었다.

"그런데 아침 8시부터 오후 6시까지 근무를 할 수 없을 것 같아서요."

"그렇겠다."

손에 들고 있던 연장을 내려놓은 김선호가 말을 이었다.

"얼마를 받을지 모르지만 시간 맞추기가 어렵겠다."

"그래서 알바를 알아보고 있는데요."

"무슨 알바?"

"시간제로 일하는 편의점이나 대리점, 주유소도 괜찮아요."

"그게 그렇게 급한 것도 아니지 않냐?"

"그래도요."

다시 김희선이 머리를 돌렸으므로 김선호는 소리 죽여 숨을 뱉었다. 윤수정은 밭에 나가서 아직 오려면 멀었다. 방에 들어간 미경이 집 안을 오가고 있는 것이 보인다. 잠깐 마당에 정적이 덮였다. 다가온 철수가 김희선 옆에 배를 깔고 엎드려서 눈만 껌벅이고 있다. 김희선이 문촌리로 온 후부터 김태수는 매월 1백만 원씩을 보내주고 있다. 김동수도 월 50만 원씩을 보내주는 터라 월 수익이 150인 셈이다. 그러고 보면 김태수는 윤수정한테도 월 1백씩, 김동수도 50만 원씩을 보낸다. 김태수와 김동수가 시골에 보내는 돈이 각각 2백, 1백씩인 셈이다. 김동수가 능력이 모자랐기 때문이 아니라 형인 김태수의 자존심을 건드리지 않으려는 것이다. 김선호가 입을 열었다.

"너도 알고 있겠지만 너희들 두 식구는 내가 어떻게든 감당할 수가 있어, 네 오빠들이 도와주지 않아도 말이다."

"알아요, 아버지."

김희선이 머리를 들고 김선호를 보았다.

"아버지 심정 알아요, 하지만 나이 40이 넘어서 다 큰 딸 데리고 친정에 와서 사는 제 꼴이 말이 아니라고요."

"누가 네 꼴을 비웃니? 다 너 혼자 생각이지."

"누가 비웃는대요?"

"나나 네 엄마는 네가 와서 기쁘다."

"그건 부모 맘이죠."

"성급하게 생각하지 마라."

김선호가 다시 연장을 집으면서 말했다.

"차분하게 생각해, 미경이가 차츰 적응해가고 있지 않냐?"

김희선이 입을 다물었다. 과연 그렇다. 미경은 동네의 중 2짜리 언니를 사귀었고 이제 학교생활에도 적응했다. 서울처럼 각박한 분위기가 아닌 데다 어머니가 매일 등하교를 시켜주는 터라 밝아졌다. 경운기의 벨트를 조이면서 김선호가 웃음 띤 얼굴로 말했다.

"자식은 어떻게든 떠나려고 하고 부모는 잡아두려고 한다는 말이 맞아."

"독립해서 나가는 거죠, 그래야 부모 짐을 덜어주는 건데."

김희선의 표정은 조금 풀렸다.

"정상적인 자식은 다 그래요, 아버지."

"정상적인 부모도 다 그렇다."

머리를 든 김선호가 김희선을 보았다.

"네가 미경이를 생각하는 지금 그 마음이 바로 나나 네 엄마 마음이다."

"아버지, 외롭다는 생각 해보셨어요? 자식들 떠나고서요."

불쑥 김희선이 물었으므로 경운기에 시선을 준 채 김선호가 대답했다.

"그건 지금도 그래, 네 엄마가 옆에 붙어 있어도 가끔 그런다."

"…"

"사람인데, 기계가 아닌데 서로 어긋날 수가 있지, 네 엄마도 그렇겠지, 가끔 벽에 대고 말하는 것 같은 때도 있겠지."

"…"

"귀찮고, 혼자 있고 싶고, 때로는 떠나고 싶은 때도 있을 것이고."

머리를 든 김선호가 김희선을 보았다. 시선이 마주치자 김선호가 쓴 웃음을 지었다.

"서로 모자라니까 더 정이 가는 거야, 너도 곧 알게 된다."

"응, 무슨 일인데?"

핸드폰을 귀에 붙인 김동수가 물었다. 오후 4시 반, 연구실 안에서 혼자 앉아 있던 참이다. 그때 정영아가 말했다.

"언제 시간 있어? 이야기 좀 해."

"무슨 이야기?"

"그냥."

"내가 요즘 바쁜데."

창밖의 운동장을 내다보면서 김동수가 말을 이었다.

"그리고 너하고 할 이야기가 없을 것 같다."

정영아가 집을 나간 지 이제 5개월하고 16일이 지났다. 어제 우연히 달력을 보다가 날짜를 센 것이다. 그때 정영아가 말했다.

"나 받아줄 수 없어?"

"안 돼."

대답하고 난 김동수가 숨을 들이켰다. 머릿속에서 생각할 겨를도 없이 말이 뱉어졌다. 마치 기다렸던 것처럼.

"당장 용서해달라는 건 아냐."

정영아의 목소리는 가라앉아 있다. 김동수의 반응을 예상하고 있었던 것 같다.

"나한테 한 번만 기회를 줘."

한마디씩 또박또박 말한 정영아가 기다리고 있다. 운동장에서 축구를 하던 학생들이 뛰다가 모여서 다투고 있다. 누가 파울을 한 것 같다. 심판이 그들과는 떨어져 서 있었는데 구경만 하고 있다. 그때 김동수가 말했다.

"네 의상실로 서류 보낼 테니까, 서명해."

"…"

"이혼 서류야, 만일 안 하고 시간 끈다면 네 불륜 증거 세상에 다 뿌리겠다."

"…"

"내가 체면 때문에 쉬쉬할 줄로 믿던 것 같은데 네 의도대로 해줄게,

참고로 말하지만."

심호흡을 하고 난 김동수가 말을 이었다.

"주현이도 네가 남자관계로 집 나간 것 알아, 애들도 이미 네가 LA에 가지 않고 대전 시내를 싸돌아다니고 있는 줄 알고 있단 말이야."

"…."

"만일 애들한테 연락하거나 찾아간다면 가만두지 않겠어. 그러니까 도장 찍고 물러나, 멀찍이."

"…."

"이것이 내 마지막 말이자 경고야."

"잠깐만."

정영아가 갈라진 목소리로 끼어들었다.

"그러지 마, 종근 아빠, 그러지 말라고."

이맛살을 찌푸린 김동수가 핸드폰을 고쳐 쥐었을 때 정영아가 말을 잇는다.

"나한테 기회를 줘야 하는 것 아냐?"

"이게 끈질기군."

"내가 잘못했어."

"윤택상이한테 그렇게 애원했더니 들어주지 않았어?"

마침내 김동수의 절제력 한쪽이 무너졌다.

"그래서 이번에는 나한테 물고 늘어지는 거냐?"

"잘못했어."

"넌 잘못한 것 없어, 그대로 살아."

"기회를 줘, 나, 이대로는 못 살아."

"너 살리려고 겨우 다시 만들어 놓은 이 가정을 깨뜨릴 수는 없어."

184

"애들한테 내가 필요해."

"이 나쁜 년."

김동수의 목소리가 높아졌다.

"이제 자식을 미끼로 삼는 거냐? 네가 언제부터 자식 생각했다고?"

"난 엄마야."

"미쳤군."

어깨를 부풀렸다가 내린 김동수의 얼굴에 쓴웃음이 번졌다.

"그럼, 할 수 없지, 내가 법원에 먼저 이혼신청을 할 테니까, 그리고 접근금지 신청까지 할 거다."

"종근 아빠."

정영아의 목소리에 울음이 섞여졌다.

"알아, 내가 나쁜 년이라는 것, 자식 미끼로 매달린다는 것, 그놈한테 버림받고 갈 곳 없어서 이러는 거야, 혼자 있기 무서워."

"…."

"그래, 버림받았어, 아주 처참해, 그리고 당신이 받아들여 줘도 그놈이 부르면 또 도망갈지도 몰라, 난 그런 여자야, 난 엄마 자격도 없어."

핸드폰을 귀에서 뗀 김동수가 다시 운동장을 보았다. 시합이 끝난 것 같다. 몰려 있던 학생들이 제각기 무리를 이루고 갈라지는 중이었는데 몇 명이 서로 삿대질을 했고 몇 명이 말리는 중이다. 파울로 시합이 중지된 것이다. 그때 핸드폰에서 울음소리가 들렸으므로 김동수는 전원을 껐다. 맑은 날씨다. 자리에서 일어선 김동수가 저고리를 집어 들었다. 주현이를 학원에서 데리고 올 시간이다.

'동양전자대리점' 앞에 선 김선호가 안을 들여다보았다. 가게는 30평쯤 되었으니 면소재지에서는 큰 편이다. 안에는 TV와 냉장고, 컴퓨터에다 휴대폰까지 가득 진열해 놓았는데 밖에 세탁기도 쌓아 놓았다. 점원 둘이 손님을 맞는 중이었고 한상호는 보이지 않는다. 오후 2시 반, 오늘은 농협에 일보러 왔다가 한상호의 가게 생각이 나서 찾아온 길이었다. 들어갈까 말까 망설이고 있을 때 안쪽에서 한상호가 나왔다. TV 앞에서 얼쩡거리던 한상호가 밖에 서 있는 김선호를 보더니 놀란 듯 눈을 크게 떴다.

"아이구, 선생님, 아니, 아버님."

서둘러 밖으로 나온 한상호가 소리치며 반겼다.

"들어오시지 왜 서 계셨어요?"

"아니, 네가 보이지 않기에."

"가게 안쪽에 살림집이 있습니다."

"그렇구나."

김선호를 가게 안으로 안내한 한상호가 소파에 앉히더니 서둘러 마실 것을 가져왔다. 그 사이에 TV 계약을 했는지 지원이 옆쪽 자리에 앉아 계약서를 쓰는 중이다. 가게를 둘러본 김선호가 물었다.

"바쁘구나, 잘되는 것 같다."

"예, 아버님. 직원 봉급 줄 만큼은 됩니다."

"집에서 김치 냉장고를 바꾼다고 해서."

"아, 그러세요? 몇 년 되었는데요?"

"한 5년 되었나?"

"좋은 것 많이 나왔지만 어지간하면 고쳐 쓰세요, 아버님."

"허, 그래."

한상호가 웃음 띤 얼굴로 목소리를 낮췄다.

"제가 한번 봐 드릴게요, 손만 조금 보면 멀쩡해지는 경우가 많거든요."

"뭐, 그렇게까지."

한 모금 인스턴트커피를 삼킨 김선호가 또 손님들이 들어서자 상반신을 세웠다.

"이거, 손님 받아야지."

"아닙니다, 아버님."

질색을 한 한상호가 두 손을 벌려 막는 시늉을 하더니 자리에서 일어서며 말했다.

"5분만 기다려 주세요, 아버님."

손님은 세 팀이나 되어서 한상호는 10분쯤이 지나서야 돌아왔다. 손바닥으로 이마의 땀을 닦는 시늉을 한 한상호가 웃었다.

"장사가 잘되는 날이 있지요, 하지만 방심할 수가 없네요."

"왜?"

"장사가 좀 된다는 소문이 나면 금방 경쟁업체가 옆에 붙거든요."

"저런."

"이곳은 목이 좋아서 장사가 좀 되는데 벌써부터 경쟁업체가 옆쪽 상가로 입주하려고 해서 제가 그쪽 가게를 매입해버렸습니다."

"허어."

"이곳에서 여생을 보낼 작정을 한 겁니다, 아버님."

"미국에 있는 애 엄마하고도 상의를 했어?"

"이혼했습니다."

놀란 김선호가 커피 잔을 든 채 시선만 주었고 한상호가 말을 이었다.

"애가 열일곱 살인데 제 엄마하고 같이 영주권 받았습니다. 둘 다 한국에 올 기회는 없을 겁니다."

"저런, 애가 어머니하고 산다더냐?"

"예, 미국시민이 된답니다."

머리를 끄덕인 김선호가 주위를 둘러보는 시늉을 하다가 엉거주춤 몸을 일으켰다.

"이제 가봐야겠다."

"아버님, 문촌리에 계시지요?"

따라 일어선 한상호가 묻더니 말을 이었다.

"제가 조만간 연락드리고 찾아뵙지요, 김치냉장고 봐드릴 겸 해서요."

"아, 뭐, 그렇게까지."

"아닙니다. 차로 10분이면 가는 곳인데요."

하긴 경운기를 몰고 가도 30분이면 올 수 있다. 한상호 가게를 나온 김선호가 버스 정류장으로 다가갈 때 핸드폰의 벨이 울렸다. 발신자를 보았더니 김태수다.

"응, 웬일이냐?"

핸드폰을 귀에 붙인 김선호가 마침 다가온 버스를 타면서 물었다.

"아버지, 지금 어디 계세요?

"응? 나, 지금 면에 나왔다가 집에 가려고 버스 탔다."

"어머니는요?"

"집에 있겠지, 밭에서 돌아왔을걸."

서동리에 사는 아는 영감하고 눈인사를 한 김선호가 목소리를 낮추고 물었다.

"그런데 무슨 일이냐?"

"외삼촌이 갑자기 회사에 찾아와서요, 어머니한테는 연락했을까요?"

"아니, 그놈이."

김선호가 어깨를 부풀리면서 어금니를 물었다.

피가 섞인 혈연이다. 윤수정의 동생 윤재일은 65세, 막냇동생으로 10년쯤 전에 중국으로 피신하고 나서 소식이 끊겼던 것이다. 윤재일은 사업을 했지만 그때마다 말아먹었다. 식당도 콩나물국밥집에서 순대국밥, 갈비탕, 떡볶이집까지 했지만 모두 망했다. 자석 요를 판다고 크게 대리점을 내었다가 사기로 구속되어 6개월간 교도소에도 들어갔다 나왔다. 주류대리점, 의류가게, 편의점, 손을 안 댄 직종이 없을 정도다.

그러니 혈연은 물론이고 친지에게 폐를 끼치지 않을 리가 없다. 윤수정도 옛날부터 수백만 원씩 수없이 빌려주었다가 떼였다. 윤재일이 중국으로 도망가기 직전에는 윤수정이 집에서 현금 1천만 원을 강탈당했다. 윤수정이 아파트를 매각하고 나서 잔금 받은 것 중 1천만 원을 현금으로 가져왔었는데 집에 왔던 윤재일이 들고 도망간 것이다. 그것을 안 김선호가 액땜한 것으로 치자고 달랬지만 윤수정은 그 일 때문에 한 달간 식음을 전폐하고 울었다. 윤수정은 남동생 둘이 있었으나 중간의 동생이 30대 때 사고로 죽어서 형제는 윤재일 하나뿐이다. 윤재일은 두 번 결혼했다가 이혼하고 20년이 넘도록 혼자 산다. 김선호가 호흡을 가라앉히고 나서 물었다.

"그래, 그놈이 뭐라고 하더냐?"

"제가 바빠서 긴 이야기는 못했습니다. 그런데…"

"그런데 뭐?"

189

"보증을 서달라고 하셔서요."

"안 돼."

펄쩍 뛰듯이 말했던 김선호는 버스 안의 시선이 모이자 목소리를 낮췄다.

"그놈, 사기꾼이다. 절대로 해주지 마라."

"제가 함부로 보증을 설 수 있나요?"

김태수의 목소리에 웃음기가 섞여졌다.

"제가 총무부장을 불러서 외삼촌 이야기를 듣게 했더니 도중에 화장실 간다면서 어디로 가신 것 같아요."

"왜?"

"총무부장이 외삼촌 인적 사항을 묻고 경찰에 신분 확인을 했던 것 같습니다. 황당해서 그랬다는데…"

"잘했다."

"아버지, 어머니가 아시면…"

"어머니도 잘했다고 할 거다, 그놈이 요즘이 어떤 세상이라고 옛날처럼 사기를 치려고 한단 말이냐?"

"많이 늙으셨던데요, 저는 십 몇 년 만에 봅니다. 차림새도 그렇고요, 용돈이라도 드리는 건데 갑자기 사라지셔서."

"네 회사 총무부장 상 줘라."

"요즘은 대표 이사라고 해도 마음대로 못 합니다, 아버지."

"그놈은 떡볶이 식당도 제대로 운영해보지 못한 놈이여, 회사가 어떻게 관리되는지 알기나 하겠냐?"

"아버지, 어머니한테 이야기 안 해도 될까요?"

김태수는 윤수정이 걸리는지 자꾸 물었다.

"하지 마라, 내가 할 테니까, 그놈이 이제는 외조카한테까지 사기를 치려고 하는구나, 다음에 나타나면 바로 경찰에 신고해라, 아마 그놈 지금도 수배 중일 거다."

다짐을 하고 난 김선호가 핸드폰을 귀에서 떼고는 긴 숨을 뱉었다. 버스 맨 뒷좌석으로 옮겨가 통화를 했지만 앞쪽에 앉은 사람들이 들을까 봐 목소리를 죽이고 있었던 것이다.

"어이그, 못난 놈."

한숨과 함께 욕을 했지만 입맛이 썼다. 10년도 넘게 나이 차가 나는 처남이라 김선호는 윤재일을 아꼈다. 그러나 인간은 성품이라는 것이 있다. 좋게 대해주면 그것을 고맙고 부끄럽게 받아들이는 인간이 있는가 하면 당연한 것처럼 여기는 부류가 있다. 그런데 윤재일은 한 술 더 떠서 그것을 이용해먹으려는 종자다. 집에 돌아왔더니 마당에서 빨래를 걷고 있던 윤수정이 물었다.

"왜? 무슨 안 좋은 일 있어요?"

"응? 뭐가?"

놀란 김선호가 눈을 크게 떴다가 곧 어깨를 늘어뜨렸다. 윤수정과 산 지 49년이다. 이제는 숨소리만 틀려도 감기 걸렸는지 매운탕 먹고 그런지를 아는 것이다. 고추씨가 든 비닐봉지를 마루에 내려놓은 김선호가 말했다.

"김치냉장고 봐주려고 용수 아들이 온다네."

"누구요?"

"아, 면에서 전자대리점 한다는 용수 아들, 걔가 바꿀 것 없이 봐주겠대."

문득 말을 그친 김선호가 건넌방을 보고 나서 물었다.

"희선이는 미경이 데리러 갔지?"

한상호가 혼자 산다는 것이 떠올랐기 때문이다.

4장 동행

　용산역 이 층 커피숍 안, 오전 11시, 김태수와 김동수가 마주보고 앉았다. 요즘은 KTX가 전국 1일 생활권에 결정적으로 기여했다. 비행기야 서울, 부산을 한 시간 만에 가지만 공항으로 오가고 머무는 시간을 합하면 KTX에 비교가 되지 않는다. 방금 김동수는 김태수에게 정영아가 전화해 온 내용을 군더더기 걸치지 않고 그대로 말했다. 정영아 사건이 터진 후로 둘 사이가 돈독해진 것은 사실이다. 김태수는 말 한마디 거들지 않고 이야기를 다 듣더니 한 모금 식은 커피를 삼켰다. 커피숍 안은 손님이 가득 차 있었지만 모두 떠나는 사람들이다. 그래서 수선스럽고 바빠 보인다. 김태수가 김동수에게 물었다.

　"너, 나한테 여자 있는 것 알지?"

　"응?"

　조금 놀란 김동수가 어깨를 늘어뜨렸다. 의외였던 것 같다. '있었던 것'이 아니라 '있는 것'이라고 물은 것도 그렇다. 과거가 아니라 현재진행형 아닌가? 김태수의 시선을 받은 김동수가 머리를 끄덕였다.

"알아."

"나, 그 여자하고 안 만난 지 오래됐어."

이제는 김태수가 외면한 채 말을 이었다.

"대근 엄마가 자기 모르게 만나라고 하더구먼, 표시 안 나게 만나라고, 그것이 결정적이었지, 안 만난다."

"…."

"인간은 대부분 그래, 이상한 놈 아닌 이상은 그래, 믿는 상대를 배신하지 않는 법이라고."

"…."

"또 시간이 다 해결해주더라, 제아무리 죽고 못 사는 사이더라도 그래, 시간이 지나면 잊어져, 그래서 인간이 인간다워지는가 봐."

"그게 먼 소리야?"

"아, 기계라면 1백 년이 지나더라도 딱 머릿속에 입력이 되어 있을 것 아니냐?"

"형, 말이 딴 데로 새는 것 아냐?"

"들어봐."

다시 커피를 한 모금 삼킨 김태수가 말을 이었다.

"너도 그래, 시간이 지나면 그 증오심, 그 배신감, 다 잊게 돼."

"잠깐만."

손을 펴 보인 김동수가 김태수를 보았다.

"지금 무슨 말을 하려는 거야?"

"너, 내말 끝까지 안 들으려면 그만둬."

"알았어."

김동수가 손을 내렸고 김태수는 말을 이었다.

"데려와."

"나, 참."

"네 상처는 인간이지만 죽을 때까지 지워지지 않을지도 모른다."

"인간 타령 그만 좀 해."

"그 상처를 안고 살아야겠지."

"…"

"하지만 네 자식들한테는 어머니가 없는 것 보단 있는 게 낫다."

"…"

"설령 지금은 미워하더라도 말이다. 부모니까, 또 자식이니까."

"…"

"너, 잘난 놈 아니냐?"

퍼뜩 머리를 든 김동수를 향해 김태수가 웃어보였다.

"상처를 누르고 종근 엄마 받아들여, 그리고 살아."

"…"

"완벽한 인생이 어디 있어? 다 흠투성이야, 다 위선 부리고 다 상처 주고 받고 사는 거다, 다만."

헛기침을 한 김태수가 외면한 채 말했다.

"잘난 놈은 안고 살고 못난 놈은 품어버리고 산다. 난 그걸 느꼈다."

"저기."

입술을 달싹이며 말한 김동수가 머리를 들고 김태수를 보았다. 그 순간 김태수가 숨을 들이켰다. 김동수의 눈에 눈물이 가득 고여 있었기 때문이다.

"형은 속이지 못하겠군."

그 순간 김동수의 눈에서 주르르 눈물이 흘러내렸다. 김태수는 시선만 주었고 김동수가 그 얼굴을 그대로 보인 채 말을 이었다.

"내가 그 말을 들으려고 형 만나러 온 것을 알고 있군그래."

"야, 그게 아니라…"

"맞아, 내가 끝내려면 그냥 끝냈지 여기까지 와서 중언부언하지 않았지."

"누가 뭐랬냐?"

"받아들일게."

어깨를 늘어뜨린 김동수가 그때서야 볼에 흐르는 눈물을 손바닥으로 닦았다.

"형 말을 듣고 나서 마음을 굳혔어."

"너, 술 마실래?"

김태수가 물었지만 김동수는 일어섰다.

"실례합니다."

열린 대문 밖에서 찾는 소리가 들렸다. 마당에서 철수와 놀던 미경이 쫓아나가더니 물었다.

"누구세요?"

"여기 교장 선생님 댁 아니냐?"

그때는 마루로 김선호가 나왔고 뒷마당에 있던 윤수정과 김희선도 마당으로 나왔다. 일요일 오전 10시 반쯤 되었고 식구들이 모두 집에 있던 참이다.

"아니, 네가 왔구나."

김선호가 소리치더니 윤수정에게 서둘러 말했다.

"쟤가 한용수 아들, 면에서 전자대리점을 한다는 애야."

"아이구, 애가 뭐요? 애가? 어서 와요."

윤수정이 웃으며 나무라더니 집 안으로 들어선 한상호를 맞았다.

"사모님, 안녕하십니까? 저는 한상호라고 합니다."

허리를 굽혀 인사를 한 한상호의 시선이 김희선에게 옮겨졌다. 그때 김선호가 소개했다.

"얘는 내 막내딸, 여기서 사네."

"아아, 예."

다시 김희선에게 머리를 숙여 보인 한상호가 마당에 선 채로 김선호를 보았다.

"아버님, 김치냉장고 상태를 봐 드릴까 하다가 아예 새 놈 하나를 싣고 왔습니다. 지금 마을 회관 앞에 차가 있는데요."

"아니, 왜?"

"제 대리점에 선전용으로 가져온 놈이 있거든요, 그걸 쓰시라고요."

"아니, 그걸 내가 사야지."

"그럼 도로 싣고 갈랍니다. 파는 것이 아니니까요."

"그게 무슨 말이야?"

"먼저 여기서 쓰시는 김치냉장고는 제가 가져가겠습니다. 어디 있지요?"

"아니, 그것이…"

이제는 윤수정이 당황했다.

"아이구, 갑자기 웬일이래?"

"사모님, 두 번 왔다 갔다 할 것 없이 지금 김치냉장고를 마을 회관으로 가져가지요. 그러니까 먼저 비워주셔야…"

"아, 이 사람아 좀 쉬고 나서 해."

겨우 김선호가 말했더니 한상호가 머리를 저었다.

"일 하고 나서 쉬지요, 아버님."

그때 웃고만 있던 김희선이 마루로 올라가며 말했다.

"그래요, 김치 꺼내 놓을게요."

냉장고에 든 김치를 꺼내놓고 빈 냉장고를 마당에 대놓은 경운기에 싣는 데 셋이 달려들어 금방 끝냈다. 마을 회관에서 김선호 집까지는 길이 급각도로 꺾여져서 큰 차는 들어올 수가 없는 것이다. 경운기에 김치냉장고를 싣고 김선호가 앞장을 섰고 그 뒤를 한상호와 김희선이 따랐다.

"저는 따님이 계신지 몰랐습니다."

한상호가 정색하고 김희선에게 말했다.

"선생님하고 사모님 두 분만 계시는 줄 알았거든요."

"지난겨울에 왔어요."

김희선이 웃음 띤 얼굴로 대답했다.

"저도 오늘 처음 들었어요, 아버지 친구 아드님이 면에서 전자대리점을 하신다는 것을요."

"따님이 중학생입니까?"

"네, 올해 중학교 들어갔어요."

"여기서 다닙니까?"

"네, 제가 통학시켜요."

"그렇군요."

머리를 끄덕인 한상호가 김희선을 보았다.

"애기 아빠는요?"

"이혼했어요."

"아아."

한상호가 탄성을 뱉었을 때 경운기가 트럭 앞에 멈춰 섰다.

"아니, 김치냉장고가 이렇게 크냐?"

놀란 김선호가 트럭에 실린 냉장고를 보면서 물었다. 트럭 주위에는 동네 노인 서넛이 모여 서 있었는데 조길만도 끼어 있다.

"김치냉장고 샀냐?"

조길만이 소리쳐 물었을 때 김선호가 한상호를 소개했다.

"얘가 한용수 아들이야, 면에서 전자대리점을 하고 있어."

"어? 그래?"

조길만과 한용수는 서로 이름만 알 뿐이지 초등학교, 중학교, 고등학교까지 달라서 모르는 사이나 같다.

"이 사람아, 아버님 돌아갔다는 말만 듣고 나는 못 갔네."

조길만이 한상호에게 뒤늦은 위로를 했고 그 사이에 김선호는 트럭에 오른다. 김치냉장고는 반들거리며 윤이 나고 크다. 김선호의 얼굴이 환해져 있다.

한상호가 돌아갔을 때는 11시 반쯤 되었다. 점심을 먹고 가라고 했지만 극구 사양하고는 돌아간 것이다. 대문 앞까지 배웅한 김선호가 따라 나온 김희선에게 말했다.

"쟤가 이혼했단다."

김희선은 눈만 크게 떴고 경운기 앞에 선 김선호가 말을 이었다.

"전 처하고 열일곱 살짜리 아들은 미국 영주권 받고 미국에서 산단다."

"네에."

"면에 있는 전자대리점이 꽤 커, 종업원도 둘이나 있고, 안에 살림집이 있더구먼."

"아버지."

머리를 든 김선호를 향해 김희선이 웃어 보였다.

"저, 싫어요."

"뭐가?"

"아직 생각 없어요."

"응."

머리를 끄덕였던 김선호가 생각난 것처럼 말을 이었다.

"엄마한테는 쟤가 이혼했다는 말 하지 마라, 귀찮게 할지 모르니까."

"그럼요."

"나야 너하고 살고 싶지."

몸을 돌린 김선호가 애먼 경운기 엔진을 점검하기 시작했으므로 김희선도 발을 떼었다. 김희선이 집 안으로 사라졌을 때 대문 안으로 조길만이 들어섰다.

"야, 창수 아들이 내일 온단다."

경운기 옆에 선 조길만이 말을 이었다.

"창수가 걱정이 태산이여, 아들놈은 뜬금없이 칠면조를 키우겠다고 헌다는디 여그서 무슨 칠면조냐?"

"글쎄."

힐끗 마루에 시선을 준 김선호가 대문 밖으로 발을 떼었고 조길만도 뒤를 따른다. 대문 밖 돌무더기 옆에 바위 대여섯 개가 있어서 의자를 대신한다. 비틀어졌지만 모과나무가 그늘을 만들어 준다. 바위에 앉았을 때 조길만이 담배를 꺼내 입에 물었다.

"자식이 화근이여, 열에 여덟은 화근인디 너하고 나는 나머지 둘에 들은 것 같다."

담배에 불을 붙이면서 조길만이 쓴웃음을 지었다. 조길만의 하나 남은 아들은 택시 운전사지만 효자다. 꼬박꼬박 명절 때 내려오고 한 달에 60만 원씩 생활비도 보내주는 것이다.

"칠면조는 어디서 키운대냐?"

김선호가 묻자 조길만이 연기를 길게 뱉고 나서 답했다.

"창수 고추밭에다 만든다는구먼, 그 놈이 돈도 별루 없는 모양이여, 손장호 씨 집 살 때도 창수한테 5백만 원 가져갔다고 허더라."

"부동산 놈들이 도둑놈들이지."

이창수 아들 이영복이 문촌리로 이주해 오는 것은 김희선에 이어서 마을의 경사라고 봐도 될 것이다. 그러나 이영복은 죽은 손장호 씨의 집을 부동산으로부터 5백만 원을 더 주고 샀다. 부동산은 손장호 씨의 아들 손규식으로부터 집을 산 후에 4개월도 안 돼서 5백만 원을 더 받고 판 것이다. 이영복은 37세로 세 식구인데 아내 따옹은 베트남에서 시집온 지 3년째였고 두 살짜리 아들이 있다. 본래 익산에서 세차장을 하던 이영복은 일이 안 풀리자 다 정리하고 부모가 있는 문촌리로 옮겨 오기로 결심했는데 김선호가 보기에 신중하지가 못했다. 이창수로부터 들은 바에 의하면 두 달 전에야 시골로 오겠다고 결심을 했다는 것이다.

"우리 마을에도 다문화 가정이 하나 생기겠군."

조길만이 혼잣소리처럼 말했다.

"서동리는 다문화 가정이 둘이란다."

"애들이 초등학교에 다닌다더라."

"면에는 10가구도 넘어."

"요즘은 어린애들 보기도 힘든데 다문화 가정에서라도 애들 많이 낳아야지."

"그러다 대한민국 혼혈 되는 것 아냐?"

"그럼 어떠냐? 잘 살기만 하면 되지."

김선호가 나무랐다.

"미국 좀 봐라, 이쪽저쪽에서 다 받아들여서 잘 먹고 잘산다."

억지소리였지만 김선호는 다문화 가정에 대한 거부감이 없다. 결혼을 잘 안 하는 세대인데 어쩌겠는가? 그때 조길만이 지그시 김선호를 보았다.

"야, 희선이 혼처 자리가 있는데 한번 만나볼래?"

오늘 찾아온 목적이 이것이다. 김선호의 시선을 받은 조길만이 쓴웃음을 지었다.

"싫으면 말고, 내가 부탁을 받아서 그래, 소양면에 사는 장태진이 아들인데 전주에서 주유소를 한다. 쉰 살에 상처했고 대학생 딸이 둘 있단다."

"아이구머니."

마당에서 윤수정의 놀란 외침이 들렸다. 김선호가 머리를 들었다. 마루에서 철 지난 종묘 봉지를 정리하던 참이었다.

"아이구머니, 이게…"

다시 윤수정의 자지러지는 목소리를 듣고 서둘러 일어선 김선호가 마루 끝에 나왔다. 그 순간 김선호의 입에서 '끙' 하는 신음이 울렸다. 윤재일이 들어 와 있다. 윤수정의 하나뿐인 동생, 날강도놈, 사기꾼, 지금도 기소 중지자가 틀림없는 놈이 멀쩡한 모습으로 서 있다가 김선호를 보더니 꾸벅 절을 했다.

"안녕하셨습니까? 형님."

윤수정은 그의 두 발짝 앞에서 두 손을 벌린 채로 서 있었는데 울상이다. 안지도 못 하고 밀지도 못 하고 있는 저 두 팔.

"어, 자네 왔나?"

김선호가 눈을 치켜뜬 얼굴로 그렇게 인사를 받았다. 전에는 야, 너로 반말을 했는데 지금 말을 올린 것은 그만큼 거리감을 두겠다는 표시다.

"예, 형님."

윤재일은 그것을 자신에게 공대하는 것으로 받아들인 것 같다. 얼굴에 웃음이 떠오르고 있다. 그때였다. 윤수정이 소리쳤다.

"이놈! 이 도둑놈아! 여긴 왜 왔어!"

윤수정의 목소리가 마당을 울렸고 낯선 손님에게 꼬리를 저을까 말까 망설이던 철수가 짖었다. 철수는 잘 짖지 않지만 짖으면 마을이 울린다. 똥개 원조로 체격도 커서 짖고 덤비면 위협적이다.

"나가!"

"웡! 웡! 웡!"

윤수정과 철수가 번갈아 외쳤으므로 윤재일이 당황했다. 철수가 이를 드러내자 윤재일이 엉거주춤한 모습으로 김선호를 보았다. 웃음 띤 얼굴이 일그러져 있다.

"시끄럽다, 철수야!"

김선호가 나무라자 철수가 짖는 것을 뚝 그쳤다.

"당신도 가만있어."

윤수정에게 달래듯 말했더니 아예 몸을 돌리고 토방으로 다가온다.

오전 11시쯤 되었다. 한낮의 밝은 햇볕이 마당에 쪼이는 6월 초의 맑은 날씨다. 김선호가 윤재일에게 말했다.

"이리 와, 마루에라도 앉아."

"예, 형님."

다시 머리를 숙여 보인 윤재일이 손에 든 음료수 세트를 마루 끝에 놓더니 기둥 옆에 앉았다. 산뜻한 양복 차림에 머리도 잘 다듬었다. 10년 만에 보는 모습이었는데 머리에 흰머리가 반쯤 섞였을 뿐 그대로다. 10년 전에 윤재일은 윤수정이 서랍에 넣어둔 현금 1천만 원을 훔쳐 도망을 갔다. 그러고는 처음으로 나타난 것이다. 김선호가 지그시 시선을 주었지만 윤재일은 외면한 채 눈만 껌벅였다. 김태수한테서 윤재일이 찾아와 뜬금없이 보증 이야기를 하다가 또 도망갔다는 말을 듣고 언젠가는 이곳으로도 올 줄 예상하고 있었던 김선호. 그 이야기를 윤수정에게는 하지 않았던 터라 오늘 더 놀랐을 것이다.

"그래, 그동안 중국에 있었나?"

김선호가 묻자 윤재일이 그때서야 힐끗 시선을 주었다.

"예, 형님, 귀국한 지 두 달쯤 되었습ㅣ다."

"그래?"

그때 윤수정이 다가와 윤재일의 반대쪽 마루 끝에 앉는다. 거리는 멀지만 윤재일의 얼굴이 잘 보이는 위치다. 그때 심호흡을 한 윤재일이 마루에 두 손을 짚더니 머리를 숙였다.

"형님, 누님, 죄송합니다. 정말 뵐 낯이 없는데도 찾아왔습니다."

"어, 그래?"

"이놈아, 그럼 뭐 하러 와? 도둑놈아."

윤수정이 소리쳤지만 목소리가 많이 약해졌다. 그때 머리를 든 윤재일의 눈에서 눈물이 흘러내렸다.

"입이 열 개라도 할 말이 없습니다."

"나쁜 놈."

윤수정의 목소리에도 습기가 띠어 있다.

"매일 누님, 형님 생각을 했지만 죄를 지어서 연락드릴 염치가 없었습니다."

"못난 놈."

"중국에서 감옥도 갔다 왔습니다. 한 2년 중국 감옥에 있었지요."

감옥이란 말에 가슴이 미어졌는지 윤수정은 입만 쩍 벌렸고 윤재일의 말이 이어졌다.

"비자 기간이 넘어서 단속에 걸린 것이지요, 감옥 안에서 수양을 많이 했습니다."

"어이구."

윤수정의 한숨 소리를 들으면서 김선호는 또 당하겠다는 생각이 들었다. 하지만 지금은 다르다.

저녁 먹을 때가 되었을 때는 윤재일의 상태가 10년 전, 서랍에서 돈 꺼내 가기 전의 상황이 되어 있었다. 김선호가 예상했던 대로다. 오늘은 김희선 모녀가 영화 보고 온다고 나가서 셋이 모여 있다.

"형님은 참 대단하십니다."

이제는 밥상의 앞자리에 앉은 윤재일이 똑바로 김선호를 바라보며 말했다.

"이곳에서 10년 사시는 동안 고추 박사가 되시다니요. 더구나 밭도 3천 5백 평이나 있으시고."

"그럭저럭 산다."

김선호가 이제는 외면하고 말했다. 밥상 끝에 앉은 윤수정은 아직도 불안한 기색을 숨기지 않았는데 지금까지 믿지 않으면서도 당했고 안 준다고 결심했으면서도 주어왔기 때문이다. 윤재일 앞에서는 언제나 자신을 감당하지 못한 것이다.

"형님, 제가 이번에 사업을 합니다."

저녁을 마쳤을 때 윤재일이 마침내 본론을 꺼냈다. 가슴이 철렁 내려앉았는지 숭늉을 가져오던 윤수정이 주춤했고 김선호는 시선만 들었다. 어깨를 편 윤재일이 말을 이었다.

"중국에서 의형제를 맺은 동생이 있습니다. 베이징 공안국장이 그 동생의 사촌형인데 저도 만나서 밥도 같이 먹었지요. 이름이 곽봉입니다. 중국 사람은 다 압니다."

김선호는 숨만 쉬었고 윤수정은 외면했으나 윤재일의 목소리는 높아졌다.

"제가 곽봉 국장보다 세 살 위라 저한테 형이라고 부르더군요. 그리고 이번에 제 사업을 얼마든지 밀어준다고 약속했습니다."

윤재일이 열기 띤 시선으로 김선호와 윤수정을 번갈아 보았다.

"중국에서 중국산 당근을 수입해오는 것입니다. 제 의동생이 산둥성에 당근 농장을 가지고 있는데 농장이 거짓말 안 보태고 전라북도만 합니다. 농장 가운데 고속도로가 뚫려 있는데 차로 30분을 달려도 끝이 안 보입니다."

"…"

"한국에 당근을 쏟아 붙는 것이지요. 20피트 컨테이너 1개에 1천만 원이면 됩니다. 한 번에 컨테이너 10개씩 당근을 가져오면 세 배 장사가 되지요. 요즘 당근 시세가 얼만지 아십니까?"

"…"

"지금도 있습니다. 의동생이 대주고 있으니까요. 하지만…"

어깨를 부풀렸다가 내린 윤재일이 김선호를 보았다.

"당근을 수입해서 창고에 보관하는 한 달쯤 되는 기간 동안 보증만 해주면 됩니다. 그건 대지도 되고 농지도 됩니다. 담보 전문가가 있으니까요. 형님이 이번 한 번만 제 여생을 위해서 보증을 해주시지요. 신세는 죽을 때까지 잊지 않겠습니다, 형님."

그때 마당에서 부르는 소리가 났다.

"아버지, 어머니."

"아, 동수구나."

대번에 목소리를 알아들은 김선호가 말했고 윤수정이 서둘러 일어섰다. 얼굴이 활짝 펴졌다.

"아이구, 동수가 웬일이래?"

윤재일이 엉거주춤 엉덩이를 들었다가 내리더니 김선호를 보았다. 얼굴이 일그러져 있다. 그러나 한마디는 했다.

"동수가 왔습니까?"

그때 마루방으로 김동수가 들어섰다.

"아버지, 저 왔어요."

인사를 한 김동수가 눈을 가늘게 뜨고 윤재일을 보았다. 누구냐는 표정이다. 그때 윤수정이 김동수의 팔을 쥐고 흔들었다.

"외삼촌 왔다."

"아, 외삼촌."

커다랗게 소리친 김동수가 얼굴을 펴고 웃었다. 다가선 김동수가 머리를 숙여 절을 하더니 물었다.

"외삼촌, 그때 가져가신 돈 가져오셨지요? 아이구, 반갑습니다."

"아, 아."

막 인사를 늘어놓으려던 윤재일이 입을 벌린 채 헛웃음을 웃었다. 김동수가 웃음 띤 얼굴로 윤수정의 옆으로 다가가며 말을 이었다.

"서랍에서 빼가셨다고 들었는데, 외삼촌 참 대단하세요."

"아니, 동수야."

윤재일이 정색하고 불렀지만 기세에 밀렸다. 김동수는 어렸을 때부터 윤재일한테 대놓고 대든 조카가 된다. 대학 때 윤수정한테 돈을 타가는 윤재일한테 한 번만 더 눈에 띄었다가는 가만 안 둔다고 소리친 적도 있다. 윤수정은 몸을 돌렸고 김선호는 소리 죽여 숨을 뱉었다. 윤재일이 오고 나서 김선호는 김태수한테 문자를 보냈던 것이다. 그랬더니 김태수가 김동수를 대신 보낸 것 같다. 어쨌든 때맞춰서 잘 왔다. 김동수가 온 순간부터 윤재일에게는 악몽이 시작된 것이나 같다. 교수쯤 되는 직위에 오르면 말을 요령 있게, 서론, 결론을 맞추고, 말하는 동안에도 주제를 잃지 않으며, 두 번 세 번 같은 말을 되풀이해서 상대방을 지치지 않게 만든다.

"뵙기를 기다리고 있었어요."

밥상을 치운 마루방에 마주보고 앉았을 때 김동수가 정색하고 말했다.

"이렇게 찾아오시다니, 지난번 일을 해결해 주시려고 오신 것이구먼요."

"아니, 그것이, 동수야."

당황한 윤재일이 손까지 저었는데 응원을 청하듯이 김선호를 보았다. 비스듬히 앞자리에 앉은 김선호는 외면했고 윤수정은 주방에서 등만 보이고 있다.

"내가 지금 그럴…"

"그럼 그냥 인사차 오신 겁니까?"

"그것도 그렇고."

"그렇다면 각서라도 써주시지요, 10년 전 일이라 모른다고 하시면 저도 생각이 있습니다."

"야, 너…"

"세상에 이런 일이 드뭅니다. 인터넷에 한번 띄우면 댓글이 수천 개는 달릴 겁니다."

"너, 도대체…"

이제 윤재일이 어깨를 폈지만 뒷심이 김동수를 당해내지 못했다. 이런 상황에서 보증 이야기를 꺼냈다는 것을 알면 결과가 참혹할 것이었으므로 윤재일은 바늘방석에 앉은 꼴이 되었다.

"각서나 서약서도 좋습니다. 아니면 돈 훔쳐 가셨다는 시인서를 써주시든지요."

"훔쳤다니?"

"그럼 돈이 저절로 외삼촌 주머니로 들어간 겁니까?"

"너, 지금 날 뭘로 보고…"

"날강도로 봅니다."

마침내 김동수가 눈을 부릅뜨고 말했다. 어깨를 부풀린 김동수가 주머니에서 핸드폰을 꺼내 들었다.

"지금 당장 112에 신고해서 고발하면 연행되실 겁니다. 요즘은 신고하면 이곳 산골까지도 20분이면 오거든요."

그때 김선호가 헛기침을 했다.

209

"그만둬라."

"아버지, 어머니가 그때 어떻게 되신 줄 아세요? 전 지금도 똑똑하게 기억해요."

이제는 김동수가 김선호에게 대들었다.

"어머니는 열흘도 넘게 밥도 안 드시고 우셨다고요, 그 돈이 어떤 돈인데, 하고 말씀입니다."

"…."

"제가 그때 서른여섯 살 때인데 학교에서 강의 시간에 복도로 나와서 어머니가 어떻게 되었는가 전화를 해야 했다고요."

"안다, 너희들이 걱정 많이 했지."

"그런데 외삼촌이 갑자기 떡 나타나서 지금 뭐라고 하시는 겁니까?"

"아, 글쎄."

이제는 김선호도 말문이 막혀서 주춤거렸더니 김동수가 결정타를 날렸다.

"형 전화를 받는데 갑자기 외삼촌이 나타나서 보증을 서 달라고 하셨다는데요, 기가 막혀서, 혹시 아버지도 그런 말씀 들으셨어요?"

"나, 가야겠다."

그때 윤재일이 자리에서 일어서며 말했다. 얼굴이 하얗게 굳어 있다. 그때서야 주방에서 몸을 돌린 윤수정이 이쪽을 보았다. 그 순간 김동수는 물론이고 김선호도 숨을 들이켰다. 윤수정의 얼굴이 눈물범벅이었기 때문이다.

"형님, 나, 가겠습니다."

다리가 저린지 비틀거리면서 윤재일이 발을 떼었고 김선호도 엉거주춤 일어섰다. 그러나 윤수정은 흐린 눈으로 시선만 주었고 김동수도 입을 다물었다.

"누님."

윤수정에게 몸을 돌린 윤재일이 머리를 숙였다.

"나, 갑니다."

윤수정이 머리만 끄덕였을 때 윤재일이 얼굴을 일그러뜨리며 웃었다.

"동수 말이 맞습니다. 이번에도 사기 치려고 온 겁니다. 다 늙었어도 고쳐지지가 않네요."

"외삼촌."

김동수가 불렀지만 윤재일은 윤수정을 향해 말을 이었다.

"중국 사업 다 거짓말입니다. 지금도 수배자 신세라 내놓고 일할 입장이 안 돼요, 작년에도 사기 사건이 하나 있었거든요."

숨을 들이켠 김동수가 주춤했을 때 윤재일이 말을 이었다.

"중국에 있었다는 것도 거짓말입니다. 쭉 한국에 있었어요, 한국에서 교도소에 들어가 2년 살고 나왔지요."

그때 윤수정이 두 손으로 얼굴을 가렸고 김선호도 한숨을 뱉었다.

"재일아."

뒤에서 부르는 소리에 윤재일이 몸을 돌렸다. 김선호다. 어둠 속에서 김선호가 다가오고 있다. 밤 10시 반, 차가 없으니 문촌 마을에서 서동리까지 걸어가야만 했고 서동리에서 택시를 부르면 올 것이다. 다가온 김선호가 긴 숨을 뱉었다. 윤재일은 허겁지겁 집을 나왔지만 김선호가 따라올 줄 예상한 것 같다. 경로당 앞에 우두커니 서서 김선호를 보았다. 마을은 조용하다. 이 시간에는 대개 잔다. 밤잠이 없는 노인네가 TV 연속극을 볼 것이고 아이가 있는 집은 깨어 있겠지만 조용하다. 같이 놀 아이가 없기 때문에 스마트폰이나 주무르고 있을 것이다. 다가선 김선호가 물었다.

"너, 갈 곳이 있어?"

"아, 예, 갈 곳이야 있지요."

윤재일이 외면하고 대답했다.

"걱정하지 마십시오, 형님."

"사는 집이 있느냐고 물은 거야."

"저는 집이 필요 없습니다."

윤재일이 어둠 속에서 이를 드러내고 웃었다.

"관리할 사람이 있어야지요, 그렇지 않습니까?"

"네 누이가 걱정 많이 했다."

"죄송합니다, 형님."

서 있기가 힘든 김선호가 발을 떼어 경로당 앞 빈 평상에 앉았다.

"일루 와 앉아."

옆자리를 두드리며 말했더니 윤재일이 주위를 둘러보며 다가왔다.

"네 누이도 곧 나올 거다."

"누님은 왜요? 저 그냥 갈랍니다."

하면서도 윤재일이 평상 끝 쪽에 엉덩이를 붙이고 앉는다. 달도 없는 날씨여서 곧 짙은 땅 냄새가 맡아졌다. 맵고 신 땅 냄새를 맡으면 김선호는 가끔 옛날로 돌아간 느낌을 받는다. 김선호가 윤재일 옆쪽에 대고 물었다.

"너, 이번에도 누이하고 매형한테 사기 치려고 온 거냐?"

"예."

금방 대답한 윤재일이 다시 외면했다.

"이제는 죄책감도 느껴지지 않아요, 아까 동수 이야기를 듣고 부끄럽긴 했지만 금방 잊어요, 지금도 벌써 잊어 먹고 있는 걸요."

"…"

"그러니까 이렇게 살지요, 형님."

"…"

"걱정하지 마세요, 저는 여기 떠나서 금방 누님, 매형을 잊어 먹을 테니까요."

그때 옆쪽에서 흰 것이 어른거리더니 곧 윤수정이 나타났다.

"여기여!"

김선호가 부르자 윤수정이 다가와 김선호 왼쪽에 앉는다. 김선호 거쳐서 윤재일이 보이는 자리다. 그때 김선호가 윤수정에게 말했다.

"재일이가 예전하고 달라졌고만."

윤수정은 아예 앞쪽 경로당의 불 꺼진 창만 보았고 김선호가 말을 이었다.

"솔직혀졌어."

"죽을 때가 되면 그런다고 하던데요."

윤재일이 웃음 띤 목소리로 말했을 때 김선호가 윤수정에게 물었다.

"갖고 왔어?"

"집에 현금이 50만 원뿐입디다."

윤수정이 조끼 주머니에서 접혀진 봉투를 꺼내 김선호에게 내밀었다. 봉투를 받은 김선호가 소리 죽여 숨을 뱉었다. 집에 현금이 2백만 원 가깝게 있었기 때문이다. 김선호가 그 봉투를 윤재일에게 내밀었다.

"이거, 차비나 해라."

"고맙습니다, 형님, 그리고 누님."

덥석 봉투를 받은 윤재일이 앉은 채로 둘을 향해 머리를 숙였다.

"앞으로 다시는 나타나지 않겠습니다."

"전화도 하지 마."

윤수정의 목소리가 경로당 마당을 울렸다. 숨을 들이켠 김선호는 다시 이어지는 윤수정의 목소리를 듣는다.

"내가 죽었다는 말을 듣더라도 오지 마, 이놈아."

"예, 누님."

"이 말도 돌아서면 잊어 먹겠지만 단 하루만이라도 진실되게 살아봐라."

"교회라도 한번 나가 보지요."

"교인들한테 사기 치게?"

그때 김선호가 핸드폰을 꺼내들면서 둘의 말을 끊었다.

"가만, 희선이가 올 때 되었으니까 그 차를 타고 전주까지 가면 되겠다. 희선이가 이제 제법 운전을 잘해."

그때 앞쪽 논두렁에서 희끗한 전조등 빛이 보였다. 이 시간에 오는 차는 영화 보고 오는 김희선 모녀뿐이다.

김희선이 전주까지 윤재일을 데려다주고 돌아왔을 때는 12시가 되어갈 무렵이다. 집에서 기다리고 있던 김선호 부부와 김동수가 김희선을 맞았다.

"네가 고생했다."

윤수정이 윤재일 대신 인사를 했다.

"미경이하고 저녁밥 먹었다지만 밥 차려줄까? 겉절이 저녁때 담갔는데."

"아뇨, 됐어요."

김희선이 제 방으로 들어가 옷을 갈아입고 나오더니 마루방 소파에 앉았다.

"엄마, 나, 외삼촌한테 현금 출납기로 백만 원 빼줬어."

김희선이 말한 순간 마루방이 얼어붙었다. 김선호와 윤수정, 김동수가 일제히 움직임을 멈춘 것이다. 입도 열지 않았고 소리도 그쳤다. 이윽고 먼저 입을 연 것은 김선호다.

"그게 무슨 말이냐?"

"응."

분위기에 조금 놀란 표정이 되었지만 김희선이 말을 이었다.

"전주 시내에 들어갔을 때 외삼촌이 지금 현금이 부족하니까 내일 보내준다면서 현금 출납기로 백만 원만 빼달라고 해서요."

김선호는 심호흡을 했고 윤수정은 돌아앉았다. 그때 김동수가 머리를 끄덕이며 물었다.

"다른 말 안 하던?"

"응, 외삼촌 사업이 잘 풀리면 내 차를 중형차로 바꿔준다고 했어."

"잘했다."

김선호가 말했을 때 윤수정이 일어나 방으로 들어갔다.

"오빠, 왜? 무슨 일 있어?"

김희선이 묻자 김동수는 머리를 저었다.

"아냐, 별일 없어."

"그런데 분위기가 왜 이래?"

"분위기가 어때서?"

그때 윤수정이 방에서 나오더니 김희선에게 돈을 내밀었다. 오만 원권 지폐가 손에 두툼하게 쥐어져 있다.

"아나, 받아라."

"응, 웬 돈?"

엉겁결에 돈을 받은 김희선이 윤수정을 보았다.

"나 쓰라고?"

"응."

"오빠가 준 거야?"

그때 김동수가 먼저 대답했다.

"응, 그래, 내가 너 쓰라고 준 돈이야."

그러더니 숨 돌릴 새 없이 윤수정에게 말했다.

"어머니, 놔둬요, 이제 그만."

"아이구, 아이구."

갑자기 윤수정이 손바닥으로 마룻바닥을 치면서 신음 같은 울음소리를 내는 바람에 김희선이 깜짝 놀랐다. 김선호는 입맛을 다시면서 외면했고 김동수가 엉거주춤 일어나 윤수정에게 다가갔다.

"어머니, 그만, 그만요."

"엄마, 왜 그래?"

김희선이 날카롭게 묻자 윤수정이 김동수에게 잡힌 팔을 뿌리치며 말했다.

"희선아, 앞으로 그놈한테 무슨 연락 오면 받지 마, 절대로."

"응, 누구 말이야?"

"그놈, 네 외삼촌이란 놈."

윤수정이 눈물범벅이 된 얼굴로 김희선을 보았다.

"그놈이 여기 와서 사기를 치려다가 네 오빠가 오는 바람에 그냥 간 거다.”

김동수는 혀를 차면서 제자리로 돌아갔고 김선호가 리모컨으로 TV의 볼륨을 높였다. 건넌방에서 자는 박미경이 들을까 걱정이 된 것이다. 윤수정이 말을 이었다.

“그랬더니 너한테 사기를 쳐서 기어이 돈을 뜯어갔구나.”

“엄마, 내일 보내준다고 내 계좌번호까지 다 적어 갔는데…”

“됐다, 희선아.”

윤수정이 손을 젓더니 소매 끝으로 눈물을 닦았다.

“앞으로 그놈 조심해라, 절대로 돈 주면 안 돼.”

김희선의 시선이 김동수에게로 옮겨졌다. 시선이 마주치자 김동수가 머리를 끄덕여 보였으므로 김희선이 대답했다.

“알았어, 엄마.”

그러더니 아직도 손에 쥐고 있던 돈을 흔들면서 말했다.

“그래서 돈 줬구나, 그러면 내일 외삼촌이 돈 보내주면 이거 돌려줘야겠네?”

김선호는 TV에서 시선을 떼지 않았고 윤수정은 대답할 분위기가 아니었으므로 김동수가 나섰다.

“뭐, 그냥 먹어, 그 돈, 너하고 엄마 사이에 주고받고 할 일 있냐?”

오전 8시, 전화기를 귀에서 뗀 김태수가 최혜영에게 말했다.

“동수가 어젯밤 아버지한테 가서 자고 돌아가는 중이라는군.”

“응? 왜?”

주방에 있던 최혜영이 몸을 돌렸다. 아이들은 모두 학교로 갔고 집에는 둘뿐이다. 김태수가 벽시계를 보고 나서 소파에 앉았다. 오늘은

217

회의가 없는 터라 조금 늦게 출근해도 된다.

"그냥, 갑자기…"

최혜영의 시선을 받은 김태수가 숨을 들이켰다가 뱉었다. 곧 목구멍까지 나왔던 말이 삼켜졌다. 방금 김동수한테서 외삼촌 윤재일이 김희선한테까지 돈을 가져간 사건을 들은 것이다. 어머니 가족의 부끄러운 일이다. 말 안하는 것이 낫다는 생각이 들었기 때문이다.

"하긴 삼촌도 심란하겠지."

젖은 손을 수건으로 닦으면서 최혜영이 다가와 앞쪽에 앉았다. 화장을 하지 않았지만 피부가 맑고 표정도 밝다. 많이 달라졌다. 김태수의 시선을 받은 최혜영이 웃었다.

"뭘 그렇게 봐?"

"아니, 그냥."

"이상하게…"

눈을 흘기는 시늉을 한 최혜영이 손바닥으로 볼을 만졌다. 요즘은 한 달에 세 번 정도 잠자리까지 하는 터라 갑자기 신혼으로 돌아온 것 같기도 하다. 그때 김태수가 불쑥 말했다.

"종근 엄마가 동수한테 연락을 했대."

최혜영이 시선만 주었고 김태수가 말을 이었다.

"돌아오고 싶다고, 용서해 달라고 했다는 거야."

이제 최혜영의 얼굴이 굳어졌다. 그러나 아직 입은 꾹 닫혀 있다. 심호흡을 한 김태수가 말을 이었다.

"못 하겠다고 했는데도 울면서 애원하더라는 거야, 받아들여 달라고."

"…."

"기회를 달라면서, 이대로는 못 살겠다고."

"…"

"버림받아서 처참한 상태라면서, 그리고 동수가 받아들여줘도 그놈이 부르면 또 도망갈지도 모르는 게 자기라고, 엄마 자격 없다면서 받아들여 달라고 매달렸다는 거야."

"그래서?"

최혜영이 갈라진 목소리로 물었으므로 김태수가 긴 숨을 뱉었다.

"동수는 거부했어, 이혼하겠다고 서류도 다 갖춰놓았어."

"당신은 뭐라고 했어?"

"나?"

김태수가 지그시 최혜영을 보았다.

"내가 뭐라고 했을 것 같아?"

"받아들이라고 했겠지, 물론."

"어떻게 그렇게 잘 아니?"

"착하니까."

"언제는 내가 무섭다면서."

"착해."

"뭐가?"

"큰 틀은 깨뜨리지 않으려는 사람이야, 자기는."

"무슨 말인지 모르겠네."

"밥상은 그대로 두고 그릇을 깨든지 없애든지 하는 성격이라고, 자기는."

"험담이냐?"

"아니?"

최혜영의 얼굴에 웃음이 떠올랐다. 두 눈이 반들거렸고 눈 밑에 홍

조가 일어났다. 육감적인 표정이다. 그때 최혜영이 물었다.

"내 의견을 말해줘?"

"해봐."

"같은 여자로서의 의견."

"해보라니까?"

"받아들이지 말았으면 좋겠어."

"왜?"

"여자가 먼저 파탄을 내는 건 위험하다고 생각하거든."

최혜영이 가늘고 긴 숨을 뱉었다. 시선 끝이 멀어서 김태수 뒤쪽을 바라보는 것 같다.

"경우야 어쨌든 간에 두 자식을 팽개치고 그랬다는 것, 같은 여자 입장에서 보면 더 나빠."

최혜영의 목소리에 열기가 띠어졌다.

"그리고 뭐야? 그놈이 부르면 또 도망갈지도 모르는 게 자기라고? 그러면서도 받아 달라니 아주 막 가자는 거야?"

"난 그것이 자신을 솔직하게…"

"시끄러!"

꽥 소리를 친 최혜영이 눈을 잔뜩 흘겼지만 차갑지는 않다.

"당신은 그래서 착해, 삼촌한테 말해, 불씨도 끄지 않고 받아들여서 집에 불 지르지 말라고, 그럼 다 타죽어."

"잘 되냐?"

김선호가 묻자 놀란 이영복이 허리를 굽혀 절을 했다.

"선생님, 오셨어요?"

"응, 쟤가 네 처냐?"

김선호의 시선이 위쪽 담장 가에 서 있는 여자에게로 옮겨졌다.

"예, 선생님."

그러더니 이영복이 소리쳤다.

"다옥아! 일루 와!"

그러자 밑에 고무줄 넣은 작업 바지에 반팔 셔츠 차림의 여자가 다가 왔다. 이영복의 처다. 주춤거리며 다가온 여자가 이영복의 눈치를 본다.

"지난번 인사했던 교장 선생님, 생각나지? 앞으로 선생님이라고 불러."

"예, 선생님."

"나말고 이 아저씨한테."

"예, 선생님."

하면서 여자가 김선호에게 허리를 굽혀 절을 했다. 이영복의 베트남 인 아내 따옹이다. 김선호가 웃음 띤 얼굴로 머리를 끄덕였다. 이사 왔 을 때 단체로 인사는 받았다.

"그래, 애쓴다. 힘들지?"

"아뇨?"

따옹이 웃음 띤 얼굴로 머리까지 저었다.

"재미있어요."

"그래?"

"세차장 일보다 나아요."

"그렇구나."

문촌리 통장 이창수의 아들 이영복은 지난달에 문촌리로 이사를 했 다. 칠면조를 키우겠다고 이창수의 고추밭 350평을 개조하는 중인데

계사는 거의 다 지어간다. 김선호가 가져온 음료수 박스를 따옹에게 건네주었다.

"더운데 이거 마셔라."

"감사합니다, 선생님."

따옹이 이를 드러내고 웃었는데 얼굴이 환해지면서 빛이 나는 것 같다. 큰 키, 날씬한 체격, 눈이 컸고 남국인(南國人)답지 않게 콧날도 오뚝선 미인이다.

"선생님, 뭘 이런 걸 다 사오세요?"

이영복이 붙임성 있게 묻더니 손등으로 이마의 땀을 닦았다. 오후 3시쯤 되었다. 부부가 일하는 모습이 보기 좋았으므로 김선호가 말을 더 붙였다.

"아이는 어디에 있냐?"

"어머니가 봐주세요."

이창수 부인이다. 머리를 끄덕인 김선호가 따옹에게 물었다.

"한국에 시집와서 불편한 거 없냐?"

"많아요, 선생님."

따옹이 어리광을 부리듯이 웃었다.

"한국말은 하겠는데 한글이 어려워요."

"하하."

옆에서 듣던 이영복이 소리 내어 웃었다.

"다옹이가 운전면허 시험을 보려고 그러거든요, 한글이 좀 어려운가 봐요."

"배우면 쉬운데."

김선호가 따라 웃었다.

"따옹이 이름을 한국식으로 바꾼 거냐?"

"예, 다옥이요."

따옹이 따라 웃으며 말했다.

"성수 아빠가 만들어줬어요."

"그래, 열심히 해라."

머리를 끄덕인 김선호가 몸을 돌리며 말했더니 따옹이 손을 흔들었다. 한국 여자라면 제 시아버지보다도 스무 살 가깝게 연상인 어른에게 이렇게 손을 흔들고 인사를 하지 않는다. 그러나 김선호는 따옹을 따라 손을 흔들어 주었다. 맞춰주면서 사는 것이다. 이영복이 건성건성한 성격으로 알았더니 제 마누라 챙기는 것을 보니까 제 나름대로 잘 사는 것 같다. 산길을 내려오면서 김선호는 문득 김희선이 떠올랐다. 희선이도 저렇게 알콩달콩 살 수도 있었지 않을까, 하는 생각이 들었고 지금도 늦지 않았을 것 같다. 그래서 집에 돌아왔을 때 마당 구석 닭장에서 나오는 김희선을 본 순간 불쑥 입을 열었다.

"희선아, 너, 한 사장 한번 만나보지 그러냐?"

"네?"

바구니에 계란을 담아 오던 김희선이 되묻더니 곧 쓴웃음을 지었다.

"아유 아버지도, 미경이는 어떡하고요?"

"걔도 같이 살면 되지 않냐?"

"아버지는 자꾸 날 내보내고 싶은가 봐."

"그게 아니라…"

그때 바깥 부엌에서 윤수정이 나오면서 물었다.

"한 사장이 누구여? 그, 전자대리점하는 사람 말인가?"

부엌에서 다 들은 것 같다. 윤수정이 아예 마루에 앉더니 정색하고 말을 이었다.

"무조건 만나라고 하면 돼요? 다 맞춰보고 만나야지, 또 실수하면 어쩔라고?"

김희선의 얼굴이 어두워졌고 김선호의 어깨도 늘어졌다. 하긴 그렇다.

"선생님, 사모님이 오셨는데요."

다가온 조교가 말한 순간 김동수의 머릿속이 하얗게 비워졌다. 예상은 했다. 그러나 막상 닥치니까 놀랍다기보다 화부터 난다. 월요일 오후 3시 반, 오후 강의를 마치고 연구실로 돌아온 참이다. 조교는 전갈만 하고 몸을 돌렸는데 당연히 사모님이 안으로 들어가는 것으로 여긴 것 같다. 작년에 정영아가 두어 번 연구실로 찾아온 적이 있다. 그래서 조교도 낯이 익었을 것이다. 곧 반쯤 열린 연구실 안으로 정영아가 들어섰다. 크림색 정장 투피스 차림, 귀에 진주 귀걸이, 목에도 진주 목걸이, 핸드백은 못 보던 것이다. 시선이 마주치자 정영아가 웃을 듯 말 듯한 표정을 짓고 말했다.

"미안해, 연락도 않고 찾아와서."

얼굴은 그대로다. 화장을 좀 진하게 한 것만 다르다. 자리에서 일어선 김동수가 옆쪽 소파로 옮겨가 앉았다. 인사를 할 기분도 아니었으므로 입을 꾹 닫고 있었더니 정영아가 앞에 앉는다. 미끈한 다리가 눈앞에 드러난 순간 김동수의 심장 박동이 빨라졌다. 가슴이 우글거린다는 표현이 맞을 것이다. 그래서 말이 튀어나왔다.

"웬일이야? 이렇게 불쑥 들어오면 어쩌라는 거야?"

"미안해."

정영아가 똑바로 김동수를 보았다. 미안하다는 표정이 아니다. 싸우려는 것 같았으므로 김동수가 어금니를 물었다.

"용건을 말해, 시간 없으니까."

"한 번만 기회를 줘."

"너, 윤택상이가 부르면 또 흔들릴지 모른다고 했지 않아? 솔직히 말해주어서 고맙게 생각하는데."

어깨를 늘어뜨린 김동수의 얼굴에 쓴웃음이 떠올랐다.

"그런 말을 듣고 받아들이는 남자가 어디 있겠냐? 너, 막장 드라마를 너무 많이 본 것 같다."

"실제로 그런 일이 일어나겠어? 난 나름대로 진심을 보이려고 한 건데."

"그 진심은 다른 데다 사용하고 우리는 이제 끝내자."

정영아의 시선을 잡은 김동수가 천천히 머리를 저었다.

"너, 내가 이러고 있다고 체면이나 위신, 소문 따위에 움츠러들 줄로 믿는 것 같은데 내 바탕을 봤어야지."

"…."

"내가 아주 속물이다. 이 짓 안 했다면 아마 조폭 중간 보스쯤은 되었을 거다."

"알아."

"알긴 뭘 알아? 이 더러운…"

그때 밖에서 노크 소리가 들리더니 조교가 인스턴트커피를 들고 왔다. 둘이 입을 다물자 조교가 웃음 띤 얼굴로 정영아에게 말했다.

"사모님, 더 아름다워지셨어요."

"아유, 고마워요, 연락도 없이 찾아왔다고 지금 혼나는 중이에요."

정영아가 웃음 띤 얼굴로 응대했다. 조교가 방을 나가고 문이 닫혔을 때 김동수가 말했다.

"이제 애들도 다 알고 없는 상태에서 안정이 되어가는 중이니까 수속 빨리 끝내자, 그래서 너도 새 인생을 살아야지."

정영아의 시선을 받은 김동수가 한마디씩 분명하게 말을 이었다.

"위자료는 없어, 네 가게 차리는 데 내가 돈 댔지만 그거 다 가져가라, 그것으로 끝내."

"…."

"애들은 내가 키울 테니까, 애들 핑계 대지 마, 구역질나니까."

"…."

"참, 며칠 전에 형한테 네 이야기를 했어, 아무래도 형은 알고 있어야 할 것 같아서 말이야."

그 순간 정영아가 숨을 들이켜더니 눈빛이 강해졌다. 선홍빛 루주를 칠한 입술이 반쯤 열렸다가 닫혔다. 커피 잔을 들고 한 모금을 삼킨 김동수가 말을 이었다.

"이번 달 안에 합의하기로 해, 그렇지 않으면 변호사 선임해서 소송할 테니까, 이번 달이야."

그때 정영아가 시선을 떼고 말했다.

"이 주일 남았네."

김동수는 소파에 등을 붙였고 정영아가 엉거주춤 자리에서 일어섰다.

"알았어."

외면한 채 김동수는 다시 한 모금 커피를 삼켰다. 형한테 말했다고 한 것이 정영아에게 충격을 준 것 같았으므로 말하기 잘했다는 생각이 들었다. 진즉 말할 걸 그랬다는 생각도 들었다.

고추밭 풀을 뽑고 돌아오던 김선호가 산비탈 앞에서 조길만을 만났다. 조길만은 산에서 땔감용 나무를 주어오는 중이었다.

"어, 잘 만났다."

요즘은 보기도 드문 지게에 마른 나무를 가득 쌓고 내려오던 조길만이 소리쳤다. 한낮, 오후 1시쯤 되었다. 풀망태를 내려놓은 김선호 옆으로 다가온 조길만이 나무 둥치에 지게를 기대놓았다.

"너, 박복수 이야기 들었어?"

나무 그늘 밑에 앉으면서 조길만이 묻자 김선호는 눈썹만 모았다. 박복수는 그들보다 세 살 아래인 73세, 문촌 마을 토박이 중 하나였지만 30년쯤 전에 정읍으로 이사를 갔다가 8년 전에 돌아왔다. 집에 남아있던 노모가 죽는 바람에 다시 문촌 마을 식구가 되었던 것이다. 그러나 3년 전에 부인이 죽고 지금은 혼자 산다. 조길만과 김선호한테는 형님이라고 부르는 사이였고 자식이 정읍에서 사업을 한다지만 내왕이 없다. 3년 전 부인이 죽었을 때도 아들은 오지 않는데 박복수가 문촌 마을로 온 것도 자식과 의절했기 때문이라는 소문이 났다. 조사반장 조길만이 말을 이었다.

"박복수가 손녀 둘을 데리고 온단다."

"응? 왜?"

"지금 박복수가 정읍 갔어."

"긍게 왜 데려온다는 거여?"

"며느리가 병원에 있단다."

"아니, 왜?"

"암이래여."

"저런."

입맛을 다셨던 김선호가 다시 물었다.

"아니, 박복수 아들은?"

"그것이."

이번에는 조길만이 입맛을 다시더니 말을 이었다.

"지금 중국에 있단다."

"중국에는 왜?"

짜증이 난 김선호가 투덜거렸다.

"얀마, 좀 조리 있게 이야기를 해야지 이게 무슨 꼴이야? 덜렁 끝부터 말해 놓고 뒤집어 가는 놈이 어디 있어?"

"아니, 나도 뜬금없으니까 그렇지."

같이 짜증을 낸 조길만이 허리에 찬 수건으로 얼굴의 땀을 닦고 나서 말했다.

"박복수 아들이 8년 전에 차로 사람을 치어 죽이고 도망갔단다."

"아이구."

"음주운전이래야, 바로 중국으로 도망을 갔다는구먼."

"저런."

"그래서 박복수가 지 처하고 이곳으로 옮겨온 것이지, 그 후부터 정읍에서 며느리가 일 나가면서 애들 키웠다는 거다."

"그래서 제 어머니 장례 때도 안 왔구먼."

"박복수가 자수하라고 해도 못 오는 모양이야."

"왜?"

"그 망할 놈이."

다시 입맛을 다신 조길만이 말을 이었다.

"중국에서 여자 만나서 애까지 낳고 산단다."

228

"…"

"그건 박복수만 알아, 그것도 내가 박복수가 정읍으로 애들 데리러 가기 전날에 들었다."

"저런 망할 놈."

"누가 망할 놈이란 거냐?"

"아, 그, 아들놈이지."

"여자가 중국 여자인데 박복수 아들을 많이 도와주었다고 하더라."

"도와주나 마나, 나쁜 놈."

어깨를 부풀렸다가 내린 김선호가 조길만에게 물었다.

"며느리는 곧 죽는대?"

"응, 폐암인데 오늘내일하는 모양이여."

"…"

"애들은 13살, 11살인데 둘 다 딸이고."

"우리 미경이하고 같구먼, 큰놈이."

"박복수 고생문이 훤하게 열렸어."

조길만이 다시 입맛을 다셨다.

"정읍에 가면서 애들 전학을 시켜야 하는디 어떻게 하는지 모르겠다고 중얼중얼 하던데 안됐어."

"박복수가 기초생활 수급을 받던가?"

"아니."

"그럼 며느리가 일 나갔다면 그쪽도 돈이 없는 것 같은디."

"글쎄 말이다."

"박복수도 겨우 먹고사는디 큰일 났네."

"자식이 웬수지."

둘이 잠깐 입을 다물었을 때 근처에서 매미가 울기 시작했다. 6월 말이었으니 철 이른 매미 소리다. 그때 조길만이 혼잣소리처럼 말했다.

"박복수가 정읍으로 가기 전에 그러더만, 일찍 죽었으면 이 꼴 안 보는디 그런다고."

서동리에서 문촌 마을까지는 1차선 도로였지만 양쪽에서 오는 차가 간신히 피할 만큼은 된다. 길도 구불구불했고 구부러진 모퉁이가 넓어서 좁으면 그곳에서 비켜간다. 김희선의 소형차가 모퉁이를 돌았을 때 앞쪽에 멈춰선 SUV를 보았다. 오전 10시, 미경이를 학교에 데려다주고 슈퍼에 들렀다가 집에 가는 길이다. 차의 속력을 줄였을 때 SUV 운전석에서 사내가 내리더니 이쪽을 보았다. 그 순간 김희선의 심장박동이 빨라졌다. 한상호다. 아버지 친구 아들, 전자대리점 사장, 차가 문촌 마을을 향하고 서 있었으니 고장 난 것인가? 그때 멈춰선 김희선의 앞으로 한상호가 다가왔다. 웃음 띤 얼굴을 본 순간 김희선은 어깨를 늘어뜨렸다. 자신을 기다리고 있었던 것 같다. 그때 한상호가 운전석 옆으로 다가왔으므로 김희선이 유리창을 내렸다.

"안녕하세요?"

먼저 한상호가 인사를 했다.

"안녕하세요? 그런데 웬일이세요?"

김희선이 묻자 한상호는 손으로 뒷머리를 만졌다. 얼굴에 쓴웃음이 번져 있다.

"어색하네요."

"뭐가요?"

"나이 50에 이러고 기다리고 있는 것이요."

"누굴 기다리셨는데요?"

"아, 모르는 척하지 마십쇼."

"내가 왜 모르는 척해요?"

했지만 김희선의 얼굴에 저절로 웃음이 떠올랐다. 맑은 날씨다. 조금 더워서 차에 에어컨을 틀어놓고 있었다.

"바쁘시지 않으면 이야기 좀 했으면 좋겠는데요."

한상호가 말했다. 차 안에 앉아만 있는 것도 실례인 것 같아서 김희선은 차에서 내렸다. 만일 이쪽저쪽에서 차나 경운기라도 온다면 둘 다 비켜줘야 한다. 길가에 마주보고 섰을 때 한상호가 다시 뒷머리에 손을 붙이며 말했다.

"시간 있으면 저 좀 겪어보시죠."

"왜요?"

"서로 좀 알고 지냈으면 해서요."

김희선은 심호흡을 했다. 갑자기 부동산업자 조창봉이 떠올랐기 때문이다. 조창봉이 가장 최근에 만난 남자가 되었는데 벌써 반년이 넘었다. 그날 여관방 안에서 조창봉은 혼이 나갔을 것이다. 어떻게 되었느냐고 김동수에게 물어보지도 않았고 말해주지도 않았다. 김희선이 한상호를 보았다. 한상호가 아버지한테서 호의적인 반응을 받고 이렇게 나서는지도 모른다는 생각이 들었다.

"전 가정을 꾸려갈 자신이 없어요, 한 사장님."

한상호의 시선을 받은 김희선의 얼굴에 쓴웃음이 떠올랐다.

"딸하고 둘이 살기에도 벅차요, 그래서 그래요."

"왜 짐이라고 생각하십니까? 함께 살면 더 가벼워질 수도 있을 겁니다."

한상호가 정색하고 말을 이었다.

"내가 같이 사는 것에 미친놈도 아닙니다."

"누가 미쳤대요?"

"서둘 것 없으니까 시간 나시면 서로 알고나 지내시지요."

"그럴게요."

"언제 시간 내주실랍니까?"

"시간나면 연락드릴게요."

"김치냉장고 잘 돌아갑니까?"

"너무 커요."

"와이프가 미국에서 바람을 피웠어요."

"…"

"제 누님이 가봤더니 재혼해서 잘산다고 합니다. 제 아들놈도 그놈 좋아하고요."

매미가 왼쪽 산비탈 위에서 계속 울고 있다. 뒷짐을 지고 선 김희선이 숨을 들이켜자 짙은 땅 냄새가 맡아졌다. 맵고 비린 냄새다. 그때 한상호의 목소리가 길 위에 깔리는 느낌이 들었다.

"그래요, 다 자식 때문에 사는 거죠, 하지만 어디, 자식이 그걸 압니까? 나이 들어서 보면 말짱 헛살았다는 생각이 드는 거죠, 희선 씨 부모님 입장이 되어서 생각해 보시면 알 겁니다."

한상호가 앞쪽 논을 바라보며 한마디씩 차근차근 말을 쌓아가는 것 같다. 김희선은 길가에 쪼그리고 앉았다. 오줌 싸는 자세가 되었지만 그것이 편했고 왠지 한상호 옆이었어도 어색하지 않았다. 한상호도 똥 싸는 자세로 옆에 쪼그리고 앉더니 말을 이었다.

"둘뿐입니다. 남편하고 마누라, 마누라하고 남편, 끝까지 가는 동행이요."

경쟁하듯 울던 매미가 울음을 뚝 그쳤고 한상호의 말이 논두렁으로 흘러갔다.

"혼자 남으니까 되게 서글프데요, 그렇다고 급한 건 아닙니다. 또 실패할 수는 없으니까요."

윤수정이 대전 김동수의 아파트에 도착했을 때는 오전 10시 반이었다. 문촌 마을에서 미경이 데려다 주는 김희선과 함께 집을 나왔으니 아침 7시 반에 떠나 세 시간 만에 도착한 셈이다. 집에는 가정부 아줌마 혼자 있었으므로 윤수정이 담가온 김치와 무말랭이, 깍두기 등 밑반찬을 내려놓고 말했다.

"아줌마가 고생이 많아요, 애들 에미 대신 잘 해주신다고 들었어요."

"아유, 제가 뭘요."

50대 중반의 아줌마는 온 지 6개월쯤 되었는데 한 달쯤 되었을 때 윤수정이 잠깐 다녀가면서 얼굴을 익혔다. 물론 아줌마는 정영아가 집을 나간 후에 왔다. 사근사근한 성품의 아줌마가 곧 마실 것을 내놓더니 냉장고를 정리하기 시작했다. 그것이 마음에 들었으므로 윤수정이 이젠 슬슬 가볼까 하고 벽시계를 보았을 때 현관문이 열리면서 김동수가 들어섰다.

"아니, 너, 왜 왔어? 나, 그냥 짐만 놓고 간다고 했잖냐?"

놀란 윤수정이 묻자 김동수는 싱긋 웃기만 했다. 김동수는 오늘 강의가 오후 4시까지 있다고 했던 것이다. 방에서 옷을 갈아입고 나온 김동수가 아줌마에게 다가가더니 낮게 소곤거렸다. 그러자 아줌마가 윗도리만 걸치고는 아파트를 나갔다. 심부름을 보낸 것 같다. 김동수가 다가와 앞쪽 소파에 앉자 윤수정이 항상 묻던 것을 물었다.

"종근이 에미는 언제 오냐?"

"안 와요."

김동수가 대번에 대답했을 때 윤수정은 못 알아들었다. 그래서 다시 물었다.

"응?"

"안 온다고요."

"안 와? 왜?"

윤수정이 주스 잔을 들고 김동수를 보았다.

"일이 바쁘대?"

"아니, 안 바빠요."

"그럼?"

차츰 분위기가 수상해진 윤수정의 이맛살이 찌푸려졌다.

"무슨 일 있나?"

"엄니, 나, 이혼하려고."

숨을 들이켠 윤수정이 주스 잔을 내려놓았고 김동수가 똑바로 시선을 주었다.

"미국 간 건 거짓말이구요, 그 여자 지금 대전에 있어요."

"…"

"바람피워서 내가 집 나가라고 한 겁니다. 내쫓은 거죠."

"바, 바람?"

윤수정의 얼굴이 하얗게 굳어졌다.

"바람을 피워?"

목소리도 마른 동굴에서 울려 나오는 것 같다.

"응, 나한테 현장을 들켰어요, 바람피운 녹음테이프도 있고, 상대방 남자의 자술서도 받았어요."

"아이구머니."

"그래도 정신을 못 차리고 그놈, 그놈이 5살 연하인데 그놈을 쫓아다니면서 만나자고 애걸복걸하는 녹음테이프도 있어요."

"아이구."

"그 테이프를 그 바람피운 놈이 나한테 가져왔다고요."

그때 윤수정이 손바닥으로 이마를 짚었으므로 놀란 김동수가 몸을 일으켰다.

"어머니."

"괜찮다."

손바닥을 뗀 윤수정이 소파에 등을 붙이면서 응접실 벽이 무너질 것 같은 한숨을 뱉었다.

"아이구우."

"어머니."

"애들 불쌍해서 어쩔거나."

"어머니."

"아이구, 내 새끼들, 그 어린것들을 어떻게 할꼬."

"아, 어머니."

그때 눈동자의 초점을 잡은 윤수정이 김동수를 보았다.

"애들은 아냐?"

"응? 누가요?"

"니 새끼들, 내 손녀, 손자 들."

"알아요."

"뭐여, 이놈아?"

윤수정이 버럭 소리를 쳤으므로 놀란 김동수가 숨을 들이켰다가 눈을 치켜떴다.

"애들이 그냥 알게 되었다고요, 그 정도로 그 여자가 막 놀았다고요."

다시 숨을 들이켰던 윤수정이 심호흡을 두 번이나 하고 나서 물었다.

"니 형은 아냐?"

"그건 내가 말했어요."

그러자 윤수정이 외면한 채 한동안 석상처럼 움직이지 않았다. 그러더니 머리를 들고 김동수를 보았다.

"절대로 니 아버지한테는 말하지 마라."

경운기 소리를 듣고 있었는지 엔진을 껐을 때 대문 밖으로 박복수가 나왔다.

"형님, 오셨소?"

박복수는 흰머리는 별로 안 났지만 허리가 조금 굽었다. 나이가 들면 키가 줄어드는 법이라 10년쯤 전에는 박복수가 김선호보다 손가락 하나 길이만큼은 컸는데 지금은 허리까지 굽어서 비슷해졌다. 경운기에서 내린 김선호가 짐칸에 실린 자루와 함지박을 눈으로 가리켰다.

"쌀하고 밑반찬을 담아 왔어."

"아이구, 형님."

짐칸을 본 박복수가 안에 대고 냅다 소리쳤다.

"유진아! 수진아!"

그러자 두 소녀가 달려 나왔는데 앞장선 큰애가 김선호를 향해 꾸벅 머리를 숙였다.

236

"안녕하세요, 할아버지."

"안녕하세요."

뒤쪽 애가 제 언니를 따라 인사를 했는데 둘 다 귀염성 있는 얼굴이었지만 그늘이 졌다. 이번에 박복수가 데려온 손녀들이다.

"이거 함지박은 너희들 둘이 들고."

박복수가 손녀들에게 말했다.

"밑반찬이니까 냉장고에 넣어라."

"예, 할아버지."

쌀자루는 박복수가 들었는데 허리는 굽었지만 아직 힘은 쓴다.

"형님, 좀 있다 가시지요."

앞장서 들어가면서 박복수가 말했다.

"참외가 좀 있습니다."

일하고 얻은 참외 같다. 쌀자루를 마루 끝에 놓은 박복수가 참외가 든 소쿠리를 들고 와 둘은 마루 끝에 나란히 앉았다. 손녀딸 둘은 반찬들을 냉장고에 넣더니 곧 건넌방으로 들어가 버렸다. 마루 기둥에 등을 붙인 김선호가 참외를 바지에 문질러 닦으면서 물었다.

"애들 엄마는 어떤가?"

"며느리 언니 되는 여자하고 친정어머니가 번갈아서 간병합니다."

"아이구, 다행이네."

"근데 사는 게 다 궁해서 그, 알부민인가 그것 살 돈이 없구면요."

"안됐구면."

"어제 애들 데려올 때 봤는데 며칠 남지 않은 것 같습니다."

"어이구, 애들 두고 떠나는 어미 마음이 오죽할꼬."

그때 갑자기 박복수의 주름진 눈에서 주르르 눈물이 쏟아졌다. 검은

볼 위로 눈물 줄기가 번들거리고 있다.

"참 불쌍허고만요."

손바닥으로 얼굴을 훔친 박복수가 말을 이었다.

"젓가락같이 말랐어도 말은 또렷하게 하데요, 저한테 애들 맡겨서 미안하다면서 죽어서도 은혜 잊지 않겠다고 하는디."

다시 손바닥으로 얼굴을 닦은 박복수가 긴 숨을 뱉었다.

"애들 애비를 만나면 지가 나름대로 최선을 다혀서 애들 돌봤다고 전해달라고 허도만요."

"…."

"근디 그 때려 쥑일 놈은 중국에서 딴 살림을 채리고 있습니다, 형님."

"…."

"길만 형님한테서 들으셨지요?"

"들었어."

"불쌍혀 죽었어요, 형님."

"애들은 어떤가? 지 엄니 생각허고 울지는 안 혀?"

"글쎄요."

박복수가 충혈된 눈으로 김선호를 보았다.

"제 앞에서는 별로, 찬도 별로 없는디 밥들도 잘 먹고…"

"큰애가 중1이라며?"

"예, 형님."

"우리 미경이도 중1이니까 같은 학교에 넣지, 그리고 미경 에미가 같이 학교에 데려다 주면 되겠다."

"아이구, 형님."

"전학 수속은 미경 에미가 잘 알 거여. 내가 도와주라고 헐게."

"예, 형님, 고맙구먼요."

"그럼."

심호흡을 한 김선호가 손에만 들고 있던 참외를 주머니에 넣고 일어섰다.

"애들 엄마가 정읍에 있어?"

"예, 이제 연락만 기다려야 될 것 같은디요."

"애들은 엄마 보이고 온 거야?"

"아니요, 애들 외할머니가 그냥 데리고 가라고 해서 그냥 왔는디."

"아이구."

어깨를 늘어뜨린 김선호가 힐끗 건넌방을 보고 나서 말했다.

"내가 길만이하고 상의를 해보지, 아니, 창수도 불러야겠군."

윤수정 대신 마늘을 빻아주던 김희선이 문득 물었다.

"엄니, 둘째 올케 요즘 연락 와?"

"응?"

마루 끝에서 파를 다듬던 윤수정이 깜짝 놀라 머리를 들었다. 다행히 김희선은 마늘 빻느라고 이쪽 놀란 것을 보지 못했다. 늦게야 머리를 든 김희선이 윤수정에게 다시 물었다.

"둘째 올케가 요즘 연락도 없어서, 엄니는 연락 받았어?"

"아니."

"미국 간 지 6개월 넘었지? 6개월 예정으로 간다고 했지?"

"그런가?"

"참, 애들 두고 대단해, 주현이가 미경이하고 같은 중1인데."

"…."

"미경이는 이제야 달거리 하는데 얼마나 귀찮은가 몰라, 주현이는 누가 갈쳐주나? 엄마가 있어야 되는데."

"아이구, 어쩔끄나."

불쑥 말한 윤수정이 파를 내던지고 김희선을 보았다. 얼굴이 울상이다.

"내가 주현이한테 가봐야겠다."

"응? 뭐 하러?"

"그, 달거리도 봐줘야겠고."

"아이고, 엄마도."

이맛살을 찌푸린 김희선이 혀를 찼다.

"거기 아줌마 있다면서?"

"아줌마가 뭐하냐?"

목소리를 높인 윤수정이 마루방에 걸린 시계를 보았다. 오후 1시 반이다. 30분쯤 후면 김희선은 미경이 데리러 가야 한다.

"아이구, 그 불쌍한 것."

"엄니, 왜 그래?"

마늘을 찧다 만 김희선이 정색하고 윤수정을 보았다.

"아무것도 아닌 것 가지고 왜? 엄마 없으면 오빠가 알아서 해주겠지."

"…."

"글고 요즘 애들은 똑똑해서 친구들한테 물어서 다 해, 스마트폰을 두드려도 다 나와."

"그 나쁜 년."

"응?"

놀란 김희선이 이맛살이 모아졌다.

"누가?"

윤수정이 호흡을 조정했다. 김동수한테서 그 말을 듣고 혼자 삭이고 있느라고 가슴이 미어졌다. 김선호한테 말한다고 해도 대책이 없기는 마찬가지겠지만 위로는 되었을 것이다. 그러나 길길이 뛸 것을 생각하면 수습하느라 더 피곤할 것이었다. 머리를 든 윤수정이 김희선을 보았다. 그래도 딸이 낫다.

"애, 주현 엄마가 바람을 피웠단다."

"응?"

김희선의 몸이 굳어졌다.

"바람?"

"그래, 그래서 동수가 찾아냈단다."

숨을 들이켠 김희선에게 윤수정이 쏟아 붓듯이 이야기를 시작했다. 김동수한테 들은 이야기를 다하는 동안 김희선은 숨도 쉬지 않는 것 같았다. 이윽고 말을 그친 윤수정이 숨을 고를 때 김희선이 입술만 달싹이고 말했다.

"아이구, 작은오빠 불쌍해서 어떡해?"

그 순간 윤수정의 눈에서 눈물이 쏟아졌다. 역시 딸이 낫다.

"아이고, 그 불쌍헌 놈, 그 꼴을 당하고도 체면 차린다고 머리 쳐들고 다니느라고 얼마나 힘들었을꼬."

김희선의 눈에도 눈물이 고였다. 조창봉한테 그 꼴을 당할 때 대전에서 올라와 해결해주었던 김동수다. 그때 눈물을 닦은 김희선이 윤수정을 보았다.

"엄니, 내일이 토요일이니까 나하고 대전에 같이 가."

"응, 그럴꺼나?"

"오빠 좋아하는 겉절이 좀 담가놔."

"그래야겠다."

"오빠 놀라니까 엄니가 오늘 전화해, 나하고 같이 간다고."

"그래야지."

"오빠한테는 나한테 그 이야기 했다고 하지 마."

"알았다."

"그나저나 나쁜…"

숨을 들이켠 김희선이 뒤에 들어갈 욕을 삼켰다. 기운을 낸 윤수정이 자리에서 일어서더니 겉절이 담글 배추를 솎으려고 나갔고 김희선은 다시 마늘을 빻기 시작했다.

"너, 학교 갈 때 안 되었냐?"

열린 대문으로 들어오던 김선호가 소리를 칠 때까지 김희선은 마늘을 빻다가 놀라 일어섰다. 정영아 생각을 하느라고 늦었다. 그러나 익숙한 길이니 조금 밟으면 될 것이다.

"박복수 며느리가 죽었단다."

토요일 오후, 서둘러 대문으로 들어선 조길만이 말했으므로 김선호가 망치를 내려놓고 일어섰다. 철수의 집을 고치고 있던 중이었다. 조길만이 집 안을 둘러보는 시늉을 했다.

"태수 엄니는 어디 갔냐?"

"미경이까지 데리고 대전 갔어."

"동수한티?"

"응."

"혼자 있구먼."

토방의 땅바닥에 엉덩이를 걸치고 앉은 조길만이 길게 숨을 뱉었다.

"박복수가 초상 처음 치르는 놈처럼 허둥거리는디 내가 널 데려 간다고 했어."

"가야지."

마당의 수돗물로 손을 씻으면서 김선호도 긴 숨을 뱉었다.

"그, 손녀들도 데꼬 가야겠지?"

"아, 그럼, 지 엄니가 죽었으니 어리더라도 데꼬 가야지."

손을 씻은 김선호가 마루로 올라가면서 물었다.

"창수한티는 이야기 했냐?"

"오면서 했어."

"그럼 봉고차라도 빌려야지."

"창수가 알아서 허겄지."

노인들이 많은 마을이라 초상 치르는 데는 모두 이골이 났다. 금방 준비를 끝낸 김선호가 집은 철수한테 맡기고 대문도 열어놓은 채 나섰다. 이곳은 외지인이 안 오는 터라 도둑이 없다. 박복수네 집에 갔더니 손녀딸 둘은 옷을 차려입고 나란히 마루에 앉아 있었는데 박복수가 보이지 않는다.

"느그 할아부지는 어딨냐?"

조길만이 물었더니 중1짜리 큰애가 손으로 옆집을 가리켰다. 머리를 끄덕인 둘은 멀찍이 떨어져서 앉았다. 옆집 누구한테 갔느냐고 묻기도 짠했기 때문이다. 둘 다 초상을 제사처럼 치르게 되는 나이가 되었지만 이런 경우는 드물었다. 따지고 보면 중1, 초등학교 5학년짜리가 상주가 되는 셈이었는데 말 붙이기도 거북한 것이다. 그때 박복수가 허둥지둥 들어서다가 둘을 보더니 반색했다.

"아이구, 형님들 오셨어요?"

"어디 갔다 와?"

조길만이 묻자 박복수가 더듬대며 대답했다.

"용득 형님한테서 돈 좀 빌려 오느라구요."

"왜? 장례비?"

"아뇨, 병원비가 밀려서요."

그때 김선호는 중1짜리 손녀가 동생을 데리고 마당으로 나가는 것을 보았다. 가슴이 울컥해진 김선호가 물었다.

"아니, 병원비가 얼마나 밀렸는데?"

"6백 정도가 밀렸는데 난 이렇게 빨리 갈 줄은 모르고 용득 형님한테 다음 달쯤에 융통 좀 해달라고 했거든요, 그런데…"

"그런데?"

"용득 형님이 3백밖에 없다고 해서 우선 그것이라도 빌려 왔구먼요."

"내가 나머지 빌려줄게."

"아이구, 형님."

박복수가 손등으로 눈을 씻더니 잠긴 목소리로 말했다.

"지가 죽기 전까진 갚을게요."

"이 사람이 한 이십 년 후에 갚을 모양이네."

조길만이 그 와중에도 농담을 했지만 저도 썰렁한지 곧 입맛을 다셨다.

"야들은 어디 갔지?"

정신이 든 박복수가 주위를 두리번거리며 물었으므로 김선호가 대답했다.

"조금 전 돈 이야기가 나오니까 큰놈이 동생을 데리고 나갔어."

"애가 다 컸어요."

토방으로 나오면서 박복수가 다시 손등으로 눈을 닦았다.

"지 엄니가 죽었다는 말을 듣고도 할애비 눈치만 봐요, 불쌍해 죽겠어요."

박복수가 대문 밖으로 나가더니 소리쳐 손녀 이름을 부른다.

"자가 오래 살아야 하는디."

박복수가 나간 쪽을 턱으로 가리키며 조길만이 말했다.

"자까지 가면 어뜨케 헌다냐?"

"그 애비 되는 놈허고는 아직도 연락이 안 된다냐?"

김선호가 묻자 조길만이 어깨를 부풀렸다가 내렸다.

"아, 연락이 된다고 혀도 뺑소니 치사 사건 범인인디 자들허고 같이 살 수나 있겠냐?"

맞는 말이다. 홧김에 물어보았을 뿐이다. 그때 박복수가 두 손녀딸을 앞세우고 들어왔다. 그 뒤를 장례위원장 이창수가 따른다.

문촌 마을에서 노인 11명에 이창수 아들 이영복, 그리고 박복수 손녀딸 둘까지 14명이 떠나게 되어서 봉고차 1대에다 승용차 1대가 동원되었다. 정읍 병원에 도착했을 때는 오후 2시쯤 되었는데 망자의 어머니와 동생이 대충 영안실은 꾸려놓고 있었다. 그렇지만 이창수가 온 후부터 장례식장 분위기가 딱 잡혔다. 이창수의 뒤를 이을 것처럼 이영복이 박복수를 대신해서 병원 당사자를 만나고 다니더니 병원비까지 45만 원이나 깎아오는 공을 세웠다.

"저기, 망자의 어머니 말이다."

오자마자 소주를 마시기 시작한 조길만이 옆쪽을 눈으로 가리키며 김선호에게 말했다.

"손녀 챙기는 것이 지극하구나."

박복수에게 사돈 되는 할머니다. 70대쯤으로 얼굴은 세파에 찌들려 그늘이 졌지만 장례식장 일은 다하고 있다. 그러면서도 손녀 둘을 챙기는 것이 김선호에게도 보였다. 그래서인지 유진, 수진 두 손녀는 외할머니 꽁무니만 따라다닌다. 그때 이창수가 옆에 앉았으므로 김선호가 물었다.

"저 할머니 정읍 산대여?"

김선호의 시선 끝을 본 이창수가 머리를 끄덕였다.

"예, 작은딸 집에 얹혀산다고 합니다, 근디 작은딸도 어렵게 살아요."

"할아버지는 진즉 갔대지?"

"예, 10년도 더 되었답니다."

대답하고 난 이창수가 김선호를 보았다.

"왜 물으시는데요?"

"저 할머니 문촌 마을로 왔으면 좋겠구먼, 외손녀도 보고."

"응?"

옆에 앉아 있던 조길만이 술잔을 내려놓더니 눈을 크게 뜨고 김선호를 보았다.

"아니, 그럼 박복수허고 같이 살라고?"

"같이 외손녀, 친손녀 키우면 될 것 아니냐? 누가 둘이 같이 살래여?"

"그것 될까?"

"뭐가 돼?"

입맛을 다신 김선호가 혼잣소리처럼 말했다.

"다 늙어갖고 무슨 쓸데없는, 손녀 키운다는디 나라에서도 잘한다고 할 것이다."

"허긴 손녀 본다고 먼 길 왔다 갔다 하느니 같이 키우는 게 낫겠네요."

"그런디 박복수가 고지식혀서."

조길만이 말했고 김선호도 길게 숨을 뱉었다.

"저 어린것들이 불쌍혀서 그런다. 지 엄니 영정 사진을 조금 전에 작은애가 물끄러미 바라보더구나."

이창수와 조길만이 동시에 긴 숨을 뱉었고 김선호가 말을 이었다.

"큰놈은 일부러 지 엄니 사진을 안 보려고 허는 것도 불쌍허고."

"…"

"초상 끝나고 저 두 놈이 박복수 따라서 문촌 마을로 올 것을 생각헝게 가슴이 미어져서 그런다."

"에이."

하면서 이창수가 일어섰으므로 조길만이 눈을 크게 떴다.

"왜?"

"지가 복수 형님한티 한번 말혀 볼라구요, 외할머니 모시고 가자구요."

그때 김선호가 머리를 끄덕이더니 조길만에게 말했다.

"니가 삼순 할매한티 이야기 해봐라, 저 할머니한티 말허라고 말이여."

"중신 스는 거여?"

"이 미친놈아, 장난 말고."

"그래야겄다."

술잔을 내려놓은 조길만이 엉거주춤 일어섰다. 문촌리에서 할머니들이 셋 왔는데 그중 삼순 할머니도 끼어 있었던 것이다. 83세지만 머리가 총명하고 고스톱을 치면 계산이 빨라서 돈을 잃은 적이 없다. 허리만 굽었지 마을의 좌장 행세를 하는 할머니다. 삼순 할머니 눈치를 보던 조길만이 결심한 듯 그쪽으로 다가갔을 때 혼자 남은 김선호가 주머니에서 핸드폰을 꺼내 들었다. 식구들이 다 대전 동수네 집에 간 것이 왠지 가슴에 걸려 있었기 때문이다. 윤수정과 김희선이 서둘면서도 얼굴에 그늘이 덮여 있었던 것이다. 미경이 혼자서 들떠 까불대며 떠났는데 하룻밤 자고 온다고 했다. 문자도 온 것이 없었으므로 전화를 해볼까 하다가 김선호는 핸드폰을 다시 주머니에 넣었다. 초상집은 떠들썩해야 덜 외롭다. 그래서 노인들은 떠들고 있었는데 어느새 조길만은 삼순 할머니하고 구석자리로 옮겨가 있었고 이창수는 보이지 않았다. 그리고 보니 얼쩡대던 박복수도 보이지 않는다. 과연 잘될 것인가?

"이모도 혼자 산댄다."

조길만이 술이 깬 얼굴로 김선호에게 말했다. 장례식장 밖의 화단가 벤치에는 셋이 앉았다. 김선호가 박용득 씨까지 데리고 나온 것이다. 조길만과 박용득은 사이가 좋지 않았으므로 김선호가 가운데 앉았다. 지금 조길만은 삼순 할머니가 박복수의 사돈, 즉 며느리의 어머니를 만나고 온 이야기를 중계하고 있다.

"그러니까 자매간이 각각 혼자 살았다는 거여, 큰딸은 남편 놈이 중국으로 도망갔고 작은딸은 이혼혔어."

"사위 복이 지지리도 없구면, 딸 복도 없고."

김선호가 이맛살을 찌푸렸다.

"무슨 일이여?"

할 이야기가 있다고만 하고 끌고 나온 터라 박용득이 김선호에게 물었다.

"형님, 애들이 불쌍혀서요."

김선호가 조길만을 잠시 입을 다물게 하고는 사연을 설명했다. 그러자 박용득이 의외로 크게 머리를 끄덕였다.

"그것, 잘됐군, 잘했어."

그러더니 처음으로 조길만을 보았다.

"좋은 일 하는 거여."

"허어."

조길만이 어처구니가 없다는 표정을 지었다.

"내가 성님한티 칭찬 받을 때가 있네요잉? 내가 곧 죽을 모양인디."

"내가 저러니까 저 꼴 안 보려고 했지."

당장 삐친 박용득이 머리를 돌렸을 때 김선호가 조길만을 나무랐다.

"이 자식아, 니가 먼디 형님 말에 꼭 토를 달아? 잔소리 말고 이야기해봐."

그러자 조길만이 심호흡을 했다.

"그 할머니가 이모허고 같이 갈 수 없느냐고 물었다는 거다. 이모가자식이 둘 있는디 아직 어리대야, 일곱 살, 다섯 살인디 지금 월세 살면서 닥치는 대로 일한다는구나."

"참, 그 집안도."

박용득이 혀를 찼고 조길만의 말이 이어졌다.

"그 할머니가 이모네 식구하고 같이 가면 어떻겠냐고 물어서 삼순할마씨가 오히려 주춤거렸다는구먼그래."

"허어, 참."

또 박용득이 맞장구를 쳤다. 술도 마시지 않고 이렇게 적극적인 이유는 손녀 둘이 불쌍했기 때문일 것이다. 그때 김선호가 물었다.

"박복수 집이 방이 네 갠가?"

"집은 좀 크지."

박용득이 나섰다.

"가만, 할머니까지 네 식구가 늘어나는구나, 그럼 셋에다 일곱이네, 문촌 마을에 졸지에 대가족이 생기는구먼."

그러자 김선호가 머리를 기울였다.

"이젠 박복수가 어떻게 나올지가 문제인데요, 형님."

"나 같으면 못 하겠다고 하겠다."

조길만이 팔짱을 끼면서 말했다.

"어떻게 다 먹여 살리냐? 이모 되는 여자가 일을 한다고 해도 정읍하고 문촌 마을하고 같어?"

"이 사람아, 서동리에서 버스만 타면 30분이면 전주여."

박용득이 나섰다.

"글고 할머니 보니깐 일도 썩썩 잘허던디 문촌 마을에서 품 팔어도 월수 50은 받을 거다."

"기초 연금은 받나?"

김선호가 혼잣소리처럼 물었더니 박용득이 대답했다.

"창수한테 알아보라고 허지, 문촌에서도 받을 수 있을 거여."

"형님이 오늘은 별일이요."

마침내 조길만이 박용득에게 대놓고 말했다. 김선호가 보기에도 이렇게 직접 말하는 것이 2년은 되었다. 그러자 박용득도 대놓고 말했다.

"나도 저 애들이 불쌍혀서 가슴이 미어졌기 때문여."

그때 밖으로 이창수가 나왔으므로 셋은 숨을 죽였다. 이창수가 셋을 보더니 다가오고 있다.

"박복수가 좋다고 했어도 자가 한 번 더 갔다 와야겠고만."

250

조길만이 혼잣소리를 했을 때 이창수가 다가와 박용득의 눈치부터
보았다.

"형님도 다 알고 계시니까 이야기 해봐, 어떻게 되었어?"

김선호가 묻자 이창수가 심호흡부터 했다.

"동네 사람들이 어떻게 생각할지 그것부터 걱정하더만요."

"그래서?"

"좋다고 합니다."

그때 박용득이 자리에서 일어섰다.

"그럼 나머지 이야기는 내가 혀야겠네, 오늘 뿌리를 뽑아야지."

아줌마를 집에 보내고 윤수정과 김희선이 차린 저녁을 여섯 식구가
먹었다. 박미경과 김주현은 금방 짝이 되어서 둘이 붙어 다녔고 중3인
김종근은 자주 웃었다. 오후 8시 반, 김종근은 제 방으로 들어갔고 박미
경과 김주현은 그보다 일찍 방으로 들어가 함께 스마트폰을 한다. 윤수
정은 저녁 먹기 전에 김선호의 전화를 받았다. 오늘밤 김선호는 정읍
병원에서 밤을 새울 모양이었다. TV에서는 코미디 프로 재방송이 방영
되고 있었는데 물끄러미 보고 있던 김동수가 머리를 돌려 김희선을 보
았다.

"엄마한테서 들었니?"

"응?"

놀란 김희선이 들고 있던 커피 잔이 출렁거려서 커피가 조금 흘렀
다. 더 당황한 김희선이 휴지를 찾으려고 두리번거렸을 때 김동수의 시
선이 윤수정한테로 옮겨졌다.

"어머니, 괜찮아요."

"응? 뭘?"

당황한 건 윤수정이 더했다. 시선도 마주치지 않고 외면하고 있다. 그때 김동수가 말을 이었다.

"희선이가 나하고 시선을 부딪치지 않기에 알았죠, 어머니하고 둘이 같이 온 것도 그렇고, 자꾸 주현이 보면서 어깨를 늘어뜨리는 것도 그렇고."

"동수야, 나는…"

겨우 윤수정이 입을 열었을 때 김동수가 손을 저으며 웃었다.

"괜찮아요, 어머니가 답답해서 희선이한테 말했겠지요."

"오빠."

마침내 김희선이 갈라진 목소리로 불렀다.

"주현이가 걱정이 되어서 왔어, 미경이하고 같은 나이인데 요즘 손이 많이 가는 때거든."

이제 김희선이 평정을 찾아가고 있다.

"사춘기여서 생리도 시작하는데 엄마가 챙겨줄 것이 많아, 살 것도 많고."

"…"

"가정부 아줌마가 챙겨줄 리도 없고 오빠한테는 주현이가 말 못 할 것이고 그래서…"

이번에는 김동수가 외면했고 김희선의 말이 이어졌다.

"그래서 미경이한테 주현이는 어떻게 챙기느냐고 물어보라고 했어, 미경이한테 주현이 엄마 이야긴 안 했어."

"…"

"미경이한테 아는 거 다 이야기 해주라고 했어, 그 나이 때는 친구가 있어도 부끄러워서 이야기 못 할 수도 있거든."

"…."

"미경이한테 주현이는 엄마가 미국에 있으니까 못 물어 볼 거라고, 그러니까 아는 거 먼저 다 이야기해주라고 했어."

그때 김동수가 머리를 들고 윤수정을, 김희선을 차례로 보았다. 눈이 치켜떠져 있다.

"서류를 보냈는데 아직 대답이 없네, 그 여자가."

윤수정과 김희선은 숨을 죽였고 김동수의 말이 이어졌다.

"주현이는 이제 제 엄마 전화가 오면 받지도 않아, 종근이는 진즉부터 그랬고."

"…."

"그런데 무슨 오기로 이렇게 떨어지지 않으려는 거지?"

그때 윤수정이 입을 열었다.

"내가 만나 볼까?"

"아유, 어머니."

쓴웃음을 지은 김동수가 머리를 저었다.

"그 여자한테는 어머니가 필요 없어요, 다른 방법이 필요해요."

"도대체 무슨 마음을 먹고 그러는지 내가 알고 싶어서 그런다."

"오기지요."

김동수가 단정했다.

"그놈하고도 못 만나게 되었으니까 내 인생도 망쳐 놓겠다는 겁니다. 자식에 대한 책임감이나 애정 따위는 없는 여자니까요."

"그럴 리가 있니?"

그러자 김동수가 놀란 듯 눈을 크게 떴다.

"어머니, 그럼, 어머니는…"

"세상에 그런 악질이 있을라고."

"어머니, 그럼 뭡니까?"

"분명 다른 뭐가 있을 거다."

머리를 저은 윤수정이 긴 숨을 뱉었다.

"내가 네 이야기를 듣고 나서 오만 가지 생각을 다 했단다."

이제는 김희선도 정색하고 윤수정을 보았다. 의외인 것 같다. 윤수정이 말을 이었다.

"말은 그렇게 했지만 속은 그렇지 않을지도 모른다."

"어머니."

김동수가 목소리를 높였을 때 윤수정의 목이 메었다.

"애들이 불쌍해서 그래, 애들이."

"안 자?"

김선호가 물었으므로 윤수정이 숨을 죽였다. 밤 11시 10분, 뒤치락거렸더니 김선호가 눈치를 챈 것 같다. 하긴 같은 이불을 쓰고 50년 가깝게 살았으니 숨소리만 들어도 기분이 좋은지 나쁜지를 알 수 있다. 윤수정이 마침내 상반신을 일으켰다. 방바닥에 요를 깔고 자는 터라 요 밖으로 발만 뻗으면 일어나는 셈이다. 침대는 밑으로 발을 내려야 하니 몸을 세우기는 쉽지만 두 번 일어나는 것 같다.

"왜?"

김선호가 돌아누우면서 묻자 윤수정이 윗목에 놓은 주전자 물을 대접에 따라 세 모금을 마셨다. 마루방 건너편의 김희선 모녀는 자는 것 같다. 방의 불은 껐지만 사물 윤곽은 선명하게 드러났다. 윤수정이 이

254

불 속으로 들어가지 않고 아랫목 벽에 등을 붙이고 앉았다.

"왜?"

다시 김선호가 물었으므로 윤수정이 입맛을 다셨다.

"아니, 그냥, 잠이 안 와서."

"고스톱이나 칠까?"

"아유, 놔두쇼."

"소주가 반병 남아 있을 텐데."

"웬 술?"

"무슨 일 있어?"

"무슨 일은."

그때 김선호는 자리에서 일어나 옆쪽 벽에 등을 붙이고 앉았다.

"박복수 사돈네 식구가 다음 달에 온대야, 그래서 애들이 지 엄마 죽은 것 다 잊어뿔고 기다리고 있다네."

김선호가 잊었다는 듯이 말했다. 목소리에 웃음기가 띠어져 있다.

"박복수가 방 뜯어 고치느라고 난리여, 식구가 넷이나 늘어났응께."

"…."

"그 사돈 할매가 일흔셋인가? 박복수하고 동갑이도만."

"…."

"둘이 열심히 일해서 손녀 둘 갈치면 되겠지."

"동수 처를 만나야겠소."

불쑥 윤수정이 말했더니 김선호가 주춤하는 것 같더니 되물었다.

"미국에서 왔어?"

"미국 안 갔대요."

"그럼 교육인지 실습인지 다 끝났대여?"

"글쎄 미국엔 처음부터 안 갔다니깐."

조금 짜증 섞인 목소리로 윤수정이 말했더니 김선호 목소리도 비슷해졌다.

"먼 소리여?"

"동수가 쫓아내고 미국 갔다고 한 거요."

그때서야 긴장한 김선호에게 윤수정이 다소 두서없이 시종을 말해 주었다. 뒤가 앞으로, 이야기가 옆길로 새기도 했는데도 김선호는 대꾸도 않고 듣기만 했다. 말하다가 가슴이 막힌 윤수정이 꾸물대며 주전자물을 마시고 났어도 재촉 않고 가만있었다. 이윽고 윤수정이 말을 다하고 기진해서 벽에 등을 붙인 채 긴 숨만 쉬었어도 김선호는 입을 열지 않았다.

"자요?"

안 자는 줄 뻔히 알면서도 윤수정이 물었지만 김선호는 묵묵부답이다.

"내가 걔를 만나봐야겠소."

"…"

"동수 학교까지 찾아가 다시 살자고 했다는디, 동수는 아예 고발부터 한다고 합디다."

"…"

"종근이 주현이가 불쌍혀서 그려요, 특히 주현이가, 그 어린것이 지 엄마 전화를 받지도 않는다고 합디다."

"…"

"희선이가 그럽디다, 주현이가 미경이보다 더 어른스럽다고."

"…"

"전에는 애가 철부지였는디 이번 그 일로 갑자기 어른이 된 것 같아서 불쌍해요."

"지 형허고는 상의했다지?"

그때서야 김선호가 묻자 윤수정이 바로 대답했다.

"처음부터 둘이 상의한 것 같습디다."

"태수는 뭐라고 한대여?"

"그건 안 물어 봤는디."

"서울 가서 태수 처까지 만났다니 이제 온 식구가 다 알게 되었구먼, 태수 처도 이젠 태수한테 들었을 것이고."

"그러네."

그때 긴 숨을 뱉은 김선호가 말을 이었다.

"동수한티 가서 다시 한 번 물어보고 만나든지 혀."

먹다 만 술병 생각이 났는지 김선호가 일어섰다.

"동수가 몸이 빠른 앤디 지금까지 가만있었던 것을 보면 좀 그렇고만."

이창수 가게 앞을 지나던 김선호가 걸음을 멈췄다. 안쪽 평상에 조길만이 이창수와 함께 앉아 있었기 때문이다.

"뭐 하냐?"

오후 3시 반, 밭에 나갔다 오느라고 손에 낫과 괭이가 든 망태를 들었다.

"어, 일루 와."

막걸리를 마시던 조길만이 소리쳤고 이창수가 서둘러 자리를 만들어준다. 가게 옆쪽이 이창수네 마당과 연결되어 있어서 평상을 놓으면 마당까지 가게가 되는 것 같다. 망태를 내려놓고 자리에 앉았을 때 이창수가 새 막걸리병과 잔을 가져왔다.

"성님, 김치찌개 만들어 드릴까요?"

이창수가 둘에게 물었지만 대답은 김선호가 했다. 일 마쳤으니 출출했던 참이다.

"응, 고등어 통조림 하나 따 넣고."

"골뱅이도 하나 무쳐 와."

조길만이 소리쳤다. 제가 시킨 것은 제가 사는 것이다. 이창수가 부엌으로 사라지자 조길만이 말했다.

"창수 아들이 지 처갓집에 간단다."

"응?"

김선호가 눈을 껌벅였다가 다시 물었다.

"베트남?"

"그려, 결혼하고 처음 간다는구먼."

"잘됐다."

조길만이 따라주는 술잔을 받으면서 김선호가 머리를 끄덕였다.

"그려야지, 딸자식 먼 곳으로 보내놓고 부모가 얼매나 보고 싶었겠냐?"

"전화 요금이 월 15만 원씩 나온단다."

"그건 그거고."

"보름 계획으로 간다는디 비행기 값까지 6백이 든다는구먼."

"그려?"

그때서야 김선호가 눈을 좁혀 뜨고 조길만을 보았다.

"돈은 준비 혔대?"

"지 아부지한티 또 3백만 원 빌려 달라고 혔단다."

"참, 칠면조 농장은 어떻게 되고?"

"그것도 만들다 말았어."

이제 입을 다문 김선호에게 조길만이 긴 숨부터 쉬고 나서 말을 이었다.

"그놈의 농장 만든다고 벌써 천 정도 들었는디 다 끝낼라면 아직 몇 달은 더 걸린다는구먼."

"그런디 짓다가 말고 왜?"

"내년 봄에 짓는대야."

"이런."

그때 이창수가 다가와 평상에 앉았다. 찌개는 이창수 처가 끓이는 것이다.

"지금 영복이 이야기 허고 있는 거여."

술잔을 든 조길만이 힐끗 부엌 쪽을 보고는 말을 이었다.

"그려서 돈 맹글어 줄 건가?"

"그려야지 어쩌겠습니까?"

이창수가 어깨를 늘어뜨리면서 길게 숨을 뱉었다.

"4년 만에 처갓집에 간다는디 보내야지요, 손자도 생겼는디."

"아, 가는 건 백 번 가라고 혀, 근디 나이 40이 된 놈이 지 부모한티 돈 긁어서 처갓집 간다고?"

조길만의 목소리가 높아졌다. 부엌에 있는 이창수 처도 들으라는 것 같다.

"집 얻을 때도 돈 빌려서 얻고, 그 닭 농장인지 칠면조 사육장인지 짓는다고 돈 쳐들어갔지. 그, 농장 부지는 또 멀쩡한 애비 고추밭을 못 쓰게 맹글어 놓고 만드는 거 아녀?"

그러고 보면 이영복은 세차장을 차릴 때도 이창수한테서 돈을 가져 갔다. 따옹하고 결혼할 때도 2천만 원인가를 가져간 것으로 김선호도 안다.

"어, 그것 참."

마침내 김선호도 입맛을 다셨다. 이건 자식이 아니라 기생충이다. 피를 빨아먹는 흡혈귀다. 그때 부엌에서 이창수 처가 찌개 냄비를 들고 다가왔다. 다 들었는지 얼굴이 상기되었고 시선이 내려져 있다. 셋이 입을 다물었을 때 상에다 찌개 냄비를 놓은 안순미가 평상 끝에 엉덩이를 걸치고 앉았다.

"다옥이가 너무 고생했어요."

외면한 채 안순미가 말했으므로 조길만과 김선호가 마주보았다. 이창수는 외면하고 있다. 길게 숨을 뱉은 안순미가 제 손을 내려다보았다. 굵고 매듭이 튀어나온 손가락이다.

"착한 애가 못난 남편 놈 만나 고생만 하고 그래서 내가 갔다 오라고 했어요."

이창수는 입맛을 다셨고 안순미가 말을 이었다.

"나는 영복이보다 다옥이하고 손자 놈 보는 낙으로 삽니다, 그래서 그래요. 그래서 다옥이를 보내는 건디요."

김선호가 긴 숨을 뱉었고 이제는 조길만도 입을 다물었다.

"또 만났네요."

차를 멈춘 김희선이 웃음 띤 얼굴로 말했다. 오전 9시 반, 미경이를 학교에 데려다 주고 오는 길이다. 서동리에서 문촌 마을로 들어서는 첫 모퉁이 길, 차가 비켜갈 수 있는 공간이 있었기 때문에 두 대가 나란히 세워져 있다.

"오늘은 시간이 어때요?"

이제는 네 번째 만나는 터라 한상호도 어색하지 않게 묻는다. 차에서 내린 김희선이 보닛에 엉덩이를 붙이고 섰다. 앞쪽에 선 한상호의 시선을 받은 김희선이 머리를 저었다.

"아직은 시간 내기가 어려워요."

"그래요, 그렇게 세월이 가는 거죠."

한상호가 느긋한 표정으로 머리를 끄덕였다.

"서둘다가 실수할 수도 있으니까."

"서둘 것도 없어요, 저는."

김희선이 팔짱을 끼고 한상호를 보았다. 7월 초였지만 산골의 오전은 서늘했다. 해도 보이지 않는 그늘진 날씨다.

"같이 산다는 것이 이제는 별 의미가 없어요."

"그런 것도 같네요."

한상호도 제 차로 다가가더니 뒤쪽 범퍼에 엉덩이를 기대고 앉았다. 주위가 갑자기 조용해졌다. 이곳은 서동리와 문촌 마을 양쪽의 사각지대다. 사람 통행이 없는 데다 흐린 날이어서 그런지 매미도 울지 않는다. 그때 한상호가 말했다.

"난 연애결혼 했어요, 아주 행복하다고 생각했는데, 물론 그때 생각이죠."

"…"

"뭐, 애가 커서 미국 보낼 때까지는 그럭저럭 살았는데."

한상호가 눈을 가늘게 뜨고 먼 곳을 보는 시늉을 했다.

"이혼하고 나서 지난 일을 생각하게 되더군요, 그랬더니 살았던 게 참 시시해지더라고요."

김희선도 팔짱을 끼고 서서 먼 곳을 보는 얼굴이 되어 있다. 자신도 비슷한 것 같다. 이혼한 박기복은 지금 미국에 있는지 귀국했는지도 모르겠다. 이혼한 지 4년 되었는데 10년도 더 지난 것 같다. 한상호의 말이 마치 배경음악처럼 들려왔다.

"애 엄마가 남자 만나서 잘산다는 말을 듣고도 감동이 일어나지 않더라고요, 선선히 도장 찍어주고 아이까지 딸려 보내 줄 때도 상실감이 일어나지 않았어요, 다만…"

눈동자의 초점을 잡은 한상호가 김희선을 향해 빙그레 웃었다.

"앞으로 무슨 목적으로 살아야 하나, 하는 걱정이 들더군요, 그때까지 무의식적으로 미국의 처자한테 학비, 생활비를 보내야 한다는 의식이 박혀 있었기 때문인 것 같습니다."

"…"

"그렇다고 내가 희생적인 인간이 아닙니다. 다만 사는 목적, 일하는 목적이라고 해야 하나, 그런 것이 있었기 때문에."

"그 후로 여자 안 만나셨어요?"

불쑥 김희선이 물었더니 한상호의 시선이 다시 먼눈이 되었다.

"그게 한 8년 되었는데, 헤어진 지가."

"이혼한 지요?"

"예."

한상호가 눈동자의 초점을 잡더니 말을 이었다.

"그 후로 세 명을 만났네요, 만난 횟수는 모두 합쳐서 10번도 안 되고요."

"…"

"두 명은 누가 소개시켜줬고 한 명은 가게에서 만났는데 잘 안 됐어요."

"지금도 목적을 찾으세요? 사는 목적."

"예, 찾고 있지요."

"그게 뭔데요?"

"글쎄, 그것이 일은 아닌 것 같습니다. 일은 사는 데 부수적인 것입니다."

"…"

"가족이라고 해도 그래요, 내가 봐도 어떤 미친놈이 가족 만들려고 산다고 하겠습니까?"

"…"

"좋아하는 사람하고 어쩌고 하는 것도 이 나이쯤 되면 소름이 돋지요."

"외로워요?"

김희선이 묻자 한상호가 머리를 끄덕였다.

"가끔."

"오늘은 제가 물어만 봤으니까 다음에는 대답만 할게요."

차에서 몸을 떼면서 김희선이 웃음 띤 얼굴로 한상호를 보았다.

"고마워요, 한 사장님, 사는 것에 대해서 생각하게 해주셔서요."

"아니, 내가 후련합니다."

한상호도 몸을 일으키며 웃었다.

'정영아 의상실' 앞에 선 윤수정이 긴 숨을 뱉었다. 오후 3시, 김희선을 시켜 의상실로 전화를 해서 정영아가 안에 있는 것을 확인해 놓았다. 지금 김희선은 길 건너편의 주차장에서 기다리는 중이다. 무슨 대단한 사람의 행차라고 내가 간다면서 연락할 필요도 없다는 생각에 정영아가 있는 것만 확인하고 찾아온 것이다. 오늘은 오랜만에 맑은 초여름 날씨다. 곧 주현이, 종근이가 여름방학을 맞게 될 것이다. 벌써 반년이 넘었으니 남남 사이에는 슬슬 잊히게 된다. 부부 사이는 헤어지면 남남인 것이다. 다만 자식이란 끈으로 매여 있을 뿐이다. 정 떨어지면 바로 남이나 같다. 이윽고 윤수정은 발을 떼었다. 긴장은 되지 않는다. 다만 화가 조금 난다. 내 자식이 어때서 바람을 피웠단 말이냐? 네 두 자식은 어쩌려고 그 짓을 했단 말이냐? 문을 열고 들어섰더니 소파에 앉아 손님하고 이야기를 하던 정영아가 머리를 돌려 이쪽을 보았다.

"어서 오세요."

뒤쪽 종업원이 뭣 모르고 그렇게 인사했을 때 정영아가 일어섰다. 얼굴이 하얗게 굳어졌고 눈동자에 초점이 멀어졌으며 입은 반쯤 벌어졌다. 마치 정신이 빠져나간 것 같다.

"누굴 찾아 오셨어요?"

정영아 뒤에 서 있어서 속 모르는 종업원이 다시 물으면서 다가왔다가 정영아를 보더니 주춤 멈춰 섰다. 윤수정은 정영아한테 시선을 준 채 입을 열지 않는다. 차분한 표정, 손님도 긴장한 것 같고 의상실 안에 잠깐 무거운 정적이 덮였다. 그때 정영아가 입을 열었다.

"어머니."

"바쁘냐?"

윤수정이 짧게 물었더니 정영아의 눈동자에 초점이 잡혀졌다.

"아녜요, 아녜요."

정영아의 목소리가 떨렸지만 커졌다. 기를 쓰는 표시가 난다.

"이리 들어오세요."

정영아가 앞장서 발을 떼다가 헛디뎠는지 비틀거리기도 한다. 옆쪽

원장실로 들어선 정영아가 소파를 가리키며 말했다.

"앉으세요, 어머니."

정영아는 시선을 부딪치지도 않는다. 자리에 앉은 윤수정이 앞에 서 있는 정영아를 보았다. 시선이 마주쳤지만 정영아가 외면했다.

"내가 찾아온 게 싫다면 가마."

"아녜요, 어머니."

정영아의 얼굴이 이제는 순식간에 붉어졌다. 화장을 했는데도 그렇다.

"내가 왜 왔는지도 알겠구나?"

"네, 어머니."

그때 아까의 그 뭣 모르는 종업원이 문을 반쯤 열고서 물었다.

"원장님, 뭐 마실 거 드릴까요?"

"문 닫고 나가."

그 얼굴로 그렇게 말했더니 놀란 종업원이 문을 닫고 사라졌다. 그때 윤수정이 말했다.

"앉아라."

정영아가 앞에 앉더니 갑자기 어깨를 늘어뜨렸다. 머리를 숙여 제 발을 보기에 윤수정이 머리꼭지에 대고 말을 이었다.

"다 듣고 왔다. 네가 서울 태수 처 만났다는 이야기까지 다 들었다."

"…."

"시간이 지나다 보니까 종근이가 네가 시내 돌아다니는 것도 보게 되었고 주현이도 내막을 안다."

"…."

"이제 식구들이 다 안다. 그런데도 네가 온전하게 안사람 노릇, 부모 노릇, 제수, 언니 노릇, 그리고 며느리 노릇을 할 수 있을 것 같냐?"

"…."

"네 생각을 듣자."

"…."

"동수 아버지는 동수 이야기를 한 번 더 듣고 나서 너를 만나라고 했지만 난 그냥 왔다, 동수가 지난번에도 말하더라만 수속 밟는단다."

"…."

"네가 받아들이지 않으면 소송으로 간다고 했다."

"…."

"자, 네 이야기를 듣고 가겠다."

그때 머리를 든 정영아가 윤수정을 보았다. 얼굴은 눈물범벅이 되어 있었는데 눈동자에 초점이 잡혀졌고 차분했다.

"어머니, 죄송해요."

딸꾹질을 한 정영아의 눈에서 다시 눈물이 흘러내렸다.

"어머니 말씀 따를게요."

오후 5시 10분, 대전역 근처의 호텔 라운지 밀실에 셋이 둘러앉았다. 장소는 김동수가 잡았다. 윤수정이 정영아를 데리고 간다고 했더니 놀라는 눈치더니 반대하지는 않았다. 여름날이라 20층 라운지 창밖은 환하다. 대전 시내가 내려다보인다. 윤수정과 정영아가 먼저 와 기다리고 있었더니 약속 시간 5분쯤 지나서 김동수가 들어왔다. 김동수는 윤수정한테 눈인사를 했지만 정영아하고는 시선도 마주치지 않았다. 좌석은 탁자를 가운데 두고 소파가 마주보게 놓였는데 위쪽에 상석 한 자리가 있다. 그곳에 윤수정이 앉았다. 본래 정영아와 마주보고 앉아 있다가 김동수가 들어서자 상석으로 옮겨간 것이다. 그래서 당사자 둘이 자연스럽게 마주보고 앉게 되었다. 탁자 위에는 이미 마실 음료가 잔뜩 놓여서 골라 집으면 되었다. 종업원도 불러야 온다. 그때 윤수정이 먼저 입을 열었다.

"주현 에미는 내가 시키는 대로 하겠다지만 이치에 안 맞는다. 내가 싫다고 너희들이 갈라서는 것도 아니니까."

윤수정이 정영아에게로 머리를 돌렸다.

"내 앞에서 주현 애비한테 말해라, 네 속을 다 털어놓고 끝내라."

그때 정영아가 머리를 들었지만 김동수를 마주보지는 않았다. 가슴에 시선을 주었는데 눈 주위가 붉다. 울어서 눈두덩도 조금 부어 있다.

"노력할게 받아줘, 지금은 그 말밖에 못 하겠어."

"너, 나한테 무슨 미련이 그렇게 많아?"

김동수가 물었는데 차분한 표정이다. 머리를 기울인 김동수가 혀까지 찼다.

"갈 곳이 그렇게 없냐? 왜 이렇게 나를 못 살게 굴어?"

"그게 아냐."

정영아가 머리를 저었다.

"그럴 의도는 없었어, 다만…"

"외롭겠지, 남자 떨어지니까."

"다 잊었지."

"넌 또 일어나는 기질이야."

김동수가 머리를 저었다.

"어머니 계신데 확실하게 끝내자, 난 너를 못 믿고 애들도 이미 널 어머니 취급 안 해, 이건 무조건 같이 살아서 해결이 될 문제가 아냐, 그러니까 일단 정리하고 나서 서로 감정을 풀든지 하자."

"애들한테 정말 미안해."

머리를 숙인 정영아가 이 사이로 말했을 때 김동수가 낮지만 단호하게 물었다.

"나한테는 미안하지 않고?"

"내가 미쳤어."

"넌 또 미쳐, 그걸 너도 알지."

소파에 등을 붙인 김동수가 긴 숨을 뱉었다. 그러고는 가방에서 서류를 꺼내 탁자에 놓았다.

"자, 서류 가져왔어, 어머니 앞에서 서명해라, 변호사 지금 불러도 되고."

정영아는 서류만 보았고 윤수정이 눈을 감았다가 한참 만에 뜨고 말했다.

"동수야."

"예, 어머니."

"너, 주현 에미 데리고 살아."

숨을 들이켠 김동수가 눈을 치켜떴고 정영아는 몸을 굳혔다. 윤수정이 김동수를 똑바로 보았다.

"이놈아, 니 가슴이 찢어진 건 에미가 안다. 아마 자식들이 없었다면 넌 어떻게 했을 놈이지, 내가 에미니까 알아."

"…."

"네가 허세가 심했지만 남자다운 놈이었지, 니 외할아버지 닮았어."

"…."

"그럼, 더 가슴이 찢어지더라도 받아들여라, 네 자식들을 위해서라도."

"…."

268

"얘가 또 배신하면 어떠냐? 그까짓 몸뚱이는 씻으면 된다."

"어머니."

그때서야 어깨를 부풀린 김동수가 윤수정을 보았는데 어느덧 눈이 충혈되었다. 정영아는 이제 얼굴을 똑바로 들고 있었는데 다시 눈물이 쏟아지고 있다. 눈물이 흘러내리는 것도 모르는 것 같다. 다시 윤수정이 말을 이었다.

"산다는 게 그렇게 쉬운 것도 아니지만 어려운 것도 아니다. 다 맞추고 다 지키고 살 수는 없더라."

다시 둘은 듣기만 했고 윤수정의 목소리가 방을 울렸다.

"지나고 나면 감싸 안은 것에 대한 상처보다 버린 것에 대한 후회가 더 크더라, 그건 내가 겪어 봐서 안다."

이제는 윤수정이 손끝으로 눈물을 훔쳤다.

"데리고 가, 저도 사람인데 오죽 가슴이 아프겠냐? 성질이 저래서 속마음하고는 반대로 나가는 때도 있는 것 같다."

"잘했어."

윤수정 이야기를 들은 김선호가 외면한 채 말했다. 옆얼굴만 보여서 표정은 안 보였지만 목소리가 가라앉았다. 밤 11시, 윤수정과 함께 온 김희선은 제 방으로 돌아가 조용했고 이제 집 안은 정적에 덮여졌다. 윤수정은 10시 반이 되어서야 집에 돌아온 것이다. 그때 윤수정이 혼잣소리처럼 말했다.

"내가 잘했는지 모르겠소, 마음이 약해서 입에서 나온 대로 말했는데."

"잘했어."

"그렇게만 말하지 말고, 당신 같았으면 어떻게 했겠소?"

"글쎄."

길게 숨을 뱉은 김선호가 그때서야 윤수정을 보았다. 가라앉은 표정이다.

"난 갈라서라고 했겠지, 아마 둘이 도장 찍는 것까지 확인하고 돌아왔을 거야."

"그런데 왜 나보고 잘했다고 하시오?"

"당신 보낼 때 그럴 줄 알았던가 보지."

"그럼 왜 보냈소?"

"당신 생각이 맞을지도 모른다는 생각이 있었던가 보지."

"아이구 답답해."

"잘했어."

"잘못한 것 같소."

"이제 더 이상 하지 마."

"안 할 거요."

"이젠 둘이 알아서 하겠지."

"아니, 나는…"

윤수정이 지친 얼굴로 김선호를 보았다.

"종근이 주현이가 제 어미를 받아들이는 것이 더 중요하다는 생각이 들어요."

김선호가 시선만 주었고 윤수정의 말이 이어졌다.

"동수하고 동수 처 문제보다 그게 더 중요한 것 같소."

"그런가?"

다시 숨을 뱉은 김선호가 벽에 등을 붙이고 앉았다.

"자식도 내 품 떠나면 다 남이야."

윤수정의 시선을 받은 김선호가 쓴웃음을 지었다.

"부모가 저희들 때문에 이렇게 속 끓이고 있는 건 모르겠지."

"아이고, 우리가 그걸 알아 달라고 자식 키웠소?"

"다 허무한 거야."

"왜 갑자기 그런 이야기를 한데야?"

"당신 대전 보내놓고 일손이 안 잡혀서 조길만하고 술만 마셨어."

"인제 둘이 다시 살 것 같으니까 두고 봅시다."

이부자리를 펴면서 윤수정이 말을 이었다.

"종근 에미가 펑펑 울면서 잘하겠다고 말하는 걸 보니까 짠합디다."

"…."

"동수도 입만 꾹 다물고 있는 것이 한번 견디고 살아보려는 것 같습디다."

"아이구, 요즘 자식들은 왜 그런지."

"내 자식들은 안 그려요."

이부자리를 편 윤수정이 먼저 다리를 요 밑에 넣었다가 긴 신음을 뱉었다.

"아이구, 다리야."

"주물러줘?"

"아, 됐소."

"조길만이 마누라가 내일 자식한테 다녀온다는군."

"또 간대요?"

머리를 든 윤수정의 이맛살이 찌푸려졌다.

"지난달에도 갔다가 왔지 않소?"

"글쎄, 근데 좀 심각해."

"뭐가요?"

"명철이한테 가서 살겠다는 거야."

"무슨…"

숨을 들이켠 윤수정이 김선호를 보았다. 윤수정의 시선을 받은 김선호는 입맛만 다셨다. 조명철은 조길만의 하나 남은 아들로 서울에서 개인택시 운전을 한다. 효자로 소문이 나서 한 달에 꼬박꼬박 60만 원씩을 보내는데 명절 때 내려와 동네 어른한테 일일이 인사하고 다니는 자식은 명철이뿐이다. 조길만의 처 오연숙이 큰아들 집에 자주 가는 것은 습관이 되었지만 아예 가서 살겠다고 한 것은 뜻밖이다. 시골에서 살다가 도시의 자식한테 간 노인들이 제대로 정착한 경우도 드물다. 윤수정이 다시 물었다.

"혼자 가서 살겠다는 거요?"

"그런다는군."

"그 사람, 참."

윤수정은 오연숙과 같은 또래지만 자주 왕래하지는 않았다. 오연숙이 활달하고 말이 많은 성격인데 윤수정은 조용한 편이었기 때문이기도 하다. 그때 김선호가 혼잣소리처럼 말했다.

"명철 엄마가 아예 이혼하고 따로 살자고 했다는구먼, 우리 동네에도 황혼 이혼이 생기겠어."

"갈라섭시다."

아침밥을 먹고 난 조길만이 자리에서 일어섰을 때 오연숙이 말했다. 오전 8시 반, 맑은 날씨다. 이쑤시개를 찾아 문 조길만이 소파에 앉자 오연숙이 상을 치우면서 말을 이었다.

"저쪽 개울가의 밭만 나한테 떼어 주시오, 그 정도는 내가 가져갈 수 있겠지."

"누구 맘대로?"

쓴웃음을 지은 조길만이 말을 이었다.

"알짜만 찍어 놓았구먼, 알짜가 아니라 돌멩이 하나도 못 준다."

"그럼 그냥 소송하든지, 변호사 사."

"그러지."

"난 명철이한테 가서 변호사 살 테니까 재산 싹 내놓고 갈라 갖지."

"쪽박만 차고 온 것이 무슨 재산이 있다고 지랄이야? 어디 해봐라."

"넌 밭 몇 평 있었다고 행세야? 다 내가 늘려 준 거야."

오연숙이 개수대에 그릇을 와장창 쏟아놓는 바람에 소리가 요란했다. 그때 조길만이 눈을 부릅떴다.

"좋아, 지금 당장 나가."

"나가라면 못 나갈 줄 알고?"

몸을 돌린 오연숙이 조길만을 노려보았다.

"짐 싸 갖고 나갈 테니까 세 시간만 기다려! 차 부를 테니까!"

"내가 짐 보낼 테니까 당장 나가!"

"오냐, 나간다."

"내가 점심때 들어왔을 때 니 꼬라지 보인다면 짐이고 집이고 다 불을 질러버릴 테니까 알아서 해!"

버럭 소리친 조길만이 안방으로 들어가 오연숙이 챙겨 가면 안 될 통장과 도장, 금붙이와 선물 따위를 챙겼다. 그것이 짐 가방으로 하나가 되었으므로 잠깐 머뭇대다가 오연숙이 왔다 갔다 하는 것을 보고는 마음을 바꿨다. 집에 남아서 오연숙이 가져가는 물건을 감시해야겠다고 생각한 것이다. 김선호의 전화가 왔을 때는 바로 그런 때였다. 오연숙이 보따리를 싸는 것을 쫓아다니면서 조사하고 있던 때다.

"너, 뭐하냐?"

김선호가 한가하게 물었으므로 갑자기 와락 화가 난 조길만이 소리쳤다.

"얀마, 내가 한가한 놈인 줄 알아?"

"글쎄, 지금 어디 있냐고?"

"집이다, 왜?"

"오늘 고추밭 간다면서 안 와?"

"바빠."

"무슨 일인데?"

그때 오연숙이 가방 두 개째를 현관 앞에 내려놓았는데 가방이 미어터질 것처럼 부풀었다. 비위가 상한 조길만이 버럭 소리쳤다.

"가방 열어봐! 뭘 처넣었어?"

"내 옷이야! 내 옷도 뺏을라고?"

핸드폰을 귀에서 떼었다가 다시 소리를 지르기 전에 보았더니 통화가 끊겼다. 어깨를 부풀린 조길만이 소리쳤다.

"네 옷가지 외에는 어떤 것도 손대지 마! 만일 그랬다가는 다 찢어버릴 테니까!"

"어디 찢어 보시지!"

"그까짓, 헤어지면 남이다!"

"내가 할 소리!"

그동안 수없이 싸웠다. 아마 수백 번은 되었을 것이다. 이혼하자는 말도 천 번은 해대고 살았다. 보따리 싼 것도 30번도 넘었고 이렇게 쫓

274

아다니면서 감시한 적도 여러 번이다. 그러나 손찌검은 하지 않았다.
이윽고 오연숙이 세 개째 가방을 현관 앞에다 놓았을 때 마당에서 인기
척이 났다.

"집에 있냐?"

대문은 항상 열려 있어서 김선호가 마당까지 들어온 것 같다.

"너, 지금 뭐하냐?"

현관도 열려 있는 터라 안을 들여다보면서 묻던 김선호의 얼굴이 굳
어졌다. 한눈에 봐도 상황 파악이 된 것이다. 눈을 부릅뜨고 서 있는 조
길만, 가방 세 개를 챙기는 오연숙, 어수선한 집 안.

"아이구, 제수씨."

김선호가 엉겁결에 불렀지만 오연숙은 몸을 돌려 방으로 들어갔다.
옷을 갈아입으려는 것이다. 방문이 쾅 닫혔을 때 김선호가 현관에 선
채 조길만에게 말했다.

"가방이 오늘은 많다."

"다 갖고 가라고 했다."

어깨를 부풀렸다가 내린 조길만이 이 사이로 말했다.

"이번에는 진짜로 갈라서야 될 것 같다."

"내가 제수씨한테 말해볼까?"

"시끄러, 이 자식아."

"저 가방을 어떻게 다 갖고 가지?"

"짐차 부른단다."

"내가 경운기로 실어다 줄까?"

그러더니 김선호가 눈으로 방을 가리켰다.

"들어가서 말려, 일단 시간을 끌어."

윤수정이 달려왔다. 오연숙이 옷을 입는 동안 김선호가 연락을 한 것이다. 그래서 김선호가 조길만을 데리고 밖으로 나갔고 집 안에는 윤수정과 오연숙이 남았다. 이런 일도 한두 번이 아니다. 그래서 둘은 방안에서 벽에 등을 붙이고 나란히 앉았다.

"왜 또?"

윤수정이 묻자 오연숙이 쓴웃음을 지었다. 오연숙은 일흔 넷, 윤수정보다 한 살 아래지만 친구처럼 지낸다. 나이 70이 넘으면 서너 살 차이는 친구로 친다. 나이 따지는 노인은 일찍 가고 싶어 환장한 인간 취급을 받는다. 오연숙이 앞쪽을 향한 채로 말했다.

"몇 년을 더 살지 모르지만 좀 벗어나서 살고 싶어."

"뭘 벗어나?"

"우선 저 인간한테서부터."

"이봐, 명철이 엄마."

"나, 그놈한테도 안 가."

"누구?"

"명철이."

"아니, 그럼."

머리를 돌린 윤수정이 오연숙을 보았다. 예전과는 다른 분위기를 느낀 것이다.

"어디로 가려고?"

"혼자 있고 싶어서."

"쓸데없는 소릴랑 말고, 다 늙어서 혼자는 무슨."

"아냐, 지쳤어, 이젠."

길게 숨을 뱉은 오연숙이 말을 이었다.

"요즘은 몸이 붕 떠 있는 것 같아, 옆에서 하는 말도 잘 안 들리고 걷다가도 내가 지금 어디로 가는지 생각이 안 나."

"…."

"옆에서 자는 저 늙은이도 성가시고 가끔 거지한테 밥 주는 것처럼 전화해오는 자식 놈도 싫어."

"…."

"그냥 혼자 있다가 죽기로 작정했어. 그런 말 하면 저 영감이 미쳤다고 할 것 같아서 명철이한테 간다고 한 거야."

"어디 갈 데는 마련해 놓았어?"

"익산에 혼자 사는 사촌 동생이 있어."

"알아, 유선이."

"유선이한테 가 있다가 그 근처 방이나 하나 얻어야지."

"정말 갈 거야?"

"지금 다리 힘이 남았을 때 떠날 거야."

"무섭지 않아?"

"저 영감하고 같이 있다가 가는 것이 더 무서워."

"왜?"

"내가 일어날 힘도 없을 때 저 영감이 귀찮아하는 꼴을 생각하면 소름이 끼쳐."

"아이고, 그럴 리가."

"저 영감이 나보다 오래 살 거야, 그래서 그래."

"명철 엄마."

그때 오연숙이 정색하고 윤수정을 보았다.

"태수 엄마는 그런 생각 안 해?"

"해."

"난 갈 거야."

머리를 저으면서 오연숙이 결연한 표정으로 말했다.

"이젠 정리할 거야."

"명철 엄마."

윤수정이 오연숙의 팔을 잡았다.

"명철 아빠도 마찬가지일 거야."

"뭐가?"

"무서운 거, 혼자 간다는 거, 말은 안 하지만 다 같을 거야."

"…"

"나도 그렇거든, 자식도 다 내 품안의 자식이지, 떠나면 다 제 새끼들 챙기고 부모는 뒷전이야, 꼭 뱀 껍질 같다는 생각이 들더라고."

이제 오연숙은 다시 앞쪽 벽만 보았고 윤수정의 말이 이어졌다.

"사는 게 뭔데? 이 나이에 무슨 재미가 있어? 코미디를 봐도 헛웃음도 안 나와, 오래 살다 보니까 우스운 일을 다 겪었거든, 슬픈 일도 다 겪었고, 놀랄 일도 없어, 이제는."

"…"

"귀신이 나와도 무섭지 않아, 우리가 귀신 다 되었거든, 젊은 귀신이 우리 보고 도망갈걸?"

"참, 나."

마침내 오연숙이 쓴웃음을 지었다.

"별소리 다 듣겠네, 젊은 귀신이 늙은 할망구 보고 도망가?"

"그렇게 살다가 가는 거야."

윤수정이 다시 오연숙의 팔을 잡고 흔들었다.

"혼자 산다는 거, 혼자 죽는다는 것도 다 욕심이야, 난 그런 욕심도 버렸어, 그냥 딴생각 않고 있다가 팍 갈 거야."

갑자기 눈물이 쏟아졌으므로 윤수정은 손등으로 눈물을 닦았다.

<1권 끝>